Jonas

Collection New Way dirigée par Dorothy Aubert
Ouvrage dirigé par Dorothy Aubert
Couverture par Camille Decoster

34-36, rue La Pérouse
75116 - Paris
www.hugoetcie.fr

ISBN : 9782755648188
Dépôt légal : février 2021
Imprimé en France par CPI Brodard et Taupin
N° d'impression : 3040743

Jonas

LILY ARCŒUR

Hugo New Way YA

À celle qui est
le Jim de mon Sherlock,
le Mycroft de mon Ethan,
l'Arthur de ma Lily,
le Jake de mon Emrys.
À celle qui a poussé la porte
d'un mind palace à l'abandon,
qui a rallumé les étoiles,
qui nous a accueillis dans sa vie,
mon fils et moi.
Elle se reconnaîtra.

« On ne parlait jamais de ces questions à la maison, cependant dès que l'un de nous franchissait un seuil initiatique inquiétant, le vieux était là pour nous gratifier de son sourire moqueur. Il semblait prendre plaisir à nous mettre dans l'embarras. C'était un homme profondément en colère et renfermé sur lui-même, mais je ne pris jamais le temps de me demander pourquoi. Tout ce que je savais, tout ce à quoi je songeais, en fait, c'était qu'un jour, tôt ou tard, je ne pourrais que le décevoir. »

Armistead Maupin, *Mon autre famille*
(traduction de Marc Amfreville)

« Quelques années plus tard, j'ai appelé mon père pour lui dire que je devais écrire ce livre, que sans lui je ne saurais jamais qui j'étais.

– Je veux que tu sois heureux, a dit mon père d'une voix crispée. Vraiment.

Et je l'ai cru. »

Garrard Conley, *Boy Erased*
(traduction de Jean-Baptiste Bernet)

Prologue

Samedi 17 novembre 2012

– Jonas… T'es prêt ?

– Ouais, deux secondes !

Je m'appuie dos contre la porte de la salle de bains et pousse un soupir. J'entends maman courir partout entre sa chambre et le salon, très affairée. C'est bizarre, cette effervescence, cet enthousiasme. Papa et elle, on les croirait en train de se préparer pour une fête.

– Jonas, si tu sors pas, on va être à la bourre. Ils vont te tuer.

– Ouais, c'est bon !

La porte s'ouvre d'un coup et je tombe presque en arrière. Je me rattrape de justesse et me tourne vers lui, furieuse… avant de rester bouche bée devant son accoutrement.

– Nan, tu déconnes…

Mon frère s'est procuré le pull de leur organisation, la Manif pour tous, mais en version rose – pour les filles, donc. Version rose, et XXXL, ça lui tombe jusqu'aux genoux comme une robe et dévoile une de ses épaules osseuses. Je lève un sourcil jusqu'au plafond.

– Tu peux pas y aller comme ça, Jon, déconne pas. Et puis, ça fait carrément…

– Quoi, ça fait carrément quoi ?

Je me mords la lèvre, hésite. Plonge mes yeux dans les siens, d'un bleu très clair – à cette loterie-là, c'est lui qui a gagné, les miens sont du marron le plus banal.

– Ben… tu sais bien. T'as vu ton épaule ?

Il rigole.

– Ça les rendrait fous, hein ?

J'hésite encore, l'observant par en dessous à travers mes courtes boucles rousses indisciplinées.

– Jon. Tu me dirais, hein ?

– Je te dirais quoi ?

– Si tu l'étais.

– C'est si dur que ça de prononcer ce mot ?

Je m'empourpre.

– Non. Si tu étais gay. Voilà, je l'ai dit, t'es content ? Tu me dirais ?

Bien sûr qu'il me dirait. Les parents le tueraient, il aurait besoin de tout le soutien nécessaire. Il sait bien que je serai là quoi qu'il arrive. Il sourit, plus sérieux. Se penche sur moi et m'embrasse sur le front, comme il le fait parfois maintenant qu'il me dépasse – c'est injuste, c'est pourtant moi l'aînée, d'un an.

– Bien sûr que je te dirais. Bon, c'était juste pour déconner, tout ça. Je voulais leur faire peur.

Je ris un peu à mon tour.

– Ça marcherait sacrément bien, si tu veux mon avis…

– Ouais. Peut-être un peu trop.

Il retire le pull d'un mouvement adroit, dévoilant son torse nu un peu trop maigre, et me le tend.

– Tu veux le mettre ?

– Ça va pas non ? Jamais de la vie, je rigole encore.

Il se fait plus sombre.

– Je sais pas, ça a pas l'air de t'embêter plus que ça, d'aller à cette manif.

Je hausse une épaule.

– On n'a pas vraiment le choix, de toute façon. Qu'est-ce que tu veux que ça me fasse ? Je m'en fous.

Il secoue la tête.

– De quoi tu te fous pas, hein ?

– Hé ! Va chier !

Je lui balance son pull à la figure et me détourne, furieuse. Tout le monde ne peut pas s'intéresser à ce genre de trucs, hein, la politique, l'écologie, comment on gère le monde… Il n'a que quinze ans, comment il peut paraître si sérieux, parfois !

Oh non, c'est une caméra que je vois là ? Il ne manquait plus que ça, qu'on passe à la télé. Je m'en fiche de faire partie de ce cortège d'excités, mais j'aimerais autant que personne du lycée me voie, c'est la honte assurée.

Les parents marchent devant, bras dessus, bras dessous. Je ne les avais pas vus aussi unis depuis des années. C'est drôle, ils n'avaient jamais manifesté de leur vie, avant. C'est fou qu'il ait fallu un truc aussi insignifiant que le mariage gay pour les indigner au point de les pousser à descendre dans la rue.

Jonas marche à côté de moi en balançant des vacheries sur tous les gens qu'on croise. « Regarde celle-là, avec ses souliers vernis et son serre-tête en velours, on la croirait tout droit sortie d'un couvent… Et celle-là… oh merde, c'est une vraie bonne sœur ! » Je rigole avec lui. Ça fait passer le temps.

Dans son mégaphone, une femme très remontée hurle les mêmes slogans depuis l'heure qu'on marche dans ce cortège de personnes de tous âges. Elle a l'air tellement énervée, elle aussi. Et c'est si entraînant, ces slogans, que je me suis surprise à les répéter par ennui, à un moment. Et je me suis sentie comme un sujet de laboratoire dont on serait en train de laver le cerveau, ça m'a fait un drôle d'effet.

Je m'ennuie et, comme toujours dans ces cas-là, je laisse mes pensées vagabonder. En ce moment, elles ont tendance à toujours aller dans la même direction – vers l'image d'un garçon grand, brun, charismatique, qui parle avec un fort accent anglais en vous regardant droit dans les yeux, il est tellement intense… ! C'est William, l'un des nouveaux – et j'ai trop de chance parce qu'il est dans ma classe. William a déjà fait un million de trucs de fou dans sa vie, comme la moitié d'un tour du monde avec ses parents en camion. Il joue de la guitare et il est beau comme un dieu, je ne suis pas la seule à le dire. J'ai hâte d'être à lundi matin pour retourner en cours – et ça, c'est un petit exploit, parce qu'en ce moment je n'ai pas vraiment envie d'aller moisir dans ma classe de première scientifique. Jonas m'a traitée d'imbécile quand je lui ai dit quelle orientation je choisissais. Il m'a dit d'arrêter de toujours faire ce que les parents voulaient. On s'est disputés très fort, et on s'est réconciliés devant une bonne série, les pieds sur la table et avec un énorme seau de pop-corn.

Jonas et moi, on est inséparables. On a beau se crier dessus à longueur de journée, c'est la moitié de moi-même, presque comme si on était jumeaux. C'est l'ancre qui me relie à la terre ferme quand j'en ai marre de tout et que j'aimerais vivre dans un de mes livres, ce qui m'arrive un peu trop souvent.

Je lui jette un regard en coin. Il marche avec un petit sourire, les mains dans les poches de son jean, le soleil venant jouer dans ses cheveux châtains. Il faudrait que je lui parle enfin de William. D'habitude, je ne garde pas mes petits secrets aussi longtemps. Et mon frère est toujours, toujours de bon conseil pour moi. C'est décidé, ce soir je lui raconte tout.

Chapitre 1

Deux mois plus tôt – rentrée scolaire 2012

– Comment tu as dit qu'il s'appelait ?

– William ! Il est anglais ! Il a passé une bonne partie de sa vie à Londres, c'est pas dingue, ça… ?!

Londres. Je n'y suis allée qu'une fois, mais j'en garde un souvenir très fort. Avec ma meilleure amie Ariane, on se tient à quelques pas du petit essaim de groupies qui s'est déjà formé autour du nouveau le plus en vogue de la journée. Il est grand et il a des cheveux noir corbeau coiffés en mèches rebelles, mais de loin je lui trouve l'air… un peu trop à l'aise. Un peu trop souriant. Mais je ne peux pas mentir, c'est vrai qu'il est carrément canon.

– Et il est dans notre classe. C'est pas dingue, ça ?

– Grave.

L'étranger relève un peu la tête et nos regards se croisent. Il se fige un instant, puis m'offre un grand sourire. Je m'empourpre jusqu'à la racine des cheveux.

– Waouh, on dirait bien que tu lui as tapé dans l'œil !

– Tais-toi, je marmonne en poussant mon amie du coude. Regarde, il leur sourit pareil, à toutes.

Je connais bien l'essaim de filles qui lui tournent autour. C'est le groupe d'Emma, la fille la plus populaire du lycée. Je la vois replacer sa cascade de cheveux blonds derrière son épaule d'un geste de tête étudié. William la dévore littéralement des yeux.

La sonnette retentit. J'ai les mains moites. Je n'avais pas du tout envie de revenir en cours, cette année. Les vacances d'été sont passées en un éclair, et voilà que je me retrouve déjà à suivre Ariane dans notre salle de classe, puis à faire face à mon pupitre couvert d'un tas de manuels scolaires. La vision de celui de mathématiques me fait déjà transpirer.

Alors qu'on s'installe et que notre prof principal se présente, mes pensées vagabondent vers le nouveau venu. Dans notre petit lycée privé qui ne profite qu'aux familles les plus aisées et qui était encore non mixte il y a quelques années, c'est rare d'avoir affaire à de nouveaux garçons, et l'arrivée de l'un d'eux fait toujours son petit effet. William. Même son prénom est beau. Mais il ne vaut mieux pas que je me fasse des idées. Je passe complètement inaperçue, ici, et c'est très bien comme ça.

La cafétéria bruisse d'activité, de conversations et de tintements de vaisselle qui s'entrechoque. Je meurs de faim, mais je n'ose jamais trop me servir, ici. Avec mes quelques kilos en rab, si je m'avise ne serait-ce que de tendre la main vers une part de gâteau, je m'attire aussitôt un nombre incalculable de moqueries sur la taille de mes fesses. Ariane n'a pas ce problème. Athlétique et gourmande à la fois, elle se sert une grande assiette de frites alors que j'essaie de ne pas la regarder avec trop d'envie. Plateaux en main, on se dirige vers notre petite table préférée depuis des années, qui pourrait presque porter notre nom. Problème : il y a déjà quelqu'un d'assis, là. Mon amie se raidit immédiatement comme un chat en colère, ses longs cheveux châtains bouclés se hérissant autour de sa tête au point de presque prendre vie.

– Qu'est-ce qu'il fout là, celui-là ?! Et c'est qui, d'abord ? Il ressemble à un chef de gang, c'est un élève, ça ?!

Je me penche pour regarder. Ah, lui. C'est l'autre nouveau, Solène m'en a parlé en cours ce matin. Un terminale en filière sciences médico-sociales. Ariane pose brutalement son plateau sur la table, et je m'empresse de la suivre. Ça va mal tourner…

– Hé ! Je comprends que tu sois pas au courant, le nouveau, mais cette table, c'est celle de ma copine et moi, OK ?

Le garçon est grand et baraqué, et plus vieux que nous. Il a les cheveux courts, d'un blond cendré presque gris, et une cicatrice épaisse sur son sourcil gauche accentue son air peu commode, alors qu'il nous toise de haut en bas d'un regard bleu délavé. Je me sens obligée d'intervenir.

– Ariane, écoute, ça va, il peut rester…

– Quoi ?! Non mais c'est la rentrée là, on a un million de trucs à se raconter toi et moi, on n'a pas besoin d'avoir un taré qui nous écoute !

Le garçon sourit, mais d'un rictus moqueur qui ressemble plus à une grimace.

– Si c'est pour ça… vous gênez pas. Je n'en ai rien à foutre, moi, de vos histoires de gamines.

Cette fois, c'est moi qui me crispe. Il nous a traitées de quoi, là ? Non mais pour qui il se prend ? Je n'ai pas le temps de répondre qu'Ariane se redresse déjà, le toisant de toute sa hauteur.

– Ça suffit comme ça. Tu dégages de là, maintenant, le redoublant. Parce que c'est ce que t'es, non, vu ton âge ?

Il hausse une épaule et se lève, attrapant son plateau d'une main.

– C'est ce que je suis, oui, et alors ?

En passant à côté de moi, il me frôle et me jette un regard peu amène – c'est à peine s'il n'a pas reniflé de dédain ! Je le regarde s'éloigner, les joues empourprées de colère. Il porte un jean élimé et une veste en cuir fatigué. Il a une allure de voyou qui détonne franchement ici. Ariane s'assoit, encore fulminante, et je prends place à côté d'elle en lui jetant un petit regard de côté.

– Il n'a vraiment pas l'air très sympa…

– C'est clair. Crois-moi, je vais me renseigner sur lui, tu vas voir. Je veux savoir d'où il vient et comment il a atterri là.

Je me mords la lèvre. Ma meilleure amie a toujours aimé fouiner dans les secrets des autres, c'est une tendance qui m'a toujours mise mal à l'aise.

– Ariane…

– S'il a des choses à cacher, je vais tout balancer, moi.

– Ariane…

Je pousse un soupir. Cette rentrée ne se passe décidément pas comme je l'avais imaginée.

Ce soir-là, je m'attarde devant les portes du lycée, avec Ariane.

J'attends mon frère, qui a fait sa rentrée en seconde et qui a retrouvé tous ses amis aujourd'hui. Ils ont passé l'été à s'échanger des coups de fil mais surtout des cartes postales, qu'il a accrochées sur un tableau en liège dans sa chambre. Je le regarde du coin de l'œil avec envie – je n'ai jamais eu autant d'amis, moi.

– Par contre, le prof de français il est carrément canon, là. Tu trouves pas ? Avec son jean un peu moulant et sa... hey ho, tu m'écoutes ?

Je me secoue.

– Oui, enfin non, pardon j'étais dans la lune.

Elle fait la moue.

– Dis donc, on dirait que je ne t'ai pas beaucoup manqué pendant que tu lézardais sur la plage, cet été !

Je souris en coin. Elle sait très bien que je déteste lézarder sur une plage, sauf éventuellement pour lire un bon bouquin. Je préfère de loin être dans l'eau. Je lui donne un petit coup dans le bras.

– C'est toi qui n'as pas beaucoup pensé à moi, à l'autre bout du monde là, en Californie...

Ses yeux se mettent à briller.

– Ma belle, la Californie, c'était dingue. Surtout les grandes plages des environs de Los Angeles !

– T'étais à Los Angeles ?

On sursaute avant de se retourner... sur William, qui s'est approché sans qu'on l'entende. Je ne peux m'empêcher de noter tous les petits détails que je n'avais pas remarqués de loin. La fossette que son sourire en coin creuse, à gauche. Ses mains aux longs doigts fins. Ses yeux gris – mais qui a les yeux gris, sérieux ? Ça ne devrait même pas exister. Moi et mes yeux noisette, c'est sûr, on ne fait pas le poids.

Ariane a beau être une fille populaire – enfin, le fait de traîner avec moi lui fait un peu dégringoler sa cote – elle n'a jamais été très à l'aise avec les garçons. Je la regarde s'empourprer.

– Euh… ouais, Los Angeles…

William a le genre de sourire qui éblouit, celui où vous vous sentez obligé de baisser les yeux si vous ne voulez pas perdre la vue.

– J'adore ce coin. J'y ai passé pas mal d'étés.

– Ah ouais ? T'as préféré quoi ?

– Les plages…

– Han, moi aussi !

Sans blague. Est-ce que j'assisterais à la naissance de quelque chose ? De la part d'Ariane, c'est une première – ça fait un bout de temps que je ne l'ai pas vue draguer ou avoir un petit copain. Et de la part de William… eh bien, je ne devrais pas être surprise, n'est-ce pas ? Il ne m'accorde pas le moindre regard alors qu'il se passe une main dans les cheveux, les ébouriffant savamment.

– Mais cet été je suis allé au Brésil pour la première fois.

– Non ?

– Si. On n'était pas passés par là quand on a fait notre tour du monde en camion avec mes parents…

Ariane hausse un sourcil – je la sens reprendre le contrôle. Peut-être que le numéro de charme de William ne marche pas si bien que ça sur elle.

– Ah ouais, un tour du monde, carrément ?

– Ben ouais, c'était cool…

– J'imagine. Bon, Louve, on y va ?

– Louve ?

Il se tourne enfin vers moi, ce qui l'oblige à baisser les yeux – eh oui, je ne suis pas très grande avec mon mètre soixante-cinq. Je me sens esquisser un horrible sourire déformé par la gêne, qu'il ne recule pas d'horreur est presque un exploit.

– Ouais, c'est bien moi.

– C'est pas courant, comme nom.

S'il savait… Mais je ne peux pas lui raconter, non. Je ne peux pas lui dire que je triche, que ce n'est que mon deuxième prénom. Que ce ne sont pas mes parents qui me l'ont donné, mais une tante, la sœur de ma mère, qu'ils m'avaient choisie pour marraine à l'époque, mais à qui ils ne veulent plus parler aujourd'hui.

– Je sais.

– Tu dois avoir des parents super cool.

Je suis frappée par la vision du dîner de famille de la veille. Ma mère était énervée et criait sur mon père sans raison – mon père qui m'a dit d'un ton acide, en voyant que je n'avais pas envie de retourner au lycée le lendemain, que le travail, « c'était la santé ». Je vais pour répondre quelque chose, mais Ariane me coupe en levant les yeux au ciel.

– Ouais c'est clair, trop cool. Bon, le nouveau, t'as tes groupies qui s'impatientent.

Elle montre du menton cette grande perche d'Emma qui est en train de nous toiser les bras croisés, et elle m'entraîne résolument.

– Attends, et mon frère ?

– Tu le retrouveras plus tard, il n'avait qu'à se dépêcher. Je pensais qu'il serait venu me dire bonjour, mais même pas.

C'est de l'amertume que j'entends dans sa voix ? Elle me fait tourner au coin de la rue et je la force à s'arrêter.

– Mais c'est quoi ton problème ?! Le nouveau là, William, il avait l'air d'avoir envie de discuter avec toi.

– Mais moi j'en avais aucune envie ! Louve, t'as pas vu ? C'est un baratineur !

– Comment ça ?

– « Moi j'ai fait le tour du monde », et gnagnagna…

Elle a mimé ses paroles avec des guillemets en l'air, et je hausse un sourcil. Je vois le tableau – Ariane a toujours aimé voyager, et même si elle a vu deux fois plus de pays que moi, elle estime toujours qu'elle n'en fait pas assez. Elle est juste jalouse.

– C'est peut-être vrai, je rétorque.

– J'y crois pas une seconde. Tu sais quoi ? Je vais enquêter sur lui.

– Ariane, sérieusement... ?

– Eh bien quoi ? Oooh mais je vois, tu le trouves mignon, en fait. Il te plaît !

Mes joues chauffent horriblement.

– Mais pas du tout...

– Mais si !! Eh ben ça alors, toi qui n'en as jamais rien eu à foutre, des garçons...

Ce n'est pas tout à fait vrai. Mais la seule fois que l'un d'eux m'a intéressée... Ariane, qui ne savait pas, me l'a piqué. Ils se sont pelotés dans les toilettes du lycée avant qu'elle décrète qu'il n'était pas si intéressant que ça, finalement. Je n'ai jamais osé lui dire que j'avais rêvé des nuits durant d'embrasser ce garçon sur la bouche. Elle sort ses écouteurs de sa poche, en glisse un dans son oreille et me tend l'autre. Je le prends en marmonnant :

– De toute façon, je ne lui plais pas du tout.

Elle hausse une épaule avec légèreté.

– C'est évident qu'Emma va lui mettre le grappin dessus.

– Oui, évident.

J'imagine que je devrais déjà me réjouir qu'il n'intéresse pas du tout ma meilleure amie. Elle lance sa playlist, et je reconnais les premières notes de « Dark Parts » de Perfume Genius.

– Mince, attends, c'est pas super joyeux, je vais changer...

– Non, change pas !

J'adore les chansons poignantes, celles qui me tordent le cœur et les tripes jusqu'à ce que j'aie du mal à respirer. Ariane me jette un petit coup d'œil en coin et laisse la chanson. Elle passe son bras fin autour de mes épaules – je ne suis pas très tactile, mais je la connais bien et avec elle, ça va. Avec elle, je me sens toujours plus forte. On s'éloigne en chantonnant, et j'oublie un peu William et son sourire ravageur.

Quand Jonas rentre ce soir-là, je suis déjà en train de recouvrir mes livres sur la table du salon.

Il pose son sac à dos dans l'entrée en sifflotant, et je lui jette un petit regard.

– Alors, tu as retrouvé tous tes copains ?

– Yep !

Il retire sa veste et s'approche en souriant.

– Et Ariane, elle va bien ?

– Oui, mais on t'attendait à la sortie. T'es pas venu lui dire bonjour…

Il s'empare d'une pomme dans le bol sur le comptoir et hausse une épaule.

– Je lui dirai demain.

– OK. C'est ma meilleure amie, tu sais…

– Je sais, t'inquiète.

Il croque dedans à pleines dents, et je me replonge dans ma tâche difficile, avant de demander d'un ton faussement dégagé :

– Et le nouveau, là, William, celui qui est dans ma classe. Tu l'as vu ?

– Tout le monde ne parle que de lui ! me répond-il gaiement.

Je souris un peu dans le vide, mais Jonas ne semble pas le remarquer. Et puis la porte d'entrée s'ouvre sur notre mère, qui nous offre un sourire fatigué.

– Alors, cette première journée, les enfants ? Jonas, je t'ai déjà dit de ne pas t'asseoir sur le comptoir, on est chez les gens bien élevés, ici…

– M'man, je peux sortir ce soir ?

– Quoi, déjà ?

Je secoue la tête en souriant. Mon frère n'en loupe pas une.

– Y a une réunion de mon association anti-déchets. J'ai promis d'y être.

– Tu sais que je n'aime pas te savoir impliqué dans tous ces trucs de bobo, là… Avec ton père, on pense que ça serait mieux que tu te concentres sur tes notes et tes cours de guitare.

– Allez, maman, je serai de retour pour 20 h 30, ça sera pas long !

Il lui fait son grand numéro de charme, vient l'embrasser sur la joue, et ma mère glousse – elle n'a jamais gloussé comme ça qu'avec lui.

– Très bien, allez, file. Je te garde une part de gratin aux macaronis.

– Tu ne me mets pas de viande, hein !

Elle lève les yeux au ciel.

– Nous ne sommes pas prêts à endurer toutes tes excentricités, jeune homme, hein… Mais je n'en mettrai pas dans ta part, non.

– Merci, M'man !

Il est déjà dehors, sa veste en main. La porte claque derrière lui et ma mère m'offre un petit sourire d'excuse.

– Tu accepterais de lui couvrir ses livres en plus des tiens… ?

– Bien sûr.

– Merci, ma chérie.

Je me remets à la tâche sans rien dire.

Après dîner, allongée sur mon lit, je fais défiler mon fil Facebook. Mon téléphone portable est une antiquité, mais j'arrive à surfer un peu dessus – il faut juste que je ne dépasse pas mon quota, et il n'est pas très élevé.

Je vois la dernière publication en date de Jonas – une paille en plastique barrée d'un symbole « interdit », avec la mention « refusez les pailles dans les bars et les restaurants ! », puis celle d'Ariane qui a reposté une photo de ses vacances avec en légende « c'était mieux la plage ! » Je souris un peu, avant de repenser à sa discussion avec William. William… Je tape ses prénom et nom dans la barre de recherche, et tombe immédiatement sur son profil. Il est d'une beauté insolente sur sa photo, avec une mèche qui lui tombe un peu dans les yeux et un coucher de soleil en arrière-plan. Et si je le demandais comme ami ? J'hésite. Je ne fais pas ce genre de choses, d'habitude. Et pourquoi pas… Est-ce que je veux rester le genre de fille qui couvre les livres des autres toute sa vie ? Et puis, je vois sous sa photo… un commentaire d'Emma, qui est déjà amie avec lui. Je sens mon cœur se serrer dans ma poitrine. Sur sa photo de profil, Emma exhibe ses dents très blanches et ses longues jambes hâlées. Elle porte le genre de mini-short en jean que je ne peux même pas rêver d'enfiler.

Avec un gros soupir, j'ouvre mon propre profil. J'ai pris un selfie devant la bibliothèque de ma chambre.

J'ai un sourire crispé et l'air d'avoir douze ans, même si j'en ai seize. Je contemple un moment mon visage rond, mon carré de bouclettes rousses, mes taches de rousseur et la façon dont j'ai coupé la photo pour qu'on ne voie pas mes hanches, seulement le haut de mon corps. Je jette mon téléphone sur l'oreiller avec un grognement d'exaspération. Depuis quand ça m'importe, toutes ces conneries, sérieux ?!

Chapitre 2

Ma mère a invité une de ses amies à prendre l'apéro, ce vendredi soir.

Je l'aime bien, c'est une dame divorcée au ton beaucoup plus léger que celui de mes parents habituellement – d'ailleurs, mon père ne l'apprécie pas beaucoup. Il s'est enfermé dans la lecture de son journal pendant que je picore des chips en les écoutant parler. Elle nous a demandé à Jonas et moi comment s'était passée notre première semaine de rentrée, et elle ébouriffe affectueusement les cheveux de mon frère.

– Alors dis-moi, toi, beau gosse comme tu es… Tu as bien une petite amie ?

Jonas rigole.

– Pas vraiment non, mais quand ce sera le cas, tu seras la première à le savoir !

Et voilà encore ma mère qui glousse, non loin. Évelyne se tourne vers moi en souriant.

– Et toi ma puce, pas de petit copain à l'horizon ? Même pas quelqu'un sur qui tu aurais eu un petit…

comment les jeunes disent, déjà, de nos jours ? un petit kif ?

– Non, pas du tout.

J'ai essayé d'avoir la voix ferme, mais je me suis sentie m'empourprer. Jonas hausse les sourcils en me regardant, mais alors qu'il va parler, ma mère le devance et s'exclame.

– Allons, Évelyne, ils sont bien trop jeunes pour se préoccuper de ça !

– Mais, Cécile, ils ont quinze et seize ans, bien sûr que c'est de leur âge !

Pendant que ma mère essaie de faire entendre raison à son amie, j'opère une retraite prudente vers ma chambre, mais je sens aussitôt mon frère m'emboîter le pas – je déteste quand il me suit comme ça, surtout depuis qu'il est plus grand que moi, chose que je trouve absolument injuste d'ailleurs. C'est moi l'aînée, pas lui !

– Alors comme ça, tu craques sur un mec du lycée ?!

Je le repousse d'une main en rougissant encore plus fort.

– N'importe quoi !

– C'est qui ? Allez, dis-moi, c'est qui…

– Rhaaa !

Je veux lui claquer la porte de ma chambre au nez, mais je me souviens au dernier moment que nos parents détestent ça. Le rire moqueur de Jonas me poursuit alors que je referme le battant et que je m'y appuie, le sang aux tempes.

Le lundi suivant, je découvre sans réelle surprise une Emma pendue au bras de William, et qui ne cesse de faire résonner son rire perlé dans la classe comme s'il lui racontait une blague désopilante toutes les dix secondes

– ce qui est peut-être le cas, qui sait, avec ce mec-là ? Sur bien des plans, William me semble… à part, différent de tous les autres. Plus éclatant, plus vivant que ce qui nous entoure, comme une tache de soleil sur un trottoir gris.

Je m'assois à côté d'Ariane qui m'offre un sourire plein de compassion.

– Il ne te mérite pas, ma belle.

Trois rangées devant nous, Emma a noué les bras autour de son cou et l'attire à elle pour l'embrasser. Quelques élèves sifflent dans leurs doigts et je détourne les yeux avec un sourire cassé.

– C'est bon, Ariane, je n'imaginais quand même pas que j'allais pouvoir intéresser le nouveau plus beau mec du lycée !

– Tu devrais pas parler comme ça. Tu mérites une grande histoire d'amour.

– Arrête, j'aime pas quand tu me charries…

– Mais je te charrie pas !

Je fais la moue, mais nous sommes interrompues par l'arrivée du professeur de maths, un véritable geek qui arbore un tee-shirt Pacman. Emma est obligée de lâcher sa nouvelle conquête. Je regarde du coin de l'œil William s'installer derrière son bureau. Est-ce que je rêve ou dès qu'elle s'est détournée, son sourire à lui s'est fait tout crispé ? Il a pourtant la tête de quelqu'un habitué à enchaîner les copines… C'est sûrement mieux pour moi que je ne l'intéresse pas, d'ailleurs.

Je mâchonne le bout de mon stylo sans écouter le cours quand un petit papier plié en quatre atterrit sur mon cahier, me faisant sursauter. Je le cache aussitôt sur mes genoux et regarde autour de moi, mais Ariane, qui a l'air surprise, m'indique de son crayon la provenance du petit mot. William. William ?! C'est impossible, elle doit se tromper... Je déplie le papier avec des doigts qui tremblent un peu. C'est un dessin. Pas super beau, mais pas si mal. Ça représente un loup qui hurle à la lune, et il y a écrit en dessous « vraiment un drôle de prénom ». Je relève des yeux qui deviennent immenses quand ils tombent dans les siens. Est-ce qu'il se moque de moi ? Il me fait un clin d'œil digne d'un acteur de série télé, et je secoue la tête, blasée. Mais quel séducteur à la con, celui-là !

– Écoute, j'ai rien trouvé d'intéressant sur son profil Facebook. Faudra que je regarde son Insta...

Je pousse un gros soupir, tout en jouant avec mes épinards dans mon assiette, du bout de la fourchette.

– Ariane ! Tu veux pas juste lâcher l'affaire ?

– Non. Ce William, je suis sûre qu'il n'a pas une vie de rêve comme il veut nous le faire croire à tous.

Je lève les yeux au ciel.

– Tu es juste jalouse.

– Hey, je ne te permets pas !

Je me mordille la lèvre en hésitant à poser ma question. Et puis je me lance.

– Et... y a beaucoup de filles, dans ses photos ?

Elle me jette un regard aigu.

– Des tas. Et des mentions de relations, aussi. « En couple avec machine », et ça casse trois semaines après. « En couple de nouveau », etc. etc. Bref, c'est un don Juan.

Je ne suis pas vraiment surprise. Soulagée, en revanche. Hein, je suis soulagée... n'est-ce pas ?

– Eh bien, Emma devrait se préparer au grand chagrin d'amour.

– C'est clair !

En parlant du loup, je la vois justement non loin, portant son plateau orné d'une salade de tomates et d'une pomme. Elle accroche mon regard et fonce soudain sur nous. Je me redresse vivement.

– Waouh, attention, tempête blonde en approche…

Ce n'est pas tous les jours qu'Emma vient nous parler, et ce n'est jamais bon signe quand elle le fait. Elle s'approche et claque trop fort son plateau sur notre table, avant de me pointer un doigt accusateur sous le nez.

– Toi ! Tu arrêtes de tourner autour de mon mec, est-ce que t'as compris ?

– Pardon ?

– Tu crois que je t'ai pas vue faire ?! Tu le dévores des yeux ! Et ce petit mot qu'il t'a envoyé, pendant le cours, c'était quoi ?

Oh oh.

– Un… un dessin de loup, je balbutie, prise de court.

Je suis si insignifiante dans cette école que, normalement, je ne me retrouve jamais prise dans ce genre de scène. Je sens le poids des regards sur nous et je m'empourpre jusqu'à la racine des cheveux. Emma se redresse et croise les bras.

– Un dessin de loup ?

– Ouais, rapport à son prénom, t'as pigé ou faut qu'on t'explique mieux ? l'apostrophe Ariane, hargneuse.

Emma la fusille du regard. Si Ariane ne s'était pas entêtée à traîner avec moi, elle aurait pu être très populaire, elle aussi. Emma le sait, au fond, alors il y a une sorte de respect bizarre entre elles, d'habitude.

– Bon. Mais je t'ai à l'œil, OK ?

– OK…

Elle reprend son plateau, tourne les talons et s'éloigne de son pas furieux. Je crispe mes doigts sur ma fourchette, alors que les regards se détournent enfin.

– Elle ne rate jamais une occasion d'enfoncer les gens, celle-là…

– Tu rigoles ? Tu te rends pas compte de ce que ça signifie ?

– De quoi ?

Je toise ma meilleure amie en fronçant les sourcils. Elle s'esclaffe bruyamment.

– Tu ne captes donc jamais rien ?! Emma. Si elle est venue te parler aujourd'hui, c'est qu'elle te trouve… menaçante. Menaçante ! Donc elle sait que tu pourrais plaire à son mec. C'est pas ouf, ça ?

J'en reste bouche bée.

Moi, je pourrais plaire à William ? La plus belle fille du lycée pense vraiment que je pourrais l'éclipser, elle, auprès de ce garçon-là ?! Ça n'a pas de sens. J'ai dû penser à haute voix parce qu'Ariane poursuit sur la même lancée.

– Sauf si William lui a parlé de toi. Ou s'est intéressé à toi, a posé des questions, et qu'elle a entendu. Elle a forcément de bonnes raisons de se sentir menacée.

Je suis complètement incrédule. Je sens de nouveau un regard sur moi, et quand je relève les yeux, je croise ceux du grand baraqué, Arthur, qui est attablé pas très loin. Il secoue lentement la tête d'un air sévère, comme s'il avait trouvé cette scène publique ridicule, et je me crispe. Il se croit meilleur que tout le monde, pour juger les autres, comme ça ?

Je reviens à mon assiette et je marmonne.

– C'est mieux quand je m'intéresse pas aux garçons, hein. C'est plus reposant.

Ariane éclate de rire, et je me sens mieux. Avec elle, je suis à ma place. Discrète, effacée, introvertie. Et absolument pas en train de tomber amoureuse d'un horrible don Juan qui dessine terriblement mal les loups.

Chapitre 3

On est en retard, avec mon frère.

C'est déjà la troisième fois, et ça ne fait qu'un mois qu'on est rentrés en cours, on va se faire tuer.

On court à toute vitesse sur le trottoir plein de flaques d'eau grise – une vieille dame nous hurle dessus parce qu'on l'a copieusement éclaboussée au passage. Il pleut depuis des jours, je n'en peux plus. Je n'en peux déjà plus non plus de ma salle de classe, des devoirs qui s'amoncellent, des exercices de maths dont je n'arrive jamais au bout, des parents qui me mettent une pression monstre parce que mes notes ne sont pas à la hauteur. J'ai la gorge serrée.

Jonas est toujours aussi solaire, lui. Alors qu'il court devant moi, je jette un coup d'œil à son sac à dos bariolé de badges et de pin's – des groupes de rock essentiellement, mais aussi des slogans antifascistes et pro-végétarisme. Il est devenu végétarien il y a un an à peine, mais il s'y tient. Ça fait encore râler ma mère, qui lui propose toujours régulièrement de la viande aux repas du soir, comme si lui mettre chaque fois une telle tentation sous le nez allait finir par le faire basculer. Mais Jonas ne flanche pas, jamais, quand il se lance dans une nouvelle lutte. Il court droit devant, comme il le fait à cet instant, en riant, comme si rien ne pouvait l'atteindre. Il a un an de moins que moi, et pourtant j'ai souvent l'impression qu'il est indestructible, à l'épreuve de tout, quand je ne suis qu'une petite chose trempée qui se presse sous la pluie pour ne pas finir en retenue. La vie est injuste.

Ça n'a pas loupé. Deux heures de colle, ensemble, ce soir. Ce soir alors qu'on avait prévu d'aller au cinéma avec Ariane.

Quand je sors du bureau du directeur, je suis désespérée. Tellement désespérée que je ne vois pas la haute silhouette qui se dirige vers moi et que je me la prends de plein fouet.

– Merde !

Toutes mes affaires de cours tombent au sol et le contenu de ma trousse ouverte s'éparpille. J'ai envie de pleurer. Le mec catégorie « baraqué-poids lourd » dans lequel je suis rentrée se baisse aussitôt et commence à ramasser. Je m'accroupis pour l'aider, et nos doigts s'effleurent sur mon cahier. Je ne le reconnais qu'à ce moment-là – c'est Arthur, qui a l'air aussi gêné que moi. C'est la première fois que je ne le vois pas revêche ou moqueur, tandis qu'il marmonne, comme si l'excuse lui arrachait la bouche.

– J'étais dans la lune. Désolé.

– Non c'est bon, c'était moi…

Je souffle, exaspérée. Il me jette un petit coup d'œil.

– Ça n'a pas l'air d'aller fort.

– *No shit*, Sherlock.

Je pousse un nouveau soupir et me laisse tomber sur les fesses, replaçant derrière mon oreille la boucle rebelle qui me tombe toujours dans l'œil.

– J'étais encore en retard ce matin. Je vais devoir rester deux heures de plus ce soir, alors que je voulais aller au cinéma.

Il grince des dents et serre les poings, comme si ce que je venais de dire le rendait absolument furieux.

– Eh bien, tu as de sacrés problèmes, toi, dans la vie.

Je m'empourpre de rage, je me relève et m'époussète.

– Tout le monde ne peut pas avoir l'air d'un repris de justice et une cicatrice au sourcil, hein.

– Je suppose que non, surtout dans cette école de gosses de riches.

Je voudrais continuer à être en colère contre lui, mais en vrai, lorsqu'il prononce ces mots, je me sens surtout mal et je baisse les yeux.

– Je suis désolée pour toi si ta situation est… je sais pas, compliquée.

– Oh, tu vas bientôt savoir à quel point elle l'est ! Ta charmante copine a voulu se renseigner sur moi, je l'ai entendue poser des questions, et pas très discrètement.

Je grimace. Un jour, je vais tuer Ariane.

– Désolée. Elle peut pas s'en empêcher… Mais bon, ça va lui passer, tu verras. Surtout si t'as rien à cacher, ahah !

Il ne rit pas, et mon rire à moi s'évanouit aussi brusquement qu'il est apparu. Sérieux, Ariane me l'aurait déjà dit, non ?

– Bon, je dois y aller.

– Tu t'appelles Louve, c'est bien ça ?

Encore un qui va me parler de mon prénom ? L'exaspération me reprend, quand je me dresse de toute ma hauteur.

– Ouais, et je sais, c'est bizarre comme nom, y a pas grand monde qui s'appelle comme ça, oui, mes parents sont cool…

– Ah oui ? C'est vraiment le prénom qu'ils t'ont choisi ?

J'en reste muette et je le dévisage, les yeux un peu écarquillés. Comment est-ce qu'il aurait pu deviner ? Ce n'est pas marqué sur mon front que j'ai des parents qui ne remplissent pas réellement la définition du mot « fun », quand même…

– Je dois y aller, j'ai dit.

Je tourne les talons et je m'enfuis, le plantant là. Il est vraiment trop bizarre, ce mec.

À l'heure de la retenue, on est une petite dizaine d'élèves du secondaire rassemblés dans une salle d'étude quelconque, surveillés par une fille à peine plus âgée que nous qui fait des bulles avec son chewing-gum. Finalement, ce n'est peut-être pas si grave, cette punition. Surtout que je suis à deux places de William, collé pour avoir « répondu avec insolence » en cours d'anglais cet après-midi. Parfaitement bilingue, William s'est mis à dos la prof en un rien de temps. Ce n'est pas très étonnant, quand on entend Mme Barré et son accent à couper au couteau – elle doit avoir bien honte, maintenant qu'on a de quoi comparer…

Je peux donc passer les heures qui s'égrènent à contempler sa nuque fine et ses mèches désordonnées, d'un noir corbeau. Je n'ai aucune envie de faire mes devoirs, alors je me suis mise à dessiner. J'ai tracé la ligne de sa nuque courbée, l'étroitesse de ses épaules. Et puis, mon dessin a dérivé vers un autre. Une tête de loup, toute noire avec de grands yeux gris. Je la contemple un moment en souriant. Alors, je suis prise d'une impulsion et je m'empresse d'y obéir avant de trop réfléchir. J'écris en dessous « voilà comment on dessine les loups », parce que je ne suis pas une fille qui a très confiance en elle mais je sais au moins que je m'en sors pas trop mal avec un crayon. Je plie le papier en tout petit et le lui lance sur la tête. Je le regarde se pencher pour le ramasser, le déplier. Puis se tourner et accrocher mon regard. Je rougis, encore – satanée peau de rousse ! Il m'offre le sourire le plus sincère qu'il m'ait jamais fait et lève le pouce.

Il l'a bien aimé !

Je souris toute seule en retournant à mes devoirs. La colle est presque finie, et ce n'est que lorsque la sonnerie retentit que je réalise.

Emma va me tuer.

Pourtant, l'orage met plusieurs jours à arriver.

Des jours pendant lesquels William et moi on se parle quand on se croise dans les couloirs, ou on s'envoie des mots, en classe. On se dit rien de vraiment important, mais on ne dessine plus des loups à présent. Il me parle de la musique qu'il écoute, et moi des livres que je lis. Il me traite de geek et je lui rétorque que les geeks ça joue aux jeux vidéo, mais pas moi. Ariane nous regarde de loin d'un air désapprobateur, mais je n'y fais pas attention. En fait, je ne fais plus trop attention à rien, jusqu'à ce que la tornade blonde que je craignais il y a quelques jours s'abatte enfin, me prenant par surprise au moment où je n'y croyais plus.

Je me recroqueville sur mon siège quand je la vois fondre sur moi comme la dernière fois, sinuant entre les tables de la cafèt' – ça va devenir une habitude ou quoi ? Ariane est en rattrapage de physique-chimie et je suis seule pour me prendre la colère d'Emma en pleine figure. Elle se penche et me met encore sous le nez son doigt impeccablement manucuré.

– Tu crois que je vois pas ce que tu fais ? Tu crois que je sais pas que tu envoies des mots doux à mon mec en plein cours ?!

– C'est pas des mots doux, c'est juste des… des mots…

– Tu me prends pour une imbécile ?

Sa voix s'est brisée, et je me rends compte avec stupéfaction qu'elle a les yeux humides. Je m'agite sur ma chaise, les joues brûlantes. Tout le monde nous regarde, alors je me concentre sur elle, sur ses yeux bleus trop maquillés, et du coup je ne le vois pas arriver, lui, qui demande tout bas en fronçant les sourcils :

– Qu'est-ce qui se passe, Emma ?

Elle se redresse avec son mouvement de cheveux habituel, mais sa bouche est tordue en une grimace peu engageante.

– Rien, je crois juste comprendre que tu préfères visiblement les gamines effarouchées aux vraies filles, c'est tout.

William s'empourpre à son tour, mais ne dit rien. Ne prend la défense d'aucune de nous, alors qu'Emma lui appuie deux doigts sur le torse.

– Je te préviens, celle-là c'est l'une des plus coincées du bahut, tout le monde le sait ! Si jamais tu veux tirer ton coup, tu peux toujours attendre ! Espèce d'imbécile !

Elle le repousse brutalement et s'en va à grandes enjambées. William et moi restons tous les deux figés un temps, avant qu'il se décide soudain à la suivre. Je l'entends l'appeler dans le couloir.

– Emma !

Je baisse le nez dans mon assiette. Je viens de me prendre une des plus grosses hontes de toute ma vie, devant l'intégralité des élèves du lycée. Je voudrais tellement qu'Ariane soit là, ou bien Jonas – mais mon frère embarque toujours son plateau dehors dès qu'il y a un rayon de soleil, parce que ça le déprime de rester enfermé entre quatre murs toute la journée. Je sens mes yeux me piquer. Je ne peux pas me mettre à pleurer devant tout le monde, en plus du reste. Il faut que je me lève, il faut que je sorte, il le faut ! J'ai la tête qui tourne, j'ai l'impression que la pièce se resserre sur moi, j'étouffe, je…

– Hey.

Je relève des yeux embués de larmes sur la carrure floue d'Arthur, et j'étouffe un ricanement amer.

– Tu viens te moquer de la gamine effarouchée ?

Il me prend le bras, et sa main me brûle quand il m'aide gentiment à me lever.

– Vous êtes tous de vrais sales gosses. Mais elle plus que toi, à venir faire un scandale ici… Allez, viens.

Il m'emmène, on sort de la pièce, on traverse les couloirs et on émerge à l'air libre où le soleil automnal me réchauffe le visage. Je ferme les yeux et prends une inspiration. Je sens le regard d'Arthur sur moi, mais un regard dénué de jugement, cette fois.

– Ton frère t'a vue, il vient vers nous.

– Oh non, je panique. Je ne veux pas qu'il sache ce qu'Emma a dit devant tout le monde, je ne veux pas qu'il sache…

« Je ne veux pas qu'il sache, pour les petits mots que j'échangeais avec William. » D'où me vient cette soudaine timidité, moi qui lui ai toujours tout confié ? Arthur fronce un sourcil, mais n'a pas le temps de répliquer que Jonas est sur nous, me prenant par les épaules.

– Ça ne va pas ?? Qu'est-ce qui s'est passé ? J'ai entendu dire que c'était Emma, que…

– Emma s'est trompée.

– Quoi ?

Jonas détaille Arthur, mais ce dernier ne se démonte pas.

– Emma a cru un faux truc et a pensé que ce serait une bonne idée d'afficher ta sœur à la cafèt'. Mais rien de grave, tout sera vite oublié.

Je lui jette un regard de pure gratitude, alors que mon frère se désintéresse déjà de lui pour me passer un bras autour des épaules et m'entraîner vers un banc. Je me laisse faire, mais je me retourne juste une fois et je regarde la carrure large d'Arthur s'éloigner dans un rayon de soleil.

– Pourquoi il ne t'a pas défendue ?!

– Ariane, sa copine était en train de lui faire une scène, il avait autre chose à faire que me défendre…

– Non mais tu rigoles ! Quel enfoiré, franchement ! Il aurait pu l'empêcher de te dire de telles saloperies devant tout le monde. Il n'a pas de couilles ou quoi ?

Ariane est très remontée et me le fait savoir, alors qu'on marche ensemble sur le trottoir. Je renifle, sentant ma gorge me serrer de nouveau. Quelle épouvantable journée… Elle m'entend et grimace un peu, avant de marmonner.

– Bon, et maintenant il se passe quoi ?

– Maintenant ? Eh bien, tous les élèves vont ricaner de moi dans mon dos, et William ne va plus me parler à cause de ce qu'Emma a balancé, et il va se réconcilier avec elle et voilà !

Je shoote dans une canette vide qui roule jusque dans le caniveau. Si j'avais été Jonas, je l'aurais ramassée pour la mettre à la poubelle juste à côté. Mais je ne suis ni le parfait Jonas ni la parfaite Emma, sur aucun plan. Je suis juste moi, et bien obligée de composer avec ça. Ariane secoue la tête, peu convaincue.

– Je n'en suis pas si sûre. Je les ai vus tout à l'heure, et je crois qu'ils ont cassé genre, officiellement.

– Ah oui ?

Je m'en veux pour cet espoir mesquin qui vient de renaître dans ma poitrine. Mais franchement, qu'est-ce que j'imagine ? C'est pas parce qu'on s'est dessiné mutuellement des loups et qu'on a parlé un peu par mots interposés qu'il ressent quelque chose pour moi, hein !

Pourtant, deux jours plus tard, c'est la consécration.

D'abord parce que j'apprends qu'effectivement, Emma et lui ont rompu. Et ensuite, parce qu'il m'a envoyé une invitation Facebook !! Je m'en suis rendu compte à table, avant de me faire rabrouer par mes parents pour « usage illicite de téléphone portable pendant le repas ». Dès que j'ai pu, je me suis réfugiée dans ma chambre et j'ai accepté, et on a entamé une conversation. Il m'a demandé mon numéro, je le lui ai donné. Je lui donnerais tout sans réfléchir, je ne sais même pas pourquoi. C'est juste que mon cœur bat si vite chaque fois que je pense à lui…

– Les enfants ! Il est 23 heures, au dodo !

Jonas et moi on est vautrés ensemble sur le canapé, à nous partager un énorme bol de pop-corn tout en regardant des épisodes de *Breaking Bad* – on a piraté la saison 4 il n'y a pas très longtemps et on va bientôt pouvoir commencer la cinquième et dernière. On s'exclame aussitôt, dans un bel ensemble :

– Mais il est super tôt !

Maman s'approche de nous et lève le doigt.

– Demain, lever 9 h 30. On va à la messe.

Là, on en reste sans voix. Notre famille est catholique, et Jonas et moi on est passés scrupuleusement par toutes les étapes – le baptême, la communion, la profession de foi, les années de catéchisme… Mais la messe en famille, franchement, on ne le fait plus qu'à Noël et à Pâques, quand les parents déclarent qu'on ne peut pas se permettre de les rater. D'ailleurs, mon frère hausse un sourcil et commente.

– La vache, l'année passe vite, je ne savais pas qu'on était déjà Noël.

– Très drôle, ironise maman en croisant les bras. Non, nous avons pensé avec votre père que nous ferions bien de resserrer un peu les liens… familiaux… et de réitérer notre foi et nos croyances en essayant d'aller un peu plus souvent à la messe tous ensemble.

Jonas et moi, on échange un regard inquiet, et puis je marmonne.

– Franchement, c'est pas néces…

– Si, ça l'est ! Ça l'est, parce qu'on vit une époque de… de dégénérés, de décadence totale, avec cette nouvelle loi qui se prépare là, pour laisser les pédés se marier !

On en reste cois. Finalement, je fronce un sourcil, dépassée.

– Je sais bien que cette idée ne vous plaît pas trop, mais comment tu peux parler de « pédés », maman, toi qui es amie avec notre couple de voisins qui…

– On n'a jamais été amis ! On a été dans la même association, c'est tout, mais moi, leur mode de vie m'a toujours… m'a toujours dérangée !

Première nouvelle. Je me redresse un peu dans le canapé.

– OK, OK, c'est juste que je trouve ça un peu brutal. Je veux dire, on s'en fiche s'ils peuvent se marier, non ? Ça nous concerne pas, au final…

– Ah tu crois ça, tu crois que ça ne nous concerne pas, que ça ne concerne pas le monde dans lequel on vit ? Un monde dont les valeurs s'effondrent complètement, Marie.

– Louve.

Jonas et moi, on l'a reprise automatiquement, de la même voix. Mes parents ont bien été obligés de se faire à mon adoption de mon second prénom comme prénom principal, mais quand elle perd ses nerfs, ma mère rechute toujours.

– Peu importe. De toute façon vous êtes toujours mineurs, vous vivez toujours sous notre toit, alors demain c'est messe pour tout le monde, et nous écouterons ce que le prêtre a à dire sur les temps terribles que nous vivons aujourd'hui.

La voilà qui s'en va à grands pas. Quelle *drama queen*, notre mère, c'est terrible. Jonas, à côté de moi, est étonnamment silencieux, et je lui donne un petit coup de coude.

– Hé, c'est pas si grave, on pourra toujours commenter par textos la gueule des autres paroissiens, hein…

Il rit, un peu.

– Ouais, sûrement.

Mon téléphone vibre de nouveau sur l'accoudoir. Je le saisis d'une main fébrile – c'est encore un SMS de William. Jonas hausse un sourcil très haut, l'air à la fois interrogateur et un peu moqueur, et je balbutie.

– C'est Ariane, OK ?

– Mouais…

Je sais bien que mon frère a l'habitude que je lui raconte tout, et qu'il doit être surpris de sentir qu'il se passe un truc dont je n'ai encore jamais fait mention, mais bon, on a grandi, non ? On a tous le droit à son jardin secret. D'ailleurs, y a-t-il seulement quelque chose à raconter, en vrai ? William et moi… on devient amis, c'est tout. Mais si c'est tout, pourquoi est-ce que j'ai le cœur qui bat si fort à mes tempes que ça m'assourdit, et que je me sens si vertigineuse ? Jonas a l'élégance de ne pas insister et se lève souplement.

– Bon, bah, je vais me coucher.

– OK…

Il repose le bol de pop-corn, se penche, m'embrasse sur la joue et s'éclipse. Je reste un instant seule dans le salon, pensive. La messe, je n'en ai vraiment rien à faire – le mariage gay non plus, je dois l'avouer. Ce à quoi je pense, c'est plutôt à la proposition que m'a faite William la veille : celle d'aller au cinéma, rien que tous les deux, un de ces quatre. C'est un rendez-vous ça, non… ? Si, bien sûr que si. Je ne l'ai pas dit à Ariane

– je sais qu'elle désapprouve de nous voir nous tourner autour si tôt après sa séparation à lui. Elle ne cesse de me répéter que c'est un séducteur et qu'il va me faire la même chose qu'à Emma. Mais je n'y crois pas. Je n'y crois pas parce que… eh bien, parce que je suis cette fameuse fille coincée qu'Emma m'a accusée d'être, l'autre jour. Et qu'est-ce qu'il viendrait faire avec une fille coincée si son but était de flirter juste pour le plaisir ?

Chapitre 4

– Salut…

– Salut !

Il me fait la bise. C'est la première fois, et quand je me recule, je sens que je suis déjà toute rouge. On échange un long regard. Les garçons ne me matent jamais comme ça, avec du feu au fond des yeux. Ma seule histoire remonte à mon année de troisième, avec un copain de mon frère à l'époque, un an plus jeune donc. On était terriblement gênés et empruntés, et même si on se plaisait mutuellement, ce n'était que par un concours de circonstances qu'on s'était retrouvés dans ma chambre un dimanche après-midi, à échanger des baisers… compliqués. Je me souviens surtout qu'il essayait de fourrer son énorme langue à l'intérieur de ma bouche, et que ça faisait un bruit de succion dans toute la pièce. En revanche, quand il avait glissé ses mains sous mon tee-shirt, même si ça avait été brusque et maladroit aussi, j'avais tremblé.

Et puis mon frère avait débarqué, on avait tout arrêté… et on ne s'était jamais revus seul à seule après ça, je ne sais pas bien pourquoi. Ce que je sais, c'est que je ne devrais pas penser à ces choses-là alors qu'on est dans la file d'attente pour *Looper*, un film de science-fiction qui a l'air un peu bourrin mais qui nous tentait bien tous les deux, et qu'il pleut. J'ai mis la capuche de mon sweat, mais en vrai gentleman William a déplié son grand parapluie noir au-dessus de nos têtes, et je me suis rapprochée de lui pour en profiter. Je ne sais pas quel parfum il porte, mais j'adore son odeur – en fait, je me rends compte après un temps de retard que je suis plus en train de le renifler que de l'écouter.

– Pardon tu… tu disais quoi ?

Il rit, encore – j'adore ce rire – d'ailleurs la fille de devant se retourne et lui jette un petit coup d'œil un peu trop appréciateur. Une image d'Emma me passe par la tête, et je repousse comme je peux la vague de culpabilité qui l'accompagne. Ce n'est pas vraiment ma faute s'ils ont rompu, n'est-ce pas ? Ça ne faisait pas bien longtemps qu'ils sortaient ensemble, de toute façon, quelques semaines, je crois… Nous voilà bientôt dans l'entrée du ciné, et je me dirige vers le stand de confiseries mais William me passe un bras autour des épaules et m'entraîne plutôt vers la porte du ciné.

– Hé ! J'adore manger du pop-corn en regardant mes films, moi !

– Tss tss, tu n'en as pas besoin.

Je fronce les sourcils. C'est quoi son problème avec le pop-corn ? On va s'installer – moi j'adore les places tout devant, parce que je m'en prends plein la tête, surtout pour ce genre de films, mais William m'entraîne résolument vers deux places en plein milieu de la salle, avec des gens de chaque côté de nous.

Très vite, je me fais happer malgré moi par l'histoire – le film est plus intelligent qu'il n'y paraissait. En fait, je me fais tellement envoûter que j'en oublie complètement la présence de William à côté de moi… jusqu'à ce que je sente des doigts un peu froids effleurer les miens, manquant me faire pousser un hurlement. Je me fige, mon cœur faisant une violente embardée dans ma poitrine, et soudain plus rien d'autre n'existe que ma main serrée sur cet accoudoir de velours rouge et ce léger effleurement qui enflamme ma peau. Il n'y a plus de film intelligent, de ventre qui gargouille son mécontentement de ne pas avoir eu de pop-corn, de voisin qui prend tout l'autre accoudoir et écarte trop les jambes – il n'y a plus rien que ces sensations exacerbées, la façon dont nos peaux entrent en contact et mon souffle court, si court que j'ai l'impression que je vais m'étouffer. Et puis les doigts approfondissent leur mouvement, prennent délicatement les miens, et voilà, on est en train de se tenir la main, et j'ai le cœur qui bat si fort que j'en ai la nausée. Est-ce que je devrais me tourner un peu vers lui ? Est-ce qu'on devrait s'embrasser ? Est-ce qu'il devrait se passer plus, est-ce que… ?

J'ai la tête qui tourne, mais William me saisit déjà le menton, tournant mon visage vers lui. Il y a trop de lumière à l'écran, ça nous illumine, tout le monde va nous voir, tout le monde… mais il pose ses lèvres sur les miennes et le temps cesse brusquement sa course. Sa bouche est douce et précautionneuse – rien à voir avec le baiser horriblement maladroit échangé avec le pote de mon frère, il y a des années de cela. William est doux mais aussi entreprenant, et je n'ai pas encore eu le temps de m'habituer à ses lèvres qu'il fait s'ouvrir les miennes et caresse ma langue de la sienne, et soudain c'est trop. Je me recule, coupant brutalement court au baiser et rougissant. Je suis vraiment une sale gamine coincée, ce n'est pas possible ! Il va me rejeter, me rire au nez ! Mais non, il sourit, d'un air indulgent, et me serre les doigts comme pour me dire que ce n'est pas si grave. Pourtant, c'est mortifiée et mes doigts glacés sous les siens que je passe le reste de la séance, à me demander ce qui ne va pas chez moi.

Après ça, j'ai autant envie de retourner au lycée que de me pendre, forcément.

J'ai passé une bonne partie de la nuit au téléphone avec Ariane, à qui j'ai tout avoué. Ariane est comme moi – elle n'a eu que quelques expériences, et plutôt malheureuses, même si elle a beaucoup de succès auprès des garçons. Pour le moment, elle ne laisse plus personne l'approcher, comme si elle cherchait le grand amour. Même si elle n'a pas confiance en William et qu'elle trouve ce baiser un peu prématuré, elle reste longuement en ligne, à me rassurer, à me demander des détails sur ce que j'ai ressenti, à me dire que c'est normal d'avoir peur, que je ne dois jamais me forcer, dans n'importe quelles circonstances, et qu'on verra à la réaction de William après ça si c'est un mec bien ou pas. C'est grâce à son soutien inébranlable que je parviens à me tirer du lit malgré tout le lendemain matin. En me voyant arriver dans la cuisine, Jonas pousse un petit sifflement.

– Houlà… mauvaise nuit ?

– Putain, oui.

Je ne veux pas commenter plus, tandis que je me laisse tomber sur ma chaise et qu'en frère aimant – ce qu'il est la plupart du temps, même si souvent moqueur, aussi – il vient déposer devant moi une tartine beurrée.

– Merci.

– De rien. Tu veux raconter ?

J'hésite. Franchement, c'était un tel fiasco ma réaction, je n'ai pas envie de l'entendre me poursuivre de son rire tout le long du trajet jusqu'au lycée.

– Non.

– OK…

Il s'assoit en face de moi. Nos genoux se touchent, et ça me fait du bien – ça me rappelle qu'il est toujours là pour moi et que je peux compter sur son soutien, quoi qu'il arrive. J'ai de la chance de les avoir dans ma vie, Ariane et lui. Ça me fait penser…

– Ariane voudrait se joindre à notre partie de bowling de dimanche.

– Chérieux ?

Il mâche sa bouchée et l'avale bruyamment, avant de reprendre.

– J'aurais cru qu'une fille comme elle trouverait ça… trop beauf.

Je hausse les épaules – à vrai dire, je l'aurais cru aussi.

– Peut-être qu'elle veut nous soutenir, après ce qu'on aura fait la veille.

Il esquisse un sourire sardonique.

– Défiler avec les cathos intégristes et l'extrême-droite, tu veux dire ?

– Voilà.

Je ris un peu, mais je ris jaune.

– Franchement, comment nos parents ont pu en arriver là ? Ils n'ont jamais manifesté de leur vie, même pas en Mai-68, et les voilà décidés à descendre dans la rue et à nous forcer à les accompagner…

Jonas hausse une épaule, fataliste.

– Ils ont des idées de merde, c'est tout.

– Jonas!

– Franchement, Lou, ça fait des années que j'essaie de te le prouver.

– Je sais mais bon… c'est juste… ils ont des… des valeurs…

Il me crucifie de son regard bleu glace, à la fois si semblable et si différent de celui de maman.

– Parce que je n'en ai pas moi des valeurs, peut-être?

– Ce n'est pas ce que j'ai dit.

Il ne répond rien. Un certain froid s'abat sur nous et je frissonne. Il ne me restait plus qu'à me disputer avec lui ce matin, tiens! Mais il m'enlace soudain par les épaules et dépose un baiser dans mes cheveux.

– C'est bon, *sis'*. Tout va bien, détends-toi…

Il doit être un peu magique, mon frère, parce que mon cœur lui obéit tout seul – il bat un peu moins fort dans ma poitrine, et je respire enfin.

On passe le trajet à parler de tout et de rien, et quand on arrive au lycée, Jonas me sent si nerveuse qu'il me garde un peu avec lui, m'entraînant résolument dans sa bande de copains. Je les connais tous – sauf un, un garçon un peu plus petit que les autres, très silencieux et qui préfère visiblement écouter ses amis, les yeux grands ouverts. Il a un regard d'un noir profond, mais je suis surtout impressionnée par sa crinière de dreadlocks, dont il a relevé une partie en un chignon épais. Pour un garçon visiblement timide et réservé, c'est une coiffure carrément audacieuse – de toute façon, tout détonne chez lui. Il n'y a pas beaucoup d'élèves noirs dans notre établissement privé catholique du centre de Paris… À un moment, tandis que tout le monde discute musique en riant, je tire sur la manche de mon frère et lui indique le garçon du menton.

– C'est un nouveau ? Je croyais qu'il n'y en avait que deux, cette année…

Jonas rit.

– Non, pas du tout, il est dans ma classe mais il a sauté la troisième, tu n'as pas dû le remarquer, avant. Il s'appelle Elliot.

– Oh, OK, un petit génie, alors !

Le dénommé Elliot semble avoir entendu son nom. Il nous jette un regard presque… apeuré, et je lui fais un petit signe de la main. Il se détend aussitôt et se rapproche de moi. Alors que Jonas raccroche la conversation musicale à côté, Elliot me demande.

– Tu es la grande sœur de Jonas, c'est ça ?

– Oui, Louve. Enchantée !

– Enchanté aussi. Waouh, Louve, c'est un…

– Un drôle de prénom, je sais.

C'est toujours mieux que mon vrai prénom, ça, c'est sûr.

– C'est pas trop dur de sauter la troisième ? Je veux dire, c'est carrément impressionnant, non ?

Il sourit.

– Un peu, en vrai. Je n'étais pas trop partant, mais les profs ont insisté… et mon père était tellement content et fier, alors j'ai dit oui.

– Tu ne regrettes pas trop ?

– Non, pas du tout.

Il a parlé tellement vite et il dégage soudain une telle intensité que je le dévisage, surprise, puis suis son regard… et découvre qu'il contemple mon frère en silence, comme s'il voulait désespérément lui communiquer quelque chose autrement que par les mots. Un peu gênée, j'esquisse un sourire forcé.

– OK, cool, alors !

Il faudra peut-être que je dise à Jonas qu'Elliot a l'air un peu trop… intense, comme pote. Parfois il faut se méfier, même en amitié – certaines personnes attendent de nous quelque chose qu'on n'est pas en mesure de leur donner, et dans ce cas souvent ça finit mal, surtout si ça passe d'abord par un temps plus ou moins long de relation compliquée.

William est arrivé en retard. Et de super mauvais poil, avec une tête aux yeux cernés à faire peur – tous les élèves de la classe sont restés bouche bée en le voyant débarquer, moi la première.

Bon sang, il ne peut pas s'être mis dans un état pareil à cause de moi, hein ? Juste parce que j'ai rompu le baiser un peu vite et que j'étais stressée ? Il n'avait pas l'air fâché au cinéma…

Ariane m'envoie pourtant une grimace compatissante, et je me ratatine sur ma chaise. Entre ça et la sale note que le prof de maths me rend, ce matin, c'est juste l'enfer.

Quand l'intercours arrive enfin, je n'hésite pas, et tant pis si ça va alimenter les rumeurs. Je me lève et me faufile entre les pupitres pour rejoindre le sien. Je range nerveusement une de mes mèches rebelles derrière l'oreille et je lui demande comment il va. Il me jette un regard gris d'orage.

– Ça va super, comme tu peux le voir.

Mon cœur sombre au fond de ma poitrine, un instant je suffoque.

– J'peux… j'peux faire quelque chose… ? C'est à cause de… d'hier ?

– D'hier ?

Il n'a pas l'air de comprendre, et je m'empourpre, jetant des regards sur le côté.

– Au… au cinéma.

Long silence. Et puis il secoue lentement la tête et se passe une main sur les yeux, le geste las.

– Bordel, Louve, tout ne tourne pas autour de toi, hein ! Non, ça n'a rien à voir !

Je recule, blessée par son ton mordant, et il soupire.

– Déso, je voulais pas dire ça, je…

Son portable vibre sur le pupitre. J'ai le temps de voir « Mum » s'inscrire sur l'écran avant qu'il s'excuse encore, saisisse son téléphone et s'éclipse discrètement. S'il se fait pincer en train d'y répondre, il va se le faire confisquer à vie, son portable. Ariane m'appelle mais, saisie d'une impulsion, je l'ignore et je sors moi aussi, pour le suivre. Il n'a pas l'air d'aller bien, et ça va empirer pour lui s'il se fait prendre.

Je le vois tourner dans le couloir qui mène au gymnase – bonne pioche, car les élèves qui ont sport y sont déjà, et vu que la sonnerie va bientôt retentir, c'est désert dans les couloirs. Alors si je suis rassurée, pourquoi est-ce que je me plaque contre un mur, hors de sa vue, et que je tends l'oreille pour distinguer ce qu'il raconte ? Je me fais l'effet d'être une voyeuse et je n'aime pas ça, pourtant je ne peux pas m'en empêcher. Je n'entends pas tout, mais il parle français – curieux, je l'imaginais parler anglais avec ses parents. Je discerne quelques bribes de phrases : « non, maman, je ne peux pas faire ça… je ne vais pas y arriver… arrête, je fais déjà… je peux… s'il te plaît… » et puis la sonnerie résonne, et je sais que je vais rater le début du cours si je n'y retourne pas maintenant. Je suis tentée de rester, de me montrer à la fin de son coup de fil, de venir lui parler… mais je ne suis pas sûre que William aimerait savoir que je l'ai espionné et écouté sans son autorisation. Je me détourne et je me rue en classe où le cours d'anglais commence – sans lui.

Ariane m'envoie immédiatement un petit mot.

Il est où??

Je lui réponds ce que je sais. Elle me fait les gros yeux.

T'aurais dû rester avec lui, abrutie!

Mal à l'aise, je baisse le nez dans mes exercices de compréhension écrite. William ne reparaît pas de tout le cours, et je ronge sérieusement mon frein, jusqu'à ce qu'enfin la pause soit annoncée. Aussitôt, je me précipite dehors, sans attendre ma meilleure amie qui me crie après. Je cherche William des yeux, je ne le vois pas tout de suite… et puis, finalement, je l'aperçois. Il est accroupi dans un coin de la cour. Un rayon de soleil joue dans ses cheveux noirs, et sa beauté mélancolique me serre le cœur. Je remarque qu'il y a un garçon qui se tient près de lui, debout, adossé au mur une jambe pliée. Je mets plusieurs secondes à comprendre qu'il s'agit de mon frère, qui lui parle avec un air concerné, les mains enfoncées dans les poches. Pourquoi est-ce que Jonas discute avec… William ? Oh non, ils ne peuvent pas être en train de parler de moi, n'est-ce pas ?! Mon frère ne sait rien de ce que je ressens pour ce garçon ni de ce qu'on a échangé au cinéma, William ne peut pas lui avoir raconté, si… ? Il ne m'aurait pas fait ça !

Je reste immobile quelques longues secondes, mais l'inquiétude me pousse en avant, et je les rejoins en traversant toute la cour, le regard rivé sur eux. Quand je m'approche, Jonas m'accueille d'un sourire tranquille.

– Salut, *sis'*.

– Salut…

William lève les yeux sur moi. Et sourit doucement, à son tour.

– Désolé si je t'ai inquiétée…

Je jette un petit coup d'œil en coin à Jonas, qui lève les mains devant lui comme pour dire « tout ça ne me regarde pas », et qui se redresse pour s'éloigner, non sans jeter à William un dernier regard un peu protecteur.

– *Bye*, mec, prends soin de toi, hein !

Je plisse les yeux en le regardant partir, avant de reporter mon attention sur William et de me laisser tomber assise à côté de lui.

– C'est pas grave si je me suis inquiétée. Je voudrais juste savoir… est-ce que j'ai eu raison ? De m'inquiéter, je veux dire… Tu n'as vraiment pas l'air bien…

Nos doigts s'effleurent sur le sol glacé, et je ne retire pas les miens. Il secoue la tête.

– Non. Rien de grave, vraiment. Un coup de froid, je crois. Ça va déjà mieux !

– OK…

Je ferme les yeux pour goûter le rayon de soleil qui tombe sur nos têtes. Le silence entre nous aurait pu être confortable si je n'avais pas su qu'il venait de me mentir éhontément – et s'il n'avait pas su que je savais, aussi. Je suis presque soulagée quand Ariane, en digne sauveuse, vient nous faire la conversation, et que je finis par m'éloigner avec elle, les épaules voûtées.

Jonas avait moins de cours que moi aujourd'hui, il est déjà rentré.

J'ai le cœur un peu froid, alors je m'attarde aux portes avec Ariane, à parler de tout et de rien – et surtout de la série à l'eau de rose qu'on regarde en ce moment et qui nous fait mourir de rire. Mon amie n'a pas son pareil pour me dérider… Pendant qu'on discute, le bruit du moteur d'une grosse moto s'élève soudain. Je me retourne et j'avise Arthur, en veste de motard, qui s'apprête à enfiler son casque. Nos regards se croisent et s'accrochent quelques secondes, avant qu'il jette sa clope dans le caniveau, qu'il passe son casque et enfourche sa bécane, puis prenne la route. Je pousse un sifflement.

– Mais c'est qui, ce type…

– Oh, je sais tout sur lui maintenant, mais oui, j'ai carrément oublié de t'en parler, avec l'affaire William en cours !

– « L'affaire William »… N'exagère pas, hein.

Elle rigole et rajuste la bandoulière de son énorme sac à main dans lequel elle entasse ses feuilles de cours en vrac.

– Arthur n'est pas ici par hasard. Il n'a pas vraiment le look de l'emploi, comme tu as pu le voir.

– Certes…

– Et pour cause, il vit avec sa mère dans un mobile home !

– Ah bon ?

– Oui, mais s'il est là, c'est parce que… roulements de tambour…

– Ariane, t'es chiante !

– C'est le neveu du directeur !

– Oh !

Là, elle m'en bouche un coin. Le neveu du directeur ? *Le* directeur, Monsieur Lemoine, cet horrible bonhomme sinistre qui arpente les couloirs les mains dans le dos à l'heure du déjeuner tous les vendredis pour chercher de pauvres élèves à emmener de force à la messe de l'école, à laquelle personne ne veut assister ? J'ai un peu trop de mal à faire le lien entre cet homme à l'air sévère et... Arthur, qu'on vient de voir jeter sa cigarette et monter sur une bécane un peu trop cool. Mais ce qui me chiffonne le plus au final, c'est...

– Le directeur laisse son neveu vivre dans un mobile home ?

Ariane hausse les épaules.

– Déjà, il permet à son neveu fauché de venir étudier ici, et gratuitement je parie, c'est pas si mal.

– Hmm.

Je repense aux bribes de la conversation téléphonique de William, attrapées au vol. À toutes ces nouvelles informations que j'ai reçues sans le vouloir, sur lui, sur Arthur. Tout le monde a ses secrets, et surtout tout le monde tente de cacher des choses sur sa famille, je suis bien placée pour le savoir. Après tout, j'ai adopté mon deuxième prénom pour tenir tête à mes parents et fanfaronner auprès des autres en leur faisant croire que ma mère et mon père étaient trop cool. Est-ce que c'est ça, grandir, devenir adulte ? Se mettre à avoir honte de ses parents, de sa famille ? Ça dure toute la vie, ça... ?

Ce soir, maman nous a parlé de la manifestation à venir de samedi.

Jonas et moi, on n'a même pas tenté de protester, on a bien compris qu'on n'y couperait pas. Mais mon frère a soudain eu l'air si fatigué qu'il est allé se coucher super tôt, et que je n'ai pas pu lui demander de quoi il avait parlé avec William. Alors je me suis retirée dans ma chambre, moi aussi.

C'est une petite pièce coincée entre le salon familial d'un côté et la chambre de mon frère de l'autre. Probablement la pièce la plus bruyante de l'appartement – souvent, le soir, j'entends à la fois le téléfilm que regardent mes parents au salon et la musique trop forte qu'écoute mon frère, fan absolu de Queen et de David Bowie, entre autres. Mais en fait, j'adore cet environnement sonore familier, comme ce soir où je m'étends tout habillée sur mon lit et où j'écoute, un long moment – ça m'aide à ne pas trop penser.

Ma chambre est si étroite qu'on n'a pu y caser que mon fauteuil-lit, qui une fois déplié prend presque toute la place, mon armoire pour mes habits, mon bureau et une bibliothèque dans laquelle j'entasse tous mes livres et bandes dessinées – mais ça déborde en permanence, et il y a des piles un peu partout, y compris sous mon bureau. Dans ma famille et mon entourage plus général, je suis un peu un ovni – la seule passionnée à ce point de fiction et de mondes imaginaires. Moi, ça m'apaise. Dans la réalité, les gens sont toujours ultra difficiles à comprendre. Alors que suivre les aventures de personnages qui n'existent pas réellement… c'est quelque chose d'à la fois terriblement clair et intense. Bref, c'est parfait pour moi.

Je finis par me mettre en short et en tee-shirt, éteindre et me glisser sous la couette. On vit dans un vieil appartement qui donne sur une rue plutôt passante, et toute la nuit les lumières des phares des voitures s'infiltrent par les persiennes et éclairent par intermittence mon plafond blanc en bandes couleur néon doré. Ça me plaît. Je reste longtemps étendue dans le noir, jusqu'à ce que peu à peu les résonances de la maison s'éteignent – d'abord le ronronnement de la télévision, puis enfin seulement la musique de Jonas, une fois que ma mère lui a demandé de se coucher, « bon Dieu ».

Bientôt, tout est silencieux – il est tard, et je n'ai même pas ouvert un livre ce soir. Mes pensées n'ont cessé de dériver, malgré moi, vers le beau visage, cerné et inquiet, de William ce matin. C'est les sourcils froncés que je sombre enfin dans un sommeil lourd, aux rêves complexes et torturés.

Chapitre 5

Samedi 17 novembre 2012 – le soir

– Dis… je peux entrer ?

– Bien sûr. Depuis quand tu demandes ?

Il m'a taclée mais il a raison, d'habitude je ne m'embarrasse pas de ce genre de politesses avec lui – cela dit aujourd'hui, c'était une journée vraiment bizarre. Et puis ce soir, je viens lui parler de William, alors je peux bien mettre les formes, non ?

Jonas est allongé sur son lit, les bras derrière la tête. Toute sa chambre est décorée de posters de chanteurs et de groupes de rock. Il y a aussi sa guitare, aux cordes usées, juste devant son armoire. Ça fait un moment que je ne l'ai pas entendu en jouer… Je m'assois sur le bord du lit et je pousse un soupir.

– Sacrée manif, hein ?

– Ouaip. Je t'avoue que c'était la plus chiante de toutes celles que j'aie jamais faites. Même pas un petit arrière-goût de gaz lacrymo, c'est dingue, non ? Comme quoi ce genre de trucs, c'est toujours pour les manifs de prolos, pas pour celles des bourges…

Je ne comprends pas bien ce qu'il raconte. Je ne comprends jamais bien, en vrai. Je ne suis pas sûre de savoir d'où ça lui vient, cet engagement forcené. Je me suis souvent dit qu'il brûlait d'une sorte de feu sacré quand j'étais plutôt un lac d'eau tranquille, placide et un peu insignifiant. Je secoue la tête, lissant la couette du bout des doigts.

– J'ai un truc à te dire.

Il se redresse, en appui sur un coude, ses yeux tout pétillants.

– Oui ? Il se passe enfin un truc dans ta vie amoureuse, *sis*' ?

– Crétin !

Je lui balance un coussin à la figure, sous ses éclats de rire.

– Comme s'il se passait des choses dans la tienne !

Il rit plus fort, et je souris un peu, avant d'avouer.

– C'est vrai que c'est à propos d'un garçon, même s'il s'est pas encore passé grand-chose.

– Ah ! je le savais ! Alors, alors, c'est qui ? Quand même pas l'*English boy*, là, William ?

Je fronce les sourcils.

– Comment ça, « quand même pas » ?

Il ne sourit plus, soudain.

– Il a l'air sacrément con.

– Il ne l'est pas du tout ! Et d'ailleurs tu lui parlais bien, l'autre jour !

– Je l'ai retrouvé en train de chialer dans la cour juste avant que tous les élèves débarquent, j'allais pas le laisser seul dans cet état !

Il pleurait vraiment, alors. Je me trouble.

– Il n'allait pas bien.

– J'ai vu.

Je lui jette un coup d'œil en coin.

– Il t'a… il t'a dit quelque chose ?

Jonas plisse les yeux.

– Peut-être bien que oui, mais si c'est le cas, ce n'est pas à moi de te le raconter.

– Jonas !

Il écarte les bras.

– Non non, je suis désolé, je ne peux pas ! Tu n'as qu'à lui poser des questions !

– Mais je lui en pose ! Seulement il me répond à côté.

– S'il ne te dit pas la vérité, c'est qu'il n'est pas bon pour toi !

Je me lève brusquement, le doigt tendu.

– Oh, ça va la morale à deux balles, là ?! On dirait les parents !

Il se lève à son tour, il est tout pâle de fureur.

– Retire ça.

J'ai visiblement fait mouche, à un point que je n'aurais pas soupçonné. Je m'engouffre dans la brèche.

– Ouais, les parents, Jonas ! Tu fais exactement comme eux, là ! À me sermonner sur ma vie amoureuse comme si j'allais me marier avec ce mec. On s'est juste roulé une pelle, c'est tout !

À ma grande surprise, Jonas n'enchaîne pas. Il reste silencieux et immobile, et puis il se laisse tomber sur son lit et attrape la guitare à côté de son armoire. Il commence à jouer quelques notes, sans plus me regarder, et demande d'une voix calme.

– Alors, c'est ça que tu es venue me dire ? Que tu avais emballé un mec ? Qu'est-ce que je suis censé répondre ? Félicitations, *sis'* ?

Mon cœur se serre. Jonas et moi, on a toujours été si proches, on s'est toujours tout dit. Qu'est-ce qui se passe ce soir, pourquoi ça dérape comme ça ?

– Je ne sais pas... je pensais que t'aurais voulu savoir.

Il ne répond que par un ricanement, et je m'assois à mon tour, contemplant mes vieilles Converse fatiguées.

– Et... et toi ? T'as pas une fille en vue ?

Il sourit un peu et secoue doucement la tête.

– Ça ne m'intéresse pas. J'ai autre chose à faire de mes journées.

– OK...

C'est ma gorge qui se serre à présent. Je pense à toutes les activités de mon frère, aux associations dont il fait partie, à la musique qu'il joue et qu'il compose parfois, aussi. Je me sens comme une petite boule qui ne sert à rien, assise sur son lit. Qu'est-ce que je fais de mes journées, moi, à part rêvasser à William ? Je ne lis même plus. Je dessine encore moins, ou alors des portraits rapides dans les marges de mes feuilles de cours – rien de bien créatif. Depuis quand mes mondes imaginaires ne me suffisent plus ? Et pourquoi ça me donne l'impression d'être plus vide qu'avant, au moment où je m'intéresse enfin à la vraie vie, comme dirait mon père ?

La fatigue de la journée me rattrape, me tombant brutalement dessus. Je pousse un soupir, puis je m'allonge sur le lit, les jambes pendant dans le vide, sur le côté. Jonas s'est mis à jouer, un vrai morceau. C'est « Perfect Day » de Lou Reed, et je chantonne un peu, les yeux fermés, en pensant à combien cette journée n'a pas été parfaite, bien au contraire, mais merdique de bout en bout.

Le lendemain, Jonas n'est pas venu au bowling, finalement. Il a décommandé ses amis, et Ariane et moi on a décidé de mettre le cap sur le jardin du Luxembourg, pour profiter d'un temps trop clément pour la saison.

Je suis installée sur une des chaises vertes en plein soleil pendant qu'Ariane est partie nous chercher des Coca, et je contemple la marée de gosses qui se dépensent dans l'aire de jeux fermée ou aux balançoires, sous le regard attendri ou fatigué de leurs parents. Ariane déteste les enfants et va m'en vouloir de m'être posée là, mais moi j'aime bien leurs cris, leur agitation, leur façon de courir aussi vite qu'ils le peuvent en tendant leurs bras sur les côtés comme s'ils allaient s'envoler. Non pas que j'en veuille un avant un tas d'années, hein. Voire un tout court – ce n'est pas forcément dans mes projets de vie future telle que je l'imagine. Mais j'aime bien profiter un peu de ceux des autres, ils me paraissent toujours si… libres. J'aime aussi me rappeler ma propre enfance, et nos jeux avec Jonas. Cette insouciance qu'on avait, cette famille soudée qu'on formait. Est-ce que mon père tenait déjà des discours si rudes sur les étrangers, les homos, les féministes ou les écolos ? Est-ce que ma mère se mettait déjà tellement en colère contre tout et rien, comme elle le fait aujourd'hui ? Est-ce que c'est moi qui ai oublié comment c'était, alors ? Est-ce que je ne m'en rendais pas compte parce que je leur faisais confiance, à l'époque, aveuglément confiance, et que je gobais tout ce qu'ils disaient ?

– Arthur !! Arthuuur, attends-moi !

La voix stridente d'une gamine me fait me retourner. C'est une adorable petite blonde de cinq ou six ans, potelée, en pantalon et en tee-shirt jaune soleil, qui court après une silhouette… que je reconnais immédiatement. *Merde, c'est Arthur. Celui que je connais.*

Mais qu'est-ce qu'il fait là ?! Il a toujours son look de voyou qui pousse d'ailleurs les parents présents, bien mieux sapés, à le toiser du coin de l'œil, dans sa veste en jean décorée de blasons et de pin's et ses bottes de motard. Une cigarette coincée derrière l'oreille sous une de ses mèches cendrées, il me voit et se fige, et je peux surprendre une expression d'étonnement et presque de gêne que je ne lui avais encore jamais vue, et qui le rajeunit. Il s'approche, met les mains dans ses poches et reprend cet air renfrogné qu'il trimballe tout le temps au lycée.

– Yo !

– Salut…

Je me passe une main dans les cheveux, ne comprenant pas bien pourquoi il vient me parler alors qu'il n'en a très visiblement pas du tout envie. Il s'assoit à côté de moi sur un banc étroit, et sa veste effleure la mienne – un frisson me descend le long du dos malgré moi. La petite fonce soudain sur nous, mais il lui donne le ticket qu'il vient de lui acheter et l'envoie à l'aire de jeux, vers laquelle elle s'élance comme un canari un peu maladroit, en se dandinant sur ses petites jambes.

– C'est… c'est qui ?

– C'est Wendy, ma petite sœur.

– Oh ! Vous avez beaucoup de différence d'âge.

– En fait, c'est ma demi-sœur.

Il sort son briquet. Sans réfléchir, je secoue la tête.

– C'est nul de fumer, surtout devant ta sœur.

Je m'en veux instantanément – lui qui me prenait déjà pour une gamine, ça va être pire après ça ! Mais il me jette encore un regard avec cette surprise inédite qui brille dedans.

– Mais elle n'est même pas l…

Il pousse un soupir. Je m'apprête à me faire engueuler, pourtant un sourire étonnamment doux vient étirer ses lèvres. C'est le premier que je lui vois, là encore, et ça illumine tout son visage de l'intérieur. Il range son briquet, coinçant de nouveau sa cigarette derrière son oreille.

– En vrai, t'as raison, je sais bien. Mais c'est pas si facile que ça d'arrêter. Dis donc, je pensais que les gosses de riches comme toi, ça fumait depuis la préadolescence…

Je détourne la tête, crispée de nouveau.

– Je comprends que tu sois en colère contre… contre les gens comme moi qui ont une vie plus facile que la tienne, mais ne te venge pas sur moi, s'il te plaît. Et on n'est pas tous pareils, tu sais.

Un court silence s'étend entre nous, comme s'il réfléchissait à ce que je venais de lui dire. Je sens la chaleur de son regard brûler ma joue droite, mais je n'ai pas envie de me tourner vers lui, alors je reste stoïque, à contempler l'aire de jeux droit devant nous. Il finit par me demander.

– Tu viens souvent ici ?

– Oui, avec Ariane dès qu'il y a un rayon de soleil…

– Ah, t'es avec Ariane…

Il ricane un peu.

– Tu as raison, Louve. Vous n'êtes pas tous pareils.

Je lui jette un regard curieux.

– Pourquoi tu dis… ?

Il hausse une épaule.

– Parce que, contrairement à elle, toi tu ne me prends pas de haut.

J'ai les joues qui s'échauffent, et je ne sais plus quoi dire, mais il me devance en se tournant à son tour vers l'aire de jeux.

– Moi, c'est la première fois que je viens là. J'avais promis une sortie un peu différente à Wendy avec le soleil, mais tout est super cher ici, la vache !

Je me mords la lèvre, puis j'ose la franchise.

– C'est vrai que tu vis dans un mobile home ?

– Yep. Ma sœur et moi, on vit avec ma mère. Elle est infirmière, elle ne gagne pas très bien sa vie.

– Et pourquoi tu es venu dans ce lycée ? Tu étais où, avant ?

– J'étais dans le bahut de mon quartier, mais bon, j'ai commencé… à faire des conneries. À traîner un peu trop dans la rue, à picoler avec les copains, à fumer et pas que des clopes, et à… à me battre aussi. Bref, j'ai déconné grave et j'ai loupé mon bac. Et j'ai eu une grosse discussion avec ma mère, et je me suis rendu compte à quel point j'étais devenu un sale con égoïste. Mon oncle… ouais, je sais que tu sais déjà… mon oncle est directeur dans cette école, et ma mère a repris contact avec lui pour le supplier, et même si on l'avait pas vu depuis des années, il a fini par accepter de m'y prendre. Pour soulager sa bonne conscience catho, sûrement.

– Il a fait sa B.A. !

On rigole en même temps, pour la première fois, et on s'interrompt soudain en se jetant un petit regard sur le côté. Un nouveau silence s'installe, mais bien plus confortable celui-là, avant qu'il se lève.

– Bon, je crois qu'il faut que j'aille m'occuper de ma sœur.

Sans réfléchir, je le retiens encore un peu avec une nouvelle question.

– Il te plaît pas du tout, le lycée ?

Il fait la moue.

– Pas vraiment, non. Y a pas mal de connards dans ton bahut, désolé de te l'apprendre !

Je ris nerveusement.

– Ils ne sont pas si méchants que ça, tu sais…

Il sourit encore, mais plus amèrement.

– Tu sais jamais vraiment de quoi sont capables les gens avant qu'il arrive une vraie merde. Après, c'est chacun pour soi. Beaucoup sont prêts à bouffer les autres pour éviter d'être bouffés, eux.

– Tu parles d'eux comme si c'était des animaux.

Il y a une telle tristesse sur son visage que ma poitrine se serre.

– C'est peut-être parce que j'en ai été un. *Bye*, Louve…

– *B… Bye…*

Je le regarde s'éloigner, les mains dans les poches et la tête baissée. Il a vraiment une carrure large, celle d'un garçon musclé – d'un garçon qui se battait, avant, comme il l'a dit. Je crispe les doigts sur mon genou.

– Qu'est-ce qu'il t'a raconté ?

La voix de ma meilleure amie s'abat sur moi comme le souffle glacé d'une tempête qui s'annonce.

– Euh… pas grand-chose, pourquoi ?

Elle s'assoit brutalement à la place qu'il a occupée, en soufflant, fort, avant de me tendre ma canette.

– Je déteste ce type, avec ses grands airs ! Pour qui il se prend, hein ? Il se croit meilleur que nous !

– Tu crois pas que tu exagères un peu ?

– Absolument pas. Bon, j'en peux plus des cris des gosses, on décolle ?

– Oui, oui…

J'accepte de me relever et on s'éloigne, tranquillement. Je dois me retenir pour ne pas me retourner et chercher Arthur des yeux. La voix d'Ariane, qui jacasse à mon oreille à propos de ce bowling manqué et de Jonas qui n'est pas sympa d'avoir annulé au dernier moment, s'évanouit imperceptiblement dans mes rêveries, qui pour une fois ne sont pas toutes peuplées de William.

– Lou !

Je me retourne avec le cœur qui bat très fort à mes tempes, me donnant un léger vertige. William est en train de courir à moi, traversant la cour, fendant la marée d'élèves qui peuvent tous constater vers qui il se dirige ainsi, qui peuvent tous le voir me prendre les mains avec un grand sourire, et d'un seul coup ce lundi matin est beaucoup moins gris qu'il n'y paraît.

– Salut, Lou…

– Hey… salut, William… Tu… tu as passé un bon week-end ?

– Oui. Je… j'ai pensé à toi.

– C'est vrai ?

Alors, pourquoi n'a-t-il pas répondu à mes textos ni à mes mails, pourquoi n'a-t-il pas… ? Il interrompt le flux de mes pensées en se penchant sur moi, si près que je sens son souffle heurter le mien, et mes yeux s'agrandissent dans les siens.

– Oui. Je… j'ai compris qu'il ne fallait pas aller trop vite, mais ça me va, alors je voulais te demander… tu serais d'accord pour sortir avec moi ? Je veux dire, vraiment ?

J'ai les jambes toutes faibles, elles vont céder sous moi, ce n'est pas possible. Je lui agrippe le bras pour m'y arrimer.

– Tu es sûr… ? T'avais pas l'air très content, au ciné, et puis je suis pas… je suis pas du tout comme Emma, et ça fait pas longtemps que vous avez rompu, et on se connaît pas super bien, et…

Il m'interrompt en posant sa bouche sur la mienne. Ça ne dure qu'une seconde, mais des élèves ont déjà sifflé partout autour de nous, et j'ai les joues brûlantes quand il se redresse, avec son sourire canaille qui le rend encore plus beau.

– Est-ce que c'est une bonne réponse ? Alors, quelle est la tienne ?

Je me mords la lèvre. Et je me dresse sur la pointe des pieds, je le tire à moi par le col de son blouson de marque et l'embrasse à mon tour, brièvement – si je fais plus, je vais m'évanouir. Nos regards restent accrochés l'un à l'autre.

– Est-ce que c'est une bonne réponse ?

Il éclate d'un rire clair, et j'admire la lumière qui irradie de lui, qui le transforme. La façon dont ses mèches noires retombent sur son front, certaines se prenant dans ses cils très longs. Ce garçon, le plus beau de tout le lycée, vient de me demander d'être sa petite amie, quasiment en public. Pour l'une des filles les plus inexistantes du bahut, c'est assez incroyable, non ?

– J'y crois pas, tu as réussi à embrasser un garçon sur la bouche devant tout le lycée ? Ça va, tu t'es pas évanouie ? Peut-être que t'as carrément joui, la frigide !

Les joues brûlantes, je ne relève même pas la tête de mon plateau-repas, alors que la meilleure amie d'Emma se détourne et s'éloigne en claquant des talons sur le lino sale. Ariane pose une main compatissante sur la mienne.

– Elles vont se calmer. C'est un peu normal, Emma était sa petite amie… Mais tous les autres s'en foutent, regarde.

C'est vrai. Ma relation toute neuve, même si c'est avec le fameux William sur qui toutes les filles avaient des vues, n'a pas longtemps alimenté les messes basses sur mon passage. Pas assez croustillant, visiblement. Et heureusement. Il faut dire que William et moi, depuis une semaine qu'on sort ensemble, on est très discrets à l'école, désormais. On traîne beaucoup tous les deux, à parler de tout et de rien, mais on ne s'embrasse plus devant tout le monde, parce que ça ne regarde que nous. Le midi, je mange toujours en tête à tête avec ma meilleure amie et lui avec son groupe de copains, les sportifs des clubs de foot et de basket, et ceux de son atelier musique, aussi. Il est très populaire, moi non. Les gens se demandent sûrement ce qu'on fait ensemble, mais quelle importance ? Je suis sur un petit nuage, à vrai dire. Surtout le soir, quand je me retrouve seule chez moi à rêvasser dans ma chambre. Quand je lui écris pendant des heures, des mails que parfois je lui envoie, parfois non. Quand je dessine ses portraits dans mon carnet de croquis qui était bien vide ces derniers temps. J'adore ces moments de solitude où je peux me laisser aller…

Ça me paraît toujours moins effrayant que la réalité.

– Alors, vous êtes allés un peu plus loin tous les deux, quand vous avez pris un verre samedi dernier ?

Je m'empourpre jusqu'à la racine des cheveux et scanne les alentours avec peu de discrétion. Ariane lève les yeux au ciel.

– Lou, personne ne nous écoute, c'est bon !

– Oui, bon. Ben… pas vraiment.

– Ah oui ?! Vous aviez pas envie ?

Je me tords les doigts.

– Ben moi, les… les baisers, ça me va, hein…

– Et il ne te presse pas pour avoir plus ? Il n'a pas tenté de t'inviter chez lui ?

Je secoue la tête.

– Il ne me presse pas du tout. Il est super patient. Il sourit gentiment à chaque fois, et puis on passe à autre chose, on parle de livres, de films…

Ariane enfourne une poignée de frites et mâche pensivement.

– Bizarre bizarre. Ce mec avait l'air d'être un chaud lapin, mais avec toi… il est tranquille. Il est peut-être sincèrement amoureux…

Je grimace.

– Merci pour ta franchise…

– Oh allez, forcément toi aussi tu craignais qu'il veuille seulement… un coup d'un soir, hein ! Mais tu sais ce qui est encore plus bizarre ?

– Non ?

– Emma raconte partout qu'ils n'ont pas baisé. Pourtant, c'est pas la première à cacher ce genre de trucs, bien au contraire.

Je sens une douce chaleur irradier dans ma poitrine à cette nouvelle.

– Eh bien, peut-être que tout le monde a cru n'importe quoi sur lui, et qu'en fait c'est pas du tout un don Juan…

Ariane acquiesce.

– Ouais carrément, j'ai mes sources, et je crois qu'elle dit vrai. Du coup, ça change tout, hein ? Peut-être qu'il était amoureux d'elle aussi, et que ses sentiments ont juste changé. Peut-être que c'est pas du tout un queutard comme je pensais. Peut-être que tu es en sécurité avec lui, et qu'en fait tu avais raison depuis le début…

Elle me fait un grand sourire, auquel je réponds timidement.

– Félicitations, Lou. C'est ton premier vrai copain et c'est peut-être un mec bien, finalement.

Oui. Peut-être bien.

Chapitre 6

Le mois de novembre s'enfuit à une vitesse effrayante, et déjà la ville se pare des couleurs de Noël.

Ce vendredi soir, nous allons installer nos décorations à la maison, et je suis surexcitée. J'ai toujours adoré cette époque de l'année, celle où on fait sa liste de cadeaux, où on compte les jours, où on lit sous des plaids à la lueur des guirlandes colorées, une tasse de chocolat chaud à la main.

C'est donc d'excellente humeur que je traverse ma journée de cours. Cet après-midi, en histoire, William nous a fait un exposé, et pendant qu'il parlait j'ai posé mon menton sur mes mains et je l'ai maté sans vergogne. J'ai admiré son aisance, ses traits d'humour qui faisaient rire même la prof, ses cheveux qui lui tombaient dans les yeux et qu'il rejetait sans cesse en arrière d'un petit mouvement de tête, et ses iris de ce vert improbable, qui se posaient régulièrement sur moi, me donnant toujours un peu chaud, chaque fois. Mes rêveries solitaires à son propos sont de plus en plus… osées, et la dernière fois qu'on s'est embrassés, au coin de la rue à la sortie du lycée, nos lèvres n'ont plus voulu se quitter. J'ai senti une chaleur sourde naître dans le bas de mon ventre, et j'ai osé ouvrir la bouche pour qu'il glisse sa langue contre la mienne. J'ai dû y mettre fin rapidement, parce que j'avais encore un vertige d'angoisse, mais si je suis peut-être aussi coincée qu'ils le disent tous, je crois que mon corps est de plus en plus prêt, lui. De plus en plus prêt à faire plus, à tenter des choses… qu'il n'a jamais tentées.

Alors, lorsque la fin des cours a sonné et que j'ai vu mon petit ami s'approcher de moi, j'ai senti mon cœur s'emballer presque douloureusement dans ma poitrine. Même si on a passé beaucoup de temps ensemble dernièrement, William reste quelqu'un de très secret, qui se confie peu et qui sort rarement des conversations banales pour aller vers des sujets plus profonds. Pourtant, je lui pose plein de questions, parce que j'aimerais bien le connaître mieux, avant que notre relation s'approfondisse et se transforme encore. Je voudrais savoir pourquoi il a pleuré l'autre jour, et ce qu'il cache derrière ses grands discours. Et aussi, pourquoi il est si occupé, toujours à courir partout d'un cours particulier à un autre – il a l'air de mener une vie épuisante, et je lui trouve souvent l'air fatigué et cerné, derrière ses sourires rassurants. Comme ce soir, où il me sourit en se passant la main dans les cheveux.

– Hey… ça te dirait qu'on fasse un truc ensemble ce week-end ?

Bien sûr que ça me dit. Mais je ne crois pas que j'ai encore envie de chastes baisers au détour d'une rue, ou d'un verre dans un café, passé à le regarder éluder mes questions. Alors je me jette à l'eau.

– Grave. Nos parents seront absents samedi aprèm, ça te dit de venir passer un peu de temps à la maison ?

Son sourire vacille, et je me pince le bras derrière mon bureau pour m'exhorter au calme. Il rejette la tête en arrière et s'exclame avec légèreté, comme si de rien n'était.

– C'est une super idée. On fait ça, alors !

Il dépose un baiser sur mes lèvres, un baiser rapide mais qui me brûle longtemps après, alors que je me retrouve dans notre salon à décorer le sapin.

Jonas sifflote en installant la guirlande dorée, sa préférée. Maman nous aide, nous tendant une à une les figurines avec soin. J'adore quand elle est comme ça, sereine et heureuse, et je suis d'une humeur stellaire jusqu'à ce que papa intervienne, depuis le canapé où il est en train de lire le journal.

– Et la crèche, vous allez la mettre quand ? Parce que j'ai bien compris que Noël dans cette maison, ce n'était plus que pour les cadeaux et toutes ces bêtises, mais il ne faudrait pas oublier ce que ça signifie vraiment – la célébration de la naissance du Christ…

Jonas et moi, on échange un regard, et il grimace comme pour imiter notre père – je dois retenir un rire. Puis maman s'empresse de répondre.

– Oui bien sûr, on va l'installer tout de suite après et, d'ailleurs, le jour de Noël on ira à la messe de minuit, hein…

– Oui, c'est vraiment important de ne pas la rater cette année, avec tout ce qui se passe en ce moment, cette atteinte à la famille…

Je ne l'écoute plus. Maman a cessé de me tendre les décorations, et je reste un instant la main levée dans le vide, attendant une boule de Noël qui n'arrivera plus jamais. Le moment de grâce est passé, et Jonas et moi on finit d'installer le tout, crèche comprise, sans broncher et sans rien ajouter.

– Salut, entre !

– Salut, princesse…

Je ris un peu au surnom suranné et m'écarte pour qu'il puisse passer. J'ai soigneusement rangé toute ma chambre, décrochant des décorations qui faisaient trop gamine, pour être sûre de pouvoir l'y entraîner… mais une fois que la porte d'entrée se referme sur William, je me rends compte que je ne suis pas vraiment habituée à me retrouver en tête à tête dans un espace privé avec un garçon autre que mon frère, et surtout un mec qui me plaît. *Ne gâche pas tout, espèce d'idiote, ne gâche pas tout !* je me répète, tout en l'entraînant déjà dans la cuisine où je nous sers des verres de jus d'orange.

– Salut…

– Oh, salut !

Jonas entre nonchalamment dans la pièce et vient le saluer – je devrais peut-être en être irritée, mais la présence de mon frère me rassure, adoucissant le nœud de gêne qui s'était formé dans ma gorge, et je lui propose un verre à lui aussi. Il me jette un petit coup d'œil, puis accepte après une seconde d'hésitation. Je sais que j'ai invité William ici pour qu'on se retrouve tous les deux dans un endroit tranquille, mais tout le courage que j'ai dû convoquer pour lui faire cette proposition semble avoir disparu. Je suis morte de peur à l'idée de l'emmener dans ma chambre, et la présence de Jonas est une distraction plus que bienvenue, comme une bonne excuse…

Et bientôt on est assis tous les trois dans le salon, autour de la table basse.

William parle beaucoup, mais chaque fois qu'il fanfaronne sur les aventures qu'il a vécues avant d'échouer ici, Jonas le coupe en secouant la tête, et William en reste coi, mais ne se fâche pas, avant que la conversation reprenne. On se retrouve finalement à lancer une partie de Risk, et l'après-midi n'est plus du tout ce que j'avais imaginé – mais peut-être que c'est mieux comme ça, à rire tous les trois en vidant des litres de soda et de jus d'orange.

Quand la partie se termine, je le sens s'agiter un peu, regardant autour de lui comme s'il hésitait à partir. Je panique – sûrement a-t-il imaginé qu'on allait faire des choses cet après-midi, lui aussi ! Il doit être bien déçu, et je n'ai jamais plus mérité ma réputation de fille coincée que maintenant… Je dois absolument me reprendre. Je lui prends doucement la main, entrelaçant nos doigts – j'adore faire ça.

– On va voir ma chambre ?

Je crois surprendre une hésitation dans son regard. Est-ce qu'il serait aussi intimidé que moi ? Comment est-ce possible ? Mais il me serre un peu les doigts et me suit, avant de s'immobiliser sur le seuil.

– Je sais… elle est toute petite. Mais j'y suis super bien !

– Y a plein de bouquins. Tu lis tant que ça, alors ?

Il examine ma bibliothèque, et je me rends compte avec un temps de retard que si j'ai souvent meublé le silence entre nous, c'était en parlant à tort et à travers, sans jamais aborder réellement mes passions. Peut-être par crainte de me dévoiler quand lui le fait si peu. Parler de ce qu'il a pu vivre comme aventures autour du monde ou de ses cours privés, ça oui ! Mais aborder les vrais sujets, jamais… Alors, je ne me suis pas plus dévoilée. De toute façon, les gens posent si peu souvent des questions. Quand on préfère écouter plutôt que se confier, ou privilégier les sujets légers, ça facilite les choses.

– Et ton frère, il a une petite chambre aussi ?

– Oui, attends, je te montre !

On ressort dans le salon et on parcourt le couloir pour rejoindre Jonas qui lève la tête depuis son lit et nous sourit.

– C'est quand même plus grand, fait remarquer William, en parcourant l'espace des yeux.

– C'est parce que c'est un garçon !

J'ai rigolé, mais parfois je me demande, en vrai. Nos parents et les traditions, c'est un peu une relation d'amour-haine : ils savent que c'est une cage, mais ils ne peuvent pas s'empêcher de s'y enfermer, et nous avec.

– Oh, tu joues de la guitare !

– Yep. Je te joue quelque chose ?

– Grave !

William s'est assis sur le lit de Jonas, qui s'empare de son instrument. Je souris un peu de travers – c'est tellement plus classe de jouer de la musique qu'exposer un alignement de livres, n'est-ce pas… Si je n'aime pas trop parler de moi, c'est peut-être justement pour ça, parce que mes mondes imaginaires n'intéressent personne. Ou parce que sur moi, il n'y a jamais rien à dire.

– Les gars, je vais nous préparer des tartines, je reviens !

Je retourne à la cuisine où je fouille dans les placards pour trouver la pâte à tartiner au chocolat – la bio sans huile de palme que nous fait acheter mon frère, après des mois de lobbying. Jonas… Il est tellement spécial. Même si je suis un peu jalouse, je suis bien contente de l'avoir auprès de moi. Aujourd'hui, mais dans ma vie tout court, aussi. Peut-être qu'il a senti que j'étais mal à l'aise avec William tout à l'heure et qu'il a voulu me rassurer en se joignant à nous. Ça lui ressemblerait bien. Il s'occupe tellement bien de moi, tout le monde oublie que c'est lui le petit frère et moi la grande sœur, moi la première.

Je n'entends plus jouer – j'ai pris un peu plus longtemps que je ne le pensais à disposer les tartines et à me lécher les doigts – et je rejoins la chambre le cœur léger… avant de me figer brutalement sur le seuil.

Jonas ne joue plus de la guitare parce qu'il est trop occupé à embrasser furieusement William sur son lit. Ils sont toujours assis, mais tournés l'un vers l'autre, et la main de mon frère est crispée sur la nuque de William. Ce dernier n'est pas en reste, car ses doigts à lui sont sur la hanche de mon frère et serrent, eux aussi. Le baiser n'a rien à voir avec ceux qu'on a échangés, même celui plus passionné de l'autre jour, dans la rue. C'est un baiser fait de lèvres pressées, de langues qui se cherchent et d'un gémissement qui remonte dans la gorge de l'un d'eux – je ne sais pas lequel.

Alors, dans le silence qui bourdonne à mes oreilles, explose le fracas de l'assiette que je viens de faire tomber et qui se brise en mille morceaux à mes pieds. Les deux garçons se séparent, mais je ne les vois plus, je recule lentement, la main sur mon cœur soulevé.

– Louve !

– Lou !

Ils se précipitent tous les deux sur moi, c'est qu'ils se battraient presque pour parler, pour s'expliquer, pour s'excuser… mais qu'est-ce qu'ils pourraient bien dire ? Je repousse violemment William, qui trébuche et heurte le mur du dos.

– Toi, tu te casses de chez nous, tu m'entends ?!

Je ne reconnais pas ma voix tant elle est brisée, dissonante, à mille lieues de celle posée et calme qui me définit si bien habituellement. William ne ressemble plus à tous ces William que j'ai connus jour après jour, c'en est un complètement différent, perdu, ébouriffé, hagard, les cernes plus apparents que jamais, d'une pâleur maladive alors qu'il balbutie.

– Louve, écoute, je… je suis désolé je ne sais pas ce qui m'a pris, je ne suis pas comme ça, je ne suis pas un pédé, putain, et…

C'est soudain Jonas qui le repousse vers la sortie et se met à crier à son tour.

– Casse-toi !!

Mais il n'a pas le droit de lui parler comme ça, pas quand c'est de lui que vient la pire des trahisons, alors je me jette sur lui et je lui flanque une gifle comme jamais je ne lui en ai donné et je lui hurle au visage.

– Qu'est-ce qui t'a pris, Jonas, putain, hein ?! Tu voulais quoi ?! Tu voulais me faire du mal, c'est ça ?!

– Bien sûr que non !

Il se tire sur les cheveux, il respire trop fort, trop vite, mais moi aussi, et William reste planté dans le couloir, les yeux écarquillés, rivés sur nous, parce qu'au fond c'est moins lui que ça concerne que Jonas, Jonas et moi – mon frère, mon frère si spécial, celui avec qui je partage tout, qui me dit tout et qui veille sur moi depuis toujours.

– Alors c'est quoi ? C'était quoi, bordel ?!

– Je… je…

– Tu voulais qu'on se mette pas ensemble, c'est ça ? Mais c'est quoi à la fin, ton délire comme quoi William n'est pas pour moi ? On a joué tout l'aprèm ensemble, tu… tu avais l'air de bien t'entendre avec lui…

Ma voix se brise, parce que je comprends, évidemment. J'ai compris. Nos regards s'attachent et on se renvoie notre douleur l'un à l'autre comme un cercle sans fin. Jamais il ne m'a paru plus beau qu'à cet instant, mon frère, cet instant où je voudrais lui arracher les yeux pour m'avoir détruit le cœur avec tant de désinvolture, en un fichu baiser. Il prend une inspiration qui a l'air de lui déchirer la poitrine, et il lâche.

– Je suis gay. Je suis gay et je… j'aimais bien William, et j'ai été con. Je suis désolé, putain, je suis désolé.

Je n'en veux pas, de ses excuses. Ce n'est pas avec un baiser qu'il m'a détruit le cœur, en fait. C'est avec des mois – des années, sûrement – de silence. Comment a-t-il pu me cacher quelque chose d'aussi énorme ? Comment a-t-il pu, alors même que trois semaines auparavant on défilait avec les tarés de la Manif pour tous, contre les gens comme lui ? Il s'approche de moi, et je recule jusqu'à me retrouver acculée au mur.

– Lou, je… Je ne savais pas comment te dire. C'est… c'est l'enfer, ici, en ce moment. Les parents, et…

Sa voix se perd, je ne suis plus capable de distinguer ses paroles. Il aurait dû me le dire. Il aurait dû me le dire, au lieu d'emballer le garçon que j'aime sur son lit, alors même que j'allais revenir, qu'il le savait. Comment il a pu me faire ça ? Je ne l'aurais jamais rejeté, moi. Est-ce que je ne l'aurais jamais rejeté… ? Pourquoi ça ne me semble pas si sûr, tout à coup ? Et William dans tout ça, il ressent quoi ? Pourquoi il l'a embrassé ainsi, en retour ? Je me tourne vers lui, et il s'exclame encore, les mains levées.

– Moi, je suis pas pédé, putain, c'est lui qui m'a sauté dessus ! Bordel, vous êtes complètement tarés tous les deux, en fait !

Il nous bouscule soudain, nous dépasse. Attrape sa veste dans l'entrée et sort en claquant la porte derrière lui. Jonas s'est passé une main qui tremble sur les yeux.

– Je… je ne lui ai pas sauté dessus. Je veux dire…

Je sais ce qu'il veut dire. J'ai bien vu comment William était, pendant ce baiser. Il n'avait pas l'air de ne pas vouloir. Pas du tout, même. Un grand calme et une lassitude profonde me tombent dessus d'un coup. Les parents ne vont pas tarder. Je m'accroupis et commence à ramasser les morceaux de porcelaine.

– Lou… Lou, s'il te plaît, dis-moi quelque chose…

Je me relève et je plisse les yeux en le regardant.

– J'ai pas envie de te parler. Ni maintenant ni… jamais. Toi et moi, c'est fini.

Pourquoi j'ai l'impression de rompre autant avec mon frère qu'avec mon petit ami ? Les sanglots commencent à monter dans ma poitrine, l'obstruant, et je me dépêche d'aller jeter les détritus à la poubelle, mais Jonas me suit, encore.

– Lou je… je te jure, je suis tellement désolé, je ne sais pas quoi dire, je…

– Alors ne dis rien.

Je me dirige vers ma chambre, la main sur la poignée pour fermer derrière moi. Il faut absolument que je m'isole avant que ce trou noir qui a pris naissance dans mon ventre ne m'enveloppe tout entière. Il crie soudain.

– Lou ! Je t'en prie jure… jure-moi que tu ne le diras pas aux parents !

Je me raidis, lui tournant le dos. Et puis je hausse les épaules et je réponds platement.

– Bien sûr que je ne le dirai pas aux parents. C'est toi le connard dans l'histoire, pas moi. Démerde-toi avec tes problèmes, maintenant, puisque tu préfères faire ça seul, visiblement. Tu as assez foutu la merde dans ma vie à moi.

Je claque la porte derrière moi au moment où celle de l'entrée s'ouvre, sur nos parents probablement.

Chapitre 7

Le dimanche matin me cueille comme une gifle en plein visage.

Je n'ai dormi qu'une ou deux heures cette nuit. Le reste du temps, je l'ai passé à pleurer, et à tout raconter à Ariane, aussi, au téléphone. Elle a été… estomaquée, pour une fois elle ne savait plus quoi dire. Dans une autre situation, ça aurait pu me faire rire.

Ce n'est qu'au cœur de ces heures les plus sombres de la nuit, quand tout bruit se tait même dans notre rue si passante, quand le monde entier autour de nous semble s'être effacé et qu'on se retrouve seul, et sa haine de soi qui déborde, que j'ai compris à quel point j'étais tombée amoureuse de William, tout en douceur et sans réellement m'en rendre compte.

Les baisers que nous avions partagés sont devenus soudain comme un souvenir brûlant sur mes lèvres, qui me tordait les tripes d'envie tandis que je me tournais et retournais entre mes draps, crevant de chaud. J'aurais tant voulu qu'on partage plus. Qu'on *fasse* plus. Moi qui avais été terrifiée d'aller plus loin, je me découvrais au cœur de la nuit assoiffée et habitée d'une frustration que je ne me serais jamais devinée. Et plus encore que les gestes physiques, c'était l'idée de perdre ce début de relation un peu timide, ce lien que j'avais tant voulu voir se créer entre nous, cette joie que je vivais d'avoir un petit ami, et cet espoir de le sentir se dévoiler peu à peu – nous n'en avions pas encore eu vraiment le temps. Mais voilà, le sablier s'était brutalement brisé avant même que les grains se soient écoulés. Il n'y avait plus de baisers de moins en moins timorés, de petit jeu de séduction, de longues conversations que je voulais voir s'approfondir avec le temps, il n'y avait plus que des battements de cœur désespérés et cette peine dans ma poitrine qui menaçait de m'engloutir.

J'avais d'abord été choquée par la trahison de mon frère, mais je passai la nuit à pleurer la perte de ce qui était probablement mon premier amour, avant même qu'il se réalise pleinement.

Vers 3 heures du matin, cédant à une tentation contre laquelle je luttais depuis le crépuscule, je lui ai envoyé un texto. Je lui ai écrit :

Est-ce qu'on peut en parler?

J'avais l'espoir un peu fou que, peut-être, il y avait encore moyen de recoller les morceaux. Qu'il allait s'excuser platement, me redire que ce n'était rien, ce baiser, revenir vers moi, et que j'allais réussir à pardonner. Mais au bout de longues minutes il m'a répondu :

Pas envie d'en parler. Je préfère qu'on en reste là. Déso.

« Déso. » Même écrire « désolé » était visiblement trop compliqué pour lui ! Et j'ai eu surtout l'amère sensation qu'il nous tenait plus responsables de la situation, mon frère et moi, qu'il ne se sentait lui-même coupable.

Les doigts crispés sur mon téléphone, j'ai attendu tout le reste de la nuit un nouveau signe de lui, des excuses, une envie de repartir à zéro. En vain.

Le matin, ma mère vient frapper rudement à ma porte comme tous les jours de repos.

– Il est 10 heures ! Il est largement temps de se lever, allez, debout !

Je grogne en roulant sur mes draps tournicotés et trempés de sueur. La journée va être très difficile, parce que, pour la première fois, j'ai l'impression d'avoir un ennemi sous mon toit. Pendant que je m'habille, vaseuse, je m'interromps une seconde, le cœur serré. Est-ce que c'est ça que vit mon frère depuis qu'il sait qu'il est gay ? Cette impression de vivre en territoire ennemi ? Je secoue la tête en fermant mon jean, la colère m'envahissant de nouveau. S'il m'en avait parlé, au lieu de choisir d'emballer mon mec, il aurait pu avoir une alliée, ici. Désormais, c'est trop tard, et c'est entièrement sa faute.

Dans la cuisine, ma mère est en train de déposer devant ma place un bol de chocolat chaud. Je ne peux pas m'empêcher de demander.

– Jonas est pas encore levé ?

– Si, il s'est levé très tôt ce matin. Il est parti à un rendez-vous avec l'une de ses associations, là, tu sais.

Elle a secoué la tête d'un air désapprobateur. Je plonge le nez dans mon bol sans commenter. Il a fui. Je voudrais que ça continue comme ça pendant des jours, des mois, des années – toute notre vie. Qu'il se sente coupable et qu'il me fuie, éternellement. Je ne veux plus le voir. Ni maintenant ni jamais.

Lundi, j'ai failli demander à ma mère de me dispenser d'aller au lycée, en prétextant que j'étais malade. C'est finalement un reste d'espoir qui m'a poussée à faire le chemin. Je voulais revoir William. Je voulais qu'on se parle, qu'on s'explique. Mais lui n'a pas été aussi courageux que moi. Il n'est pas venu, pendant plusieurs jours.

À la maison, c'est une nouvelle routine qui s'organise peu à peu.

Dès le premier jour, nos parents ont compris qu'il y avait de l'eau dans le gaz entre mon frère et moi, nous qui sommes si proches d'habitude. Ils ont chacun essayé de nous parler, séparément puis ensemble, mais n'ont rien obtenu d'autre que nos silences butés. Mon père a conclu d'un fataliste et peu concerné « ah, ces adolescents… ! » et si j'ai senti sur nous le poids du regard sincèrement inquiet de ma mère, elle n'a pas insisté. Jonas lui-même a tenté de me parler, plusieurs fois, mais je l'ai rembarré, et il a fini par respecter mon désir et laisser tomber. Il est devenu pour moi comme un fantôme dans notre maison – il traverse les pièces, les dîners, les moments immanquables en famille, silencieux et pâle, si différent du garçon que j'ai toujours connu. Moi, j'ai tenu bon, j'ai gardé mes bastions comme un vieux capitaine de guerre son fort – c'est à lui de quitter la pièce quand j'arrive, et non l'inverse. C'est à lui de se sentir minable, et non l'inverse. C'est à lui de descendre de son piédestal, et à moi… de faire comme si ça ne m'atteignait pas.

Le matin, nous ne partons plus ensemble au lycée, plus jamais. Je ne traîne plus avec ses potes comme il évite les miens – de toute façon, Ariane est encore plus mortellement fâchée contre lui que moi, ce qui me touche beaucoup.

Jeudi matin, alors qu'on est assises tous les deux sur un banc dans la cour, elle tempête de nouveau face à mon apathie.

– Putain, ça ne va pas se passer comme ça, Lou ! Ni pour Jonas ni pour William ! Je vais trouver un moyen de te venger, tu vas voir !

Je secoue la tête.

– Je n'ai pas du tout envie de me venger.

Elle serre les doigts sur le bord du banc, les yeux sur une flaque d'eau à nos pieds – il est encore tombé des trombes tout à l'heure.

– C'est quand même con que ton frère soit gay.

Je jette un regard effrayé autour de nous.

– Ne le dis pas si fort !

– C'est bon, c'est bon, je fais gaffe, je sais que personne n'est au courant…

– Ouais, bah vaut mieux que ça reste comme ça, on sait pas ce qui peut se passer. Et qu'est-ce que tu voulais dire par là ?

– Ben ! Rien, juste que… qu'il avait du succès auprès des filles, quoi.

Je hausse les épaules, blasée.

– Je comprends mieux désormais pourquoi aucune d'entre elles ne l'intéressait.

Ariane grimace et crache soudain.

– Ouais, eh bien, s'il avait été sincère dès le début, elles auraient été moins nombreuses à se faire des idées !

– Arrête, je murmure.

Ce n'est pas si simple, on le sait toutes les deux. La vérité, c'est que je n'ai pas envie d'en parler, parce que je n'ai pas envie de me mettre à plaindre mon frère. Je n'ai pas envie de le prendre en pitié, de remplacer ma colère par de la compassion, de lui pardonner si vite. Non, ça serait trop facile.

– Désolée, marmonne Ariane. C'est juste que toute cette histoire me met super en colère. Moi qui pensais que William allait te briser le cœur parce qu'il courait après les meufs, et en fait !

Je me mords la lèvre.

– Il a dit qu'il n'était pas gay. Que c'était juste mon frère qui lui avait sauté dessus.

– Et tu le crois ?

Un flash de leur baiser me brûle la rétine, et je me mords l'intérieur de la joue avant de répondre.

– J'en sais rien et je m'en fous. De toute façon, il ne veut plus rien avoir à faire avec moi.

– Quel connard !

Oui, sûrement.

C'est le lundi suivant qu'il fait son retour en cours, après une soi-disant maladie d'hiver. Évidemment, ça saute aux yeux que nous ne sommes plus ensemble. J'avais peur que les gens tentent d'en deviner les raisons, mais en fait tout le monde trouvait notre couple tellement mal assorti que ça n'étonne personne. Ils ont tous l'air de penser « eh bien, c'est pas surprenant, j'aurais pu le parier ». Je ne sais pas ce qui est pire.

Je fais désormais de mon mieux pour m'épargner la vue de William, mais comme on est dans la même classe, ce n'est pas très facile. Il ne recherche pas le contact non plus. Il ne s'est pas éteint comme mon frère, lui, comme une bougie qu'on aurait soufflée. Il reste fidèle à lui-même, drôle, souriant, charmeur. Depuis que je ne suis plus dans le paysage, une nouvelle nuée de filles lui tournent autour, et je contemple pensivement le tableau, de loin, avec cette pointe de douleur vive qui ne disparaît jamais complètement. Qu'est-ce qu'il cherche, exactement ? Il veut cacher son orientation sexuelle ? Ou bien il est bi ? Qu'est-ce qu'il voulait faire avec moi ? Avec Jonas ? Qu'est-ce qu'il veut faire avec ces filles ? C'est quoi, ces secrets qu'il cache sur lui et que je n'aurai plus jamais la chance de pouvoir percer à jour, dorénavant ?

Un midi où j'étais seule, Arthur est venu s'asseoir à ma table à la cafétéria et m'a demandé comment je me sentais. Forcément, lui aussi a entendu la rumeur et sait tout des aléas de ma vie amoureuse. J'ai senti mes yeux se remplir de larmes, et comme je ne supporte pas de pleurer devant les gens, j'ai brutalement quitté la cantine, sans qu'il me suive ou insiste. J'ai perçu néanmoins son regard soucieux me brûler le dos au moment où je m'éloignais aussi vite que je le pouvais, jugulant autant que possible la violente crise de sanglots qui menaçait.

Et puis, au bout de quelques jours supplémentaires, ça arrive.

Ça ne se fait pas comme un raz-de-marée, comme un cyclone, comme quelque chose qui défoncerait tout sur son passage. Ça vient lentement, doucement, insidieusement, et au début je ne comprends pas tout de suite de quoi il s'agit. Il y a de nouveau des murmures dans les couloirs qui s'attachent à mes pas. Peu à peu, je me rends compte que ces murmures s'intensifient, s'élèvent, comme si leurs auteurs ne voulaient qu'une chose – que j'entende clairement de quoi il est question.

Jusqu'au moment où Emma, qui ne m'a pas adressé la parole depuis des semaines et n'a même pas fanfaronné auprès de moi quand ça s'est su que William et moi, c'était fini, se pointe devant mon pupitre en mâchant un chewing-gum la bouche grande ouverte. Je lève les yeux vers elle et j'aperçois derrière ses amies qui l'attendent à quelques pas en nous regardant comme si elles étaient au cinéma, un seau de pop-corn entre les mains. J'ai la bouche sèche – le moment du fanfaronnage est peut-être venu, finalement. La fille me pose une main sur l'épaule et déclame assez fort pour que tout le monde autour l'entende.

– Louve, on n'a pas été vraiment copines toi et moi dernièrement, mais je voulais te dire que vraiment j'étais dé-so-lée pour toi de ce qui t'est arrivé. Je veux dire, non seulement toi aussi tu t'es fait larguer, et grâce à toi je suis bien placée pour savoir à quel point c'est douloureux… Mais en plus, ton frère lui a sauté dessus, quoi ! Ton propre frère. Il voulait te voler ton mec, et franchement ça ne m'étonne pas parce que j'ai toujours entendu que les homos, ils étaient comme ça. Ils sont pas fiables, ils se trompent les uns les autres, ils se refilent tous leurs maladies, là… franchement, c'est dé-gueu-lasse.

Ce qui est dégueulasse, c'est la bile qui me remonte le long de la trachée et que je vais lui vomir sur les pieds si je ne me lève pas immédiatement – ce que je fais, sous son exclamation faussement surprise.

– Ben, Louve, tu vas où ?

Les toilettes. Bon Dieu, les toilettes ne m'ont jamais paru aussi loin qu'à cet instant. Enfin, je suis à genoux sur le sol peu reluisant, penchée sur la cuvette, et j'évacue tout ce que j'ai à expulser, tremblant de tous mes membres. Mais qui… comment… pourquoi… comment ça s'est su, comment… comment on a pu en arriver là, et qu'est-ce que les gens pensent de moi maintenant, et qu'est-ce qu'ils pensent de Jonas, mais non, ça je ne dois pas y penser, c'est son fichu problème à lui, bordel… Il l'a bien cherché…

Quand je sors des toilettes, Ariane m'attend dehors et fond sur moi, horrifiée.

– Oh là là, ma pauvre, Solène m'a raconté ce qu'Emma t'avait dit, je suis tellement désolée… Tu es si pâle, tu veux pas rentrer chez toi ? Tu n'as pas l'air bien du tout, je te raccompagne si tu veux…

Je m'appuie sur son bras, incapable de parler. On remonte lentement le long du couloir, et je me fige en entendant la voix de William, claire et assurée, cette voix que je reconnaîtrais entre toutes et dont je ne saisis pas tout mais l'essentiel.

– Non mais franchement, vous y croyez, vous ? Le mec se jette sur moi comme un chien en chaleur, me roule une pelle… non mais moi j'ai rien contre les homos mais franchement, non, quoi… Évidemment, je l'ai repoussé, mais oui voilà pourquoi… avec Louve… forcément plus trop envie… famille de tarés…

– Non mais quel connard !

Ariane a grincé entre ses dents. Moi, je ne peux plus rien dire. Je tremble tellement que je crois que je vais m'évanouir. Comment… comment ce mec a-t-il pu faire ça ? À Jonas, à moi… ? J'ai envie de rentrer dans la classe et de lui envoyer un coup de poing en plein visage devant tout le monde, mais si j'ai bien compris, on passe déjà pour des tarés… Le pédé et son idiote de sœur qui n'a rien vu venir, qui voulaient tous les deux se taper le même mec… C'est un cauchemar, ça ne peut être qu'un cauchemar.

– Ariane, je… je me sens vraiment pas bien…

Elle resserre résolument son étreinte sur mon bras.

– Ne t'inquiète pas. On file voir la responsable et dès qu'on a l'autorisation, je te ramène chez toi.

Ce soir-là, c'est un enfer pour ne rien montrer aux parents.

Je me fais passer pour malade, et ce n'est pas trop difficile à croire parce que je suis d'une pâleur terrible et que j'ai des frissons partout, au point que ma mère me met directement au lit. J'entends Jonas rentrer plus tard, mais je ne le vois pas. Je reste dans ma chambre. Parfois ma mère vient me passer une main douce sur le front ou me faire boire un peu de bouillon, mais le reste du temps, quand je me retrouve seule, je contemple avec un regard vaseux ma bibliothèque, mes bibelots, mes objets de décoration, mes posters de films et mes vieilles peluches, tout ce qui fait mon univers et qui me semble si étranger, à cet instant.

Au milieu de la nuit, je dois aller aux toilettes et quand je remonte le couloir, j'entends quelque chose en provenance de la chambre de Jonas, alors je me fige. Il pleure. De lourds sanglots enfantins comme je ne lui en ai pas entendu depuis qu'on était tout petits. Est-ce qu'il pleure à cause de ce qui se dit au lycée ? Ou à cause des actes de William, de la trahison que cela représente – une de plus dans l'infernal trio qu'on a formé sans le vouloir ? Frissonnant dans mon short et mon tee-shirt Harry Potter, j'hésite un court instant. Je voudrais tellement avoir déjà pardonné, déjà oublié. Je voudrais tellement pouvoir rentrer dans cette chambre, le rejoindre, le faire parler. Qu'on se prenne dans les bras, qu'on dorme sous sa couette à se raconter nos histoires toute la nuit comme on le faisait plus jeunes. Qu'on affronte toutes ces conneries ensemble. Mais justement… on ne devrait pas avoir à les affronter. Tout ce qui arrive, c'est à cause de lui, et uniquement à cause de lui, de ses erreurs cruelles qui m'ont fait tant de mal et qui me mettent dans cette horrible situation. J'enfonce mes ongles dans mes paumes, je redresse la tête et je continue mon chemin sans rien faire de plus. Je le déteste de nous avoir imposé ça, oh comme je le déteste !

Les jours qui suivent, l'ambiance au lycée s'allège peu à peu. Les élèves m'oublient, il faut dire que je me fais la plus discrète possible, me concentrant sur les cours et ne parlant à personne d'autre qu'à Ariane, qui veille jalousement sur moi et me défend comme une lionne. William est toujours le centre de l'attention – il a tourné l'histoire à sa façon, de manière à ce que tout le monde pense qu'il est si irrésistible que même les gays se jettent sur lui, bien qu'il n'ait rien demandé. Tout le monde semble même avoir oublié notre si courte histoire, ce n'est plus le sujet, c'est déjà enterré, mis de côté, et je n'ai plus qu'à gérer comme je peux mon chagrin d'amour, dans mon coin.

Par contre, personne ne semble oublier que Jonas a embrassé William, ce jour-là. Que Jonas… est gay. Mais il n'y a que moi pour utiliser ce mot, avec quelques élèves qui n'osent pas trop prendre la parole. Les autres préfèrent dire « pédé », « pédale », « tapette », je ne savais même pas qu'il existait autant d'insultes possibles pour parler de la même chose. Et il n'y a pas que les mots. Jusque-là, Jonas a toujours été un garçon très apprécié au lycée, et il a chuté comme Icare qui s'est trop approché du soleil – de très haut. Même si je l'évite toujours, je n'ai pu que surprendre bien des gestes – des croche-pieds à la cafétéria alors qu'il portait son plateau plein, des sifflements égrillards ou des gestes salaces, et le pire du pire, ce jour où il a violemment été mis à la porte du vestiaire des garçons avant le sport, parce que les mecs ne voulaient pas, je cite, « qu'il les reluque pendant qu'ils se changeaient ».

Le quotidien de Jonas à l'école se désagrège et je ne fais rien – au fond de moi, je ne pense plus qu'il ait mérité tout ça, mais je n'ai pas non plus envie de lui sauver la mise. J'ai juste besoin qu'on me foute la paix, à présent. Qu'on me laisse tranquille et qu'on ne me demande pas l'impossible. Moi aussi j'ai eu ma dose, j'aimerais autant que ça ne soit pas oublié.

Et puis soudain, c'est le soir des vacances, et surtout c'est Noël dans trois jours, et j'ai le cadeau de Jonas – je l'avais acheté avant tout ça, en avance, comme chaque année. Deux places d'Opéra, une pour lui, une pour moi. Je me suis ruinée pour ces tickets, mais on s'était toujours dit qu'on irait voir un opéra un jour ensemble, parce que ça nous intrigue et parce qu'il aime tellement la musique. Assise sur mon lit, les billets dans les mains, j'hésite à les déchirer et à ne rien lui offrir, tout simplement. Je me sens tellement vide et lasse, tellement fatiguée. Maman a encore essayé de savoir ce qui se passait entre nous, mais je n'ai rien dit, une fois de plus. Je ne suis pas une balance, moi. Je ne suis pas comme cet immonde porc de William – William que j'ai recommencé à dessiner dans les marges de mes cours, mais cette fois sous les traits caricaturaux d'un goret dégoûtant. Je m'amuse beaucoup à faire ça, c'est à peu près tout ce qui me fait encore sourire, et l'idée me traverse que c'est peut-être ce que je pourrais offrir à Jonas pour Noël, une caricature géante de William, notre porc à tous les deux. Le souvenir de leur baiser brûlant, de cette double trahison, me revient en plein visage et je baisse la tête, de nouveau si lasse.

Jonas tarde à revenir ce soir – je me rends compte que je guette encore la porte, comme avant les jours où l'on ne rentrait pas ensemble, et que je l'attendais, toujours un peu. Une sourde inquiétude, dont je ne veux pas, commence à me hanter. Et si les brimades au lycée se transformaient en quelque chose de plus grave ? Et s'il lui arrivait quelque chose… ? Je secoue la tête, refusant d'y penser. Non, ce sont seulement des conneries d'ados. Ça passera. Des souffre-douleur, il y en a toujours eu, il y en aura toujours. Ils subissent et un jour, ça passe, non ? Jonas n'a qu'à être patient.

La porte claque, enfin. Je me suis allongée sur mon lit et j'ai finalement rouvert un livre – c'est un bouquin qu'Arthur m'a prêté. Il a traversé la classe sous les murmures appuyés et l'a posé sur mon pupitre dans un geste un peu gauche, en me murmurant que ça me changerait peut-être les idées. Ça s'appelle *Le Passage* et ça parle de gosses qui se retrouvent coincés dans une sorte de camp de redressement à creuser des trous, et j'en suis à me demander quelle symbolique bizarre je dois voir dans le fait qu'Arthur a jugé bon que je lise cette histoire, quand soudain j'entends un bruit de vaisselle brisée et des éclats de voix. Je jette mon livre sur le côté et je bondis hors de ma chambre.

– Ce n'est pas possible, Jonas ! Dis-moi que ce n'est pas vrai, dis-le-moi !

Je pile net à l'entrée du salon, le cœur battant à toute vitesse dans ma poitrine. Ma mère vient visiblement de laisser tomber ou de jeter au sol un de ses plats préférés qu'elle devait s'apprêter à ranger. Elle est d'une pâleur extrême – la pâleur de la déception – alors qu'à côté d'elle mon père est droit et ultra crispé, rivant un regard écœuré sur Jonas qui leur fait face. Jonas, dans sa veste dont il a retiré tous les pin's, les badges et les patchs dans l'espoir de passer un peu plus inaperçu au lycée. Jonas qui a les traits tirés, les cheveux sales, des cernes sous les yeux et semble avoir plusieurs années de plus que moi, à présent. Entre eux, sur la table, il y a un carnet de correspondance, et je devine trop bien quel genre de mot est écrit dedans. Charmant cadeau de Noël de la part de notre école catholique ultra-conservatrice.

– J'aime peut-être les garçons mais je... je suis toujours le même. Je n'ai pas changé. Je suis votre fils...

La voix de Jonas tremble, et j'ai mal au cœur de le voir comme ça, surtout que mon père lève un doigt devant lui et assène :

– C'est une passade ! Ça ne peut être que ça, ou sinon c'est direction le psy ! Parce qu'on ne peut pas « aimer les garçons » quand on en est un, comme tu dis, et être sain d'esprit !

Et ma mère de renchérir.

– Après tout ce qu'on a fait pour ta sœur et toi ! Comment peux-tu nous faire ça, non mais tu te rends compte de la peine que tu nous causes ? Tu te rends compte de ce que vont dire nos amis, et la famille ?

Jonas a perçu ma présence. Il me jette un petit regard sur le côté, mais je ne sais pas quoi dire, je ne sais pas quoi faire. Je suis si vide à l'intérieur depuis ce qui s'est passé que je reste figée comme une statue. Il a les yeux pleins de larmes, et les miens le sont aussi, par réflexe. Maman m'apostrophe tout à coup.

– Et toi, tu étais au courant, bien sûr ! C'était donc ça, votre brouille ! Tu… tu aurais dû nous le dire, nous en parler ! On aurait pu prendre le problème à bras-le-corps avant ! Avant de recevoir ce… ce mot abject de la part du directeur lui-même !

Le directeur. L'oncle d'Arthur, je pense stupidement – mais le visage d'Arthur qui s'invite quelques secondes dans mon esprit me fait du bien, soudain. Et alors Jonas parle, d'une voix atone.

– Vous avez raison, ce n'est qu'une passade. Je suis fatigué, je vais me coucher.

– Jonas !

– Mon garçon, on a encore des choses à se dire !

Mon frère s'éloigne vers sa chambre, mais papa le rattrape. Dans le salon, ma mère éclate en sanglots brusques.

– C'est atroce, atroce, on a perdu notre fils chéri, on l'a perdu…

Je ne peux pas supporter cette vision – je n'ai jamais pu. D'ordinaire, je serais allée la prendre dans mes bras, mais ce soir je ne peux pas. Je ne peux ni rassurer ma mère ni défendre ou consoler mon frère, je ne peux rien faire parce que je suis si lasse que mes membres sont lourds et mon esprit engourdi.

Je vais m'enfermer dans ma chambre, mais j'entends, à travers le mur, tout de l'engueulade entre mon frère et notre père, qui se poursuit. J'enfouis la tête sous mon oreiller et je me mets à pleurer, longtemps, le bruit de mes sanglots couvrant à peine celui de ma famille qui se brise en morceaux.

Trois jours après, c'est Noël, mais à la maison, personne n'a le cœur à ça.

Cette année heureusement on n'était pas censés le fêter avec nos cousins et la famille étendue, juste entre nous. On s'est contentés de la messe dans l'église glaciale – mon père a demandé au prêtre de bénir son fils quand ils sont allés communier – et d'un dîner assaisonné des larmes de ma mère. Avant que Jonas aille se coucher – il n'était même pas minuit –, mon père lui a asséné :

– À cause de toi, ta mère ne dort plus depuis plusieurs nuits, tu devrais avoir honte du mal que tu lui fais !

Dans ma chambre, j'ai ouvert mes volets et ma fenêtre sur la nuit froide et j'ai longtemps contemplé, depuis mon minuscule balcon, les fenêtres allumées sur des foyers où on fêtait réellement Noël, ce soir. Jonas n'a pas seulement tout brisé entre nous deux, ou entre William et moi. Il a aussi ravagé tout ce qui a uni cette famille pendant tant d'années – une famille imparfaite, complexe comme toutes les familles, mais une famille qui m'a rendue heureuse malgré ses contradictions et ses opinions parfois... déplacées. Je voudrais pouvoir faire cet amalgame, je voudrais pouvoir en vouloir à mon frère pour tout ça, pour ce désastre, cette horreur dans laquelle on s'enlise désormais, au lycée comme à la maison.

Mais malgré ma douleur et ma colère, je ne peux pas, parce que l'injustice est trop criante, et parce que je suis incapable de comprendre comment mes parents peuvent agir de cette façon.

Cette nuit, on a fêté la naissance d'un enfant. Pour mes parents, c'est visiblement plus important que d'aimer leur propre fils tel qu'il est.

Je suis bien contente d'avoir déposé au dernier moment les places de concert au pied du sapin. Je ne veux pas me réconcilier avec mon frère, mais désormais j'en veux terriblement à mes parents aussi. J'en veux à tout le monde, et c'est ça qui m'épuise tellement.

Je tiens entre les mains la carte de Noël choisie par ma mère, qui accompagnait les livres et l'argent qu'ils m'ont offerts. Jonas, lui, n'a fait de cadeau qu'à moi. Un coffret rempli de produits de soin solides, sans emballages, tous à des parfums que j'adore, comme le miel ou l'amande. On s'est remerciés mutuellement sans se regarder, mais j'avais la gorge serrée.

Je déchire la carte en morceaux et je les jette vers le ciel, où ils tourbillonnent quelques secondes comme une triste imitation de flocons de neige.

Chapitre 8

Pendant ces vacances, Jonas reste enfermé à la maison.

Il n'a plus la permission de sortir le soir, et de toute façon je crois qu'il n'en profiterait pas même s'il pouvait. C'est un comportement tellement inhabituel que j'erre régulièrement dans notre couloir, déboussolée. Je ne peux pas aller lui parler, je n'en ai pas encore la force, mais un matin je reste sur le seuil de sa chambre et je lui demande quand même, le faisant sursauter alors qu'il est sur sa guitare.

– Tu sors pas ?

Il a levé sur moi un regard plein d'un espoir qui fait mal à voir, et je baisse les yeux. Il y a un silence, puis il gratte quelques nouvelles notes et répond d'une voix monocorde.

– Non.

Je me mords la lèvre. Je sais que même la plupart de ses amis lui ont tourné le dos, au lycée. Mais pas tous – j'ai vu plusieurs fois Elliot lui courir après dans les couloirs, et une fille aussi, une emo que je ne connais que de vue mais qui a l'air plutôt sympa sous son eye-liner d'un noir d'encre.

– Tu… tu n'as pas des rendez-vous, des réunions avec tes assos, là… ?

– Qu'est-ce que ça peut te foutre ?

Je me hérisse. Ce n'est pas à lui d'être en colère contre moi, c'est l'inverse !

– OK, démerde-toi.

Je le plante là. Je crois l'entendre m'appeler mais je ne réponds pas, je prends mon manteau, mon écharpe, et je vais marcher dans le froid. Notre appartement n'est pas loin d'une rue marchande pleine de petits commerces – fleuriste, fromager, poissonnier, boulanger… C'est une rue piétonne entièrement décorée pour Noël, un véritable déluge de guirlandes lumineuses, de sapins en pot et de couleurs vives. J'y déambule les mains enfoncées dans les poches de ma veste trop légère. Je renverse régulièrement la tête en arrière et je contemple ces lumières qui devraient être synonymes de joie et de chaleur, et qui pour moi aujourd'hui, cette année, ne représentent plus rien du tout. À quoi ça sert, Noël, quand on vit dans une famille qui ne s'entend plus, une famille où les parents ne parlent plus à leur enfant ? Néanmoins je marche longtemps, incapable de rentrer tout de suite – tout plutôt que de rester encore enfermée dans cette atmosphère délétère que je ne supporte plus.

– À table !

Eh merde. La dernière chose dont j'ai envie, c'est qu'on se retrouve tous les quatre attablés pour dîner, comme si on formait encore une vraie famille. Et dire que le 31 décembre c'est demain, et qu'on n'a rien prévu d'autre que le même dîner à quatre… Intérieurement, je maudis ma meilleure amie que ses parents ont emmenée passer la nouvelle année en Floride. Quelle chanceuse !

Je rallie la salle à manger et viens m'attabler. Jonas est déjà là, silencieux et jouant du bout de sa fourchette avec les petits pois décongelés dans son assiette. Papa est assis de l'autre côté, en face de lui, et lit son journal, *Le Figaro*, d'un air grave. Maman se penche sur moi et me sourit.

– Tu veux un peu de ketchup avec ton steak, Marie ?

Je fronce les sourcils et la corrige automatiquement.

– Louve.

Son sourire se fige un peu, et pendant quelques instants, elle ressemble à s'y méprendre à une poupée cauchemardesque aux yeux trop écarquillés.

– Non, Marie. C'est le nom que nous t'avons choisi.

Je jette un coup d'œil en coin à Jonas, mais il regarde ailleurs, comme s'il n'avait pas entendu ou qu'il ne voulait pas intervenir. Je serre le poing sur la table.

– Je ne comprends pas, ça fait trois ans que vous m'appelez Louve, qu'est-ce que…

Mon père repose brutalement son journal sur la table.

– Louve, c'est un prénom ridicule ! Je ne vois pas ce que tu reproches à Marie. Il est peut-être temps pour Jonas et toi de grandir un peu !

Je me crispe.

– Je déteste Marie comme prénom.

– Eh bien, tu le porteras quand même, ici, dans cette maison, tu m'entends !

Les lèvres pincées, je ne réplique plus. Ça ne sert à rien. Je plonge le nez dans mon assiette. Je n'essaie d'écouter ni de prêter attention à personne, ni à mon frère, ni à mes parents, ni au présentateur du 20 heures qui est en train de parler de l'avancement du projet de loi du mariage pour tous, qui doit être débattu en assemblée à la fin du mois de janvier. Le silence est morose pour Jonas et moi, et terriblement réprobateur de l'autre côté de la table, là où mon père ne peut s'empêcher de grommeler dans sa barbe que cette société part à vau-l'eau. Je ne sais pas pourquoi on ne m'a pas prévenue, mais je crois que du jour au lendemain j'ai glissé en enfer, et je ne suis pas sûre de pouvoir en repartir de sitôt.

Quand nos parents débarrassent et que Jonas commence à se lever pour quitter la pièce, sans réfléchir je lui attrape le bras.

– Jon.

– Quoi ?

– Qu'est-ce qu'ils ont avec mon prénom, là, bordel… ?

Jonas me toise, puis un pli amer tord sa bouche – je ne l'ai jamais vu comme ça, aussi froid, cynique, désabusé, lointain.

– Notre tante. Ta marraine. Qui t'a donné le prénom Louve.

– Ouais ?

– Tu ne t'es jamais demandé pourquoi nos parents ne lui parlaient plus ?

Je me fige, et ma main retombe lentement, toute seule.

– Qu… quoi… ? Elle… ?

– Ce que tu peux être naïve, Louve, parfois. Naïve et innocente. Si tu t'intéressais un peu aux autres et pas qu'à ta petite personne, tu découvrirais bien des choses.

Le coup porte. Mon frère ne m'a jamais parlé comme ça, et je ne sais même pas quoi dire. Je cligne des yeux, une fois, puis deux, et déjà il m'a tourné le dos et s'est enfermé dans sa chambre. Je regagne lentement la mienne. Et j'essaie de rassembler le peu de souvenirs que j'ai de ma marraine.

Elle s'appelle Elsa. C'est la jeune sœur de ma mère. Je sais qu'elles étaient très proches quand elles étaient enfants, et que ça a brisé le cœur de maman de ne plus lui parler. Bien sûr, j'ai posé des questions à l'époque, mais on m'avait parlé d'une histoire d'argent. Comme la gamine de sept ans que j'étais ne trouvait pas cela intéressant du tout, je n'avais pas été chercher plus loin. J'avais été triste de ne plus la voir, parce qu'elle et moi on s'entendait super bien, mais le temps avait passé… et peut-être que mon frère a raison, parce que petit à petit, prise dans le quotidien… je me suis détachée. Je l'ai oubliée. Bien sûr, quand j'ai décidé de changer de prénom il y a trois ans, j'ai repensé à elle. Mais je n'ai pas vraiment tenté de la recontacter ou demandé de comptes à mes parents. À cette période, je prenais tout ce qu'ils me disaient pour argent comptant, et j'étais toujours de leur côté, quoi qu'il arrive…

Il est temps de faire une petite recherche sur Internet et les réseaux sociaux. J'ouvre mon ordinateur portable, l'ancien de papa, qui est trop fatigué pour me permettre de jouer aux Sims mais qui me laisse quand même surfer, et je commence. Je n'ai pas besoin de chercher très longtemps – si ma tante n'est pas très active sur Facebook ou Twitter, elle est en revanche présente sur Instagram. Et sa description en dit long sur sa vie, déjà parce qu'elle s'orne d'un drapeau arc-en-ciel en guise d'introduction. Je fais défiler les clichés, les dévorant des yeux, et plonge dans son univers.

Elsa vit à la campagne, dans une grande maison avec un chien, des chats, des poules et même de petites chèvres. Elle aime photographier ses animaux, son jardin, la vie au grand air, mais aussi ses repas et je peux voir que c'est une bonne vivante – il y a souvent du fromage, de la charcuterie, des produits simples mais alléchants, et du vin, régulièrement. Elsa est journaliste et travaille en free-lance. Il y a pas mal de clichés de son ordinateur et de son bureau – elle écrit face à une fenêtre qui donne sur son jardin, et je dois dire que c'est assez charmant la façon dont elle a arrangé son intérieur, avec une guirlande de petites ampoules autour de son poste de travail. Et puis, enfin… Elsa a une famille. Une amoureuse plus jeune qu'elle, avec un sourire solaire, des taches de rousseur et des boucles d'un châtain clair qui cascadent sur ses épaules. Et une fille, une fille de huit ou neuf ans, je ne sais pas bien. Elle est très jolie et elle ressemble à la chérie de ma tante. Je cherche fébrilement son prénom dans les légendes des photos, et je sens un étrange pincement au cœur quand je découvre qu'elle ne s'appelle pas Louve, mais Ophélie. Elle sourit sur toutes les photos, et même si je sais qu'on peut se mettre en scène sur Instagram, j'ai l'intime conviction que ces trois-là nous livrent un vrai morceau de leur vie, sans fard, juste pour le plaisir de partager leur bonheur et d'enregistrer ces clichés comme autant de souvenirs.

Je me demande si ma mère a fait les mêmes recherches que moi depuis leur dispute. Si elle est tombée sur cette même page, si elle a pu admirer cette joie simple, si elle a regretté son choix de rejeter sa sœur. Vu l'âge de la gamine, j'ai bien compris que mes parents n'avaient pas dû supporter de voir deux femmes fonder une famille ensemble. Au fond, ça m'interpelle moi aussi – c'est nouveau, c'est… différent. Différent et étrangement semblable, aussi. Peut-être que j'aurais été choquée si j'avais été à la place de ma mère, moi aussi. Mais je crois que face à toute cette liesse qui déborde, cet amour entre ces trois personnes, je n'aurais jamais pu rester fâchée ou de marbre.

Je reste longtemps sur le tout dernier cliché pris en date, un de ma tante qui s'est faite belle pour fêter Noël. Je lui ressemble, à ma tante. Ses cheveux à elle sont plus foncés, d'un roux tirant sur l'auburn, mais on partage le même visage rond et doux – un visage « charmant », selon mon frère et mes amis, même si je ne les ai jamais trop crus.

Suivant une impulsion, je dirige ma souris vers l'icône sur laquelle on peut appuyer pour contacter la propriétaire du compte. Instagram est plus fait pour naviguer depuis son téléphone, mais mon portable est vieux et lent, lui aussi, et je suis plus à l'aise sur l'ordinateur, surtout pour taper ce message :

Salut. C'est Louve, ta nièce. Je veux dire, Marie. C'est comme ça que tu me connaissais avant, mais j'ai décidé de me faire appeler Louve il y a trois ans, parce que je préférais. Peut-être que tu n'auras pas envie de me parler, mais moi j'ai des choses à te demander, si tu veux bien.

Je relis, plusieurs fois. Hésite, en me mordillant la lèvre. Et finalement, j'envoie.

Chapitre 9

– Alors, tu en penses quoi… ?

Arthur m'a fait sursauter. J'étais en train de lire dans un couloir de l'école, mon livre appuyé contre mes genoux pliés – je n'avais pas fait ça depuis une éternité. Il s'assoit souplement à côté de moi, sans demander la permission, et son habituelle veste en jean effleure mon gros manteau d'hiver.

– T'as pas froid, avec ça ?

Il rigole.

– Non, je suis pas frileux. Et j'ai un gros pull en dessous.

Je me mords la lèvre. Et s'il trimballait sa veste en jean élimée par tous les temps parce qu'il n'avait pas l'argent pour s'acheter autre chose ?

– Alors, le livre ?

– Oh !

Je reviens à la couverture du *Passage*, et je souris.

– J'aurais jamais cru que l'histoire pouvait me plaire, mon truc à moi, c'est plutôt les mondes imaginaires et tout, mais c'est vraiment super en vrai…

– C'est vrai, ça te plaît ?

Il a l'air réellement content, il y a comme quelque chose qui rayonne de lui alors qu'il joue avec l'anse de son sac à dos qu'il a posé entre ses genoux.

– Oui. Mais j'avoue que je comprends pas trop… pourquoi tu as voulu me le faire lire ?

Il se tourne vers moi, et son regard bleu délavé accroche le mien. Je cligne lentement des yeux.

– Parce que ça parle d'accepter qui on est.

Le charme est rompu, je baisse la tête et marmonne, amère.

– Alors c'est plutôt pour mon frère.

Lui aussi, c'est Jonas qu'il préfère ?

– Hey…

Il me prend le menton entre ses doigts. Ce sont des doigts durs, épais et en même temps étonnamment doux. Virils mais attentionnés à la fois, et cette considération me fait rougir. Quand je le regarde de nouveau, il retire doucement sa main.

– On a tous besoin d'accepter qui on est vraiment. Et moi je crois… que tu en as particulièrement besoin.

– Pou… pourquoi ?

Il ne répond pas, mais me replace une mèche de cheveux derrière l'oreille. Je ferme les yeux une seconde, me laissant envahir par son odeur naturelle, sans parfum.

– Jonas, il ne va pas bien.

Je ne sais pas pourquoi c'est sorti comme ça, avec lui. Je rouvre les yeux dans les siens, et son expression est grave.

– Je sais que tout le monde ici le traite mal.

– C'est pas qu'ici… chez moi, aussi.

Je prends une inspiration qui passe difficilement le nœud obstruant ma gorge.

– Mes parents sont des sympathisants de la Manif pour tous.

– Ah *fuck*…

Arthur détourne la tête, regardant devant lui. Il y a un silence, puis il pousse un soupir.

– Quel putain de gâchis, de penser comme ça !

– Ouais… je… je pourrais peut-être tenter de lui prêter ton livre.

Il me jette un petit regard en coin, et sourit encore.

– C'est une super idée, Louve.

– Tu peux m'appeler Lou si tu veux, comme Ariane.

Il secoue la tête en souriant plus fort.

– Non. J'adore Louve, comme prénom.

– C'est moi qui l'ai choisi. C'est mon deuxième prénom en fait…

Et juste comme ça, je lui raconte cette histoire, que personne ne connaît dans le détail à l'école – les plus anciens m'ont connue sous le nom de Marie au tout début du collège, mais la plupart pensent que c'est mon vrai prénom, vu que le directeur et toute l'institution ont accepté que je sois appelée par celui-là. Arthur m'écoute lui raconter ma petite rébellion de l'époque, le regard pétillant.

– Tu es vraiment différente, tu sais ça ?! Tu as eu le courage de décider de changer de prénom et de faire avaler ça à tes parents qui n'ont pas l'air d'être les plus sympas du monde. Franchement, je suis impressionné !

Je me mets à rire.

– Arrête, je n'impressionne jamais personne !

Son sourire se fige un peu, puis il secoue la tête et se lève, passant la bretelle de son sac sur une épaule. Toujours assise sur le sol, je me rends compte qu'il fait vraiment large et grand, d'ici. Pourtant, je ne me sens pas du tout gênée ou intimidée. Il m'indique *Le Passage* du doigt.

– Finis le livre. Tu en as vraiment besoin, Louve. Je dois filer, à plus !

– À plus…

Je le regarde partir sans m'apercevoir tout de suite que je serre le livre contre moi.

Pendant le cours de français de l'après-midi, je profite du fait que le professeur est coulant et que je maîtrise le programme pour rêvasser en regardant le temps grisâtre par la fenêtre. À côté de moi, Ariane est surexcitée. C'est son anniversaire dans deux semaines, et elle a décidé d'organiser une grande fête chez elle – la première pour laquelle ses parents vont lui abandonner leur immense appartement. Elle m'a demandé de dessiner ses invitations et je suis en train de réfléchir à deux ou trois personnages – c'est censé être une soirée déguisée. Elle fait la liste de ses invités et de ce qu'elle doit acheter pour tous les recevoir, et je marmonne.

– Ariane, tu sais que je suis pas très à l'aise à ce genre de fête…

– Ah non hein, tu ne vas pas me faire faux bond ! Tu es ma meilleure amie, Lou ! Je compte sur toi ! Et puis, ça te fera une soirée loin de chez toi…

Sa bouche se tord en une grimace compatissante, et je pousse un soupir intérieur en reconnaissant qu'elle a raison. J'ai bien besoin de prendre l'air, ces derniers temps. Mais Jonas, qui lui fait prendre l'air, à lui ?

Le lendemain matin, Jonas est parti avant moi au lycée, parce que mon premier cours était annulé.

J'ai senti ma gorge se nouer en le voyant passer son sac trop ordinaire en bandoulière, enfoncer son bonnet sur ses cheveux et s'échapper en disant au revoir du bout des lèvres, alors que je petit-déjeunais à la table de la cuisine.

Plus tard, je marche sous une pluie froide, les mains enfoncées dans les poches, et distingue du coin de l'œil des personnes qui distribuent des tracts dans la rue. Il y a un homme de l'âge de mon père, aux cheveux poivre et sel, qui apostrophe les passants avec passion, une petite vieille au sourire engageant et une femme d'une vingtaine d'années à l'air très sérieux, engoncée dans une gabardine bleu marine. Je n'ai pas retiré mes écouteurs, alors je n'entends pas ce qu'ils disent, mais j'accepte machinalement un des tracts, espérant vaguement qu'il s'agit peut-être d'une réduction pour un nouveau restaurant du coin, qu'on pourrait un jour tester avec Ariane.

Je me fige sur le trottoir – on me rentre dedans en poussant un soupir excédé avant de me contourner, mais ça m'importe peu. Le tract appelle à descendre manifester contre le mariage homosexuel ce dimanche. Il est rose et bleu, comme toujours, et sur la photo une jeune fille brandit une affiche avec marqué « Papa + maman, y a pas mieux pour un enfant ». Elle a l'air de vociférer de joie et de conviction, comme si elle était en train de lutter pour une cause capitale – pour demander la paix dans le monde ou dire à tout le monde d'arrêter l'huile de palme parce que c'est « du sang d'orang-outan », comme dit mon frère.

Mon frère.

Je l'imagine, empruntant ce chemin il y a une heure à peine. J'imagine la petite mamie souriante lui tendre ce tract. J'essaie de visualiser son visage quand il a baissé les yeux sur ces mots. Un papa, une maman… Est-ce que Jonas a envie d'être père, un jour ? Il a toujours adoré les enfants. Il y a deux ans, on a gardé ensemble les jumeaux de la voisine. Je me suis ennuyée ferme et je n'attendais qu'une chose, que les petits soient endormis pour enfin pouvoir allumer la télévision, mais mon frère, lui, a longtemps joué avec eux. J'entends encore leurs rires, je vois encore les grimaces que leur adressait Jonas, sa simplicité, son aisance. Avec une femme, seul, avec un homme, peu importe. Jonas sera un père parfait, s'il a envie de l'être un jour.

Soudain gagnée par la rage, je serre le papier dans mon poing et le jette dans la première poubelle que je croise.

Mais lorsque j'arrive au lycée, c'est encore pire. Il y a carrément une pile de tracts posée sur la petite table à l'accueil, celle où le personnel pédagogique met des prospectus à disposition des jeunes – souvent issus d'organismes catholiques. Je vois rouge. J'attrape la pile entière et la fais glisser dans la corbeille à papier à côté, quand j'entends la voix d'Ariane, incrédule, dans mon dos.

– Qu'est-ce que tu fais ?

Je me retourne, feulant presque comme un chat sauvage, et je réponds trop fort, les autres élèves autour de nous – dont des petits sixièmes – s'arrêtant pour me jeter des regards en coin.

– Je jette cette merde à la poubelle.

– Mais… pourquoi ?

Elle a l'air mal à l'aise, elle se mâchouille l'intérieur de la joue comme toujours dans ces cas-là.

– Parce que c'est de la putain de propagande homophobe, voilà ce que c'est.

J'entends comme une rumeur enfler tout autour de moi : « oooooh ». C'est parce que j'ai prononcé le très vilain mot. Non, pas le « putain ». L'autre. « Homophobe ». Celui dont tout le monde veut se dédouaner de nos jours. « Je ne suis pas homophobe, j'ai un ami gay… », « Je ne suis pas homophobe, c'est juste que je n'aime pas les voir s'embrasser en public, ils pourraient faire ça chez eux… », « Je ne suis pas homophobe, mais quand ma sœur lesbienne a voulu avoir un enfant, j'ai coupé les ponts avec elle… » – ça, c'est pour ma mère. Et toc. Ariane ouvre la bouche, la referme, et la sonnerie retentit.

Je me rue vers la classe en bousculant tout le monde comme un taureau enragé.

À la pause, je cherche Jonas.

J'arpente nerveusement les couloirs et les cours, jusqu'à rentrer brutalement dans une haute silhouette, qui me rattrape par les épaules en souriant.

– Salut à toi aussi, Louve…

– Oh, Arthur !

Il me relâche, mais je souris bêtement. Depuis quand je suis contente comme ça de le retrouver ? Il lève la main pour me replacer délicatement une mèche de cheveux derrière l'oreille – est-ce que ce geste devient une habitude ? Si oui, qu'il ne s'en prive pas.

– Ça va ? T'avais l'air bien pressée…

Je me rembrunis, puis je lui raconte, les dents serrées, à propos des tracts. Il fronce les sourcils.

– J'ai dû arriver après toi, je ne les ai pas vus. Je vais t'aider à chercher Jonas.

Mon cœur se gonfle de gratitude, et je me remets en marche, Arthur sur mes talons. Au détour d'un couloir, j'entends une voix familière même si ce n'est pas celle recherchée.

– … sûr que j'y serai ! Franchement, y aura la moitié du pays dans la rue, et toi tu veux rester cloîtrée chez toi ?

William.

Je m'immobilise tout à coup, et Arthur en fait de même juste avant de me rentrer dedans. On s'aplatit contre le mur tout près de l'entrée de la classe d'où vient la voix. Nos doigts s'effleurent par inadvertance et je sens mon cœur déraper violemment dans ma poitrine, avant que je me force à me reconcentrer.

– Mais franchement, le mariage homo, on s'en fout, nan ? Je veux dire, qui a encore envie de se marier à notre époque ?

– Pas toi c'est sûr, Camille ! Mais tout le monde n'est pas une traînée comme toi !

Des éclats de rire à cette repartie féminine. Je serre les poings.

– Le mariage ouais, c'est vrai qu'on s'en fout un peu, reprend la voix assurée de William – si assurée quand il s'exprime ainsi en public, comme s'il était toujours sûr de ce qu'il avait à dire, de ses idées et de ses valeurs. Mais les homos eux-mêmes, ils font un peu trop chier en ce moment. On parle tout le temps d'eux, ils se mettent en avant, ils veulent te faire croire qu'ils ont une meilleure vie que toi… Vous ne trouvez pas ça pénible, vous ?

Des assentiments un peu tièdes. Certains n'ont pas oublié que William était l'autre moitié du scandale autour de Jonas. Il a eu beau crier sur tous les toits qu'il n'avait pas voulu de ce baiser, que mon frère l'avait quasiment agressé, il reste un doute qui plane. Est-ce que c'est pour ça qu'il se donne autant de mal à prouver sa haine des gays ? Peut-être, mais franchement, je m'en fous. La colère flambe trop fort dans mes veines, depuis que j'ai baissé les yeux sur ce tract dans la rue et que j'ai imaginé la douleur de mon frère.

– Hein, et toi, Jonas, tu ne trouves pas ça pénible ? Qu'est-ce que tu en dis ?

La voix de William me tire de nouveau de mes pensées, mais mes oreilles se mettent à bourdonner. Jonas ? Jonas est là, dans cette salle de classe, à se laisser torturer par ce lâche de William ?

– Allez Jonas, le prends pas comme ça !

Soudain mon frère passe la porte, en courant, un bras devant ses yeux. Je me suis redressée sans avoir réfléchi et je crie, la voix enrouée.

– Jonas !

Il se fige. Se tourne vers nous, les yeux pleins de larmes – Jonas ne pleure jamais d'habitude, il est toujours en train de sourire, de faire le pitre, de faire rire les gens. Il lâche dans un sanglot :

– Laisse-moi seul, Lou, putain…

Et il se détourne. Je sens Arthur me poser une main lourde sur l'épaule, mais ça ne me fait rien, ça ne m'aide pas parce que tout ce que je ressens à cet instant, c'est cette fureur toujours plus grande, qui me ronge les entrailles comme de l'acide.

William. Je vais finir par le tuer.

Chapitre 10

Aujourd'hui c'est dimanche, et il devrait faire froid – c'est déjà quelque chose. J'espère qu'un bon nombre attraperont la crève.

Mes parents y compris.

Je les regarde se préparer pour la seconde manif de leur vie. Ils ont même écrit une pancarte, cette fois. Ma mère est très fière du slogan qu'elle a pourtant piqué sur d'autres photos : « C'est Adam et Ève, pas Adam et Yves ! » C'est tellement ridicule que ça me donne un peu envie de pleurer.

Ils se sont bien emmitouflés, ils n'ont pas essayé de nous enrôler – Jonas, ce n'est plus possible, et au vu de mon humeur de ces derniers jours et de mon regard noir, ils ont bien compris que ce n'était pas la peine, ils sont partis bras dessus, bras dessous, comme pour une belle réunion de famille.

L'appartement est plongé dans le silence, et pendant un temps je n'ose pas aller frapper à la porte de mon frère. J'avance mon soporifique devoir de maths, jusqu'au moment où j'entends la télé s'allumer. Je sors dans le salon. Jonas se tient debout, la télécommande au bout de son bras ballant. Il a mis une chaîne d'infos en continu, où un présentateur parle de la Manif pour tous en direct. La vache, il y a un monde de dingue. La mobilisation est impressionnante. Je m'approche de lui et je ne dis rien, les yeux sur l'écran.

On voit défiler toutes sortes de personnes, mais surtout beaucoup, beaucoup de familles, plus encore que pour celle à laquelle on a participé. Il y a plein d'enfants très jeunes sur les joues desquels on a peint les couleurs de l'événement : bleu et rose. Ils crient des slogans derrière leurs parents, dont certains portent des bébés sur le ventre, qu'ils ont maquillés eux aussi. Il y a aussi des personnes âgées et des représentants de toutes les religions qui se sont joints aux différents cortèges. La plupart des pancartes parlent des enfants, mais certaines sont ouvertement homophobes, comme cette immense banderole noire qu'un cortège plus violent avance en premier, sur laquelle est inscrit « La France a besoin d'enfants, pas d'homosexuels ». Je sens Jonas se mettre à trembler à côté de moi.

Doucement, tout doucement, je lui retire la télécommande des mains et j'éteins la télé. Puis je l'aide à s'asseoir. Il a l'air si éteint, si fatigué quand il porte la main à ses yeux pour se les cacher, pudiquement. Je dépose la boîte de mouchoirs à proximité, et dans la cuisine je me mets à préparer du chocolat chaud. Je lui sers le sien dans sa tasse préférée, un mug géant et dodu qui ressemble à un pot de miel. Il maugrée un merci. Je m'assois à côté de lui, les doigts autour de ma tasse Harry Potter. Je cherche son regard.

– Jonas… s'il te plaît, parle-moi.

Il y a un long silence qui s'étire, puis il hausse les épaules, désabusé.

– De quoi ?

– De toi. De comment tu vas.

Il ricane, presque méchamment.

– Ça va super, comme tu peux le voir.

– Jonas…

Il balaie l'air de la main devant lui.

– Écoute, je vois pas trop ce que tu pourrais faire pour que ça aille mieux, OK ?

Je me mords la lèvre, un peu vexée malgré moi.

– Me rejette pas, s'il te plaît.

Il accroche enfin son regard du mien, et j'ai du mal à ne pas baisser les yeux.

– Tu m'as pardonné, alors ?

Je serre le poing sur ma cuisse.

– Tu m'as probablement rendu service, au final. William est un putain de connard.

Jonas détourne les yeux.

– Dis pas ça…

Et soudain, elle est là de nouveau, cette rage qui incendie mes veines et ne me quitte plus depuis plusieurs jours. Je me lève et me mets à crier.

– Me dis pas que tu ne lui en veux pas, putain ! Pas après tout ce qu'il t'a fait ! Tout ce… ce harcèlement, toute cette merde à l'école, c'est sa faute !

– Pas vraiment. C'est la faute de tous ceux qui… qui me harcèlent.

– J'y crois pas…

Je me rassois et c'est mon tour de me passer une main fatiguée sur les yeux.

– Comment tu peux ne pas lui en vouloir comme ça ?

Jonas sourit un peu, un sourire si triste que c'est pire encore que de le voir pleurer.

– Lui aussi, il vient d'une famille compliquée, Lou. Tu sais… tout ce qu'il t'a raconté, tout ce qu'il raconte à tout le monde. Comme quoi ses parents sont des espèces de hippies riches, des musiciens avec qui il a fait le tour du monde en camion… eh bien, c'est faux.

– J'avais commencé à m'en douter. Il est quand même pas obligé de se conduire comme un salaud… Toi, tu en sais plus ? C'est de ça qu'il te parlait, y a quelque temps, quand je vous ai retrouvés dans la cour et qu'il avait pleuré… ?

– Il ne m'a pas dit grand-chose, à part qu'il mentait à tout le monde et qu'il ne s'était jamais senti aussi seul de toute sa vie. Ça m'a touché…

J'imagine, oui… même si ça me tord l'estomac qu'il se soit confié ainsi à mon frère, alors qu'on avait commencé à se rapprocher, lui et moi. S'est-il senti aussi seul que ça quand on sortait ensemble ? Sans doute… Je regarde dans le vague.

– Je suppose que c'est parce qu'il est dans le placard. Qu'il cache sa vraie sexualité.

– J'arrive pas à savoir s'il est gay ou bi ou juste qu'il se cherche, en vrai. Ce qui est sûr, c'est qu'il se donne un genre, oui. Il ne laisse pas vraiment les gens entrer dans sa vie…

– Ouais, mais en attendant, il t'a pourri la tienne, de vie.

Jonas ne répond pas, fragile. Je pose la main sur la sienne.

– Jon… Pourquoi tu as tout lâché ? Je sais que les parents c'est compliqué, et l'école aussi, mais tu avais tellement d'amis. Tu en as encore quelques-uns, et tu avais tes associations, aussi… Pourquoi tu t'appuies pas sur le soutien de ces gens ?

Jonas a baissé les yeux sur nos mains. Il ne dit rien un long moment, jusqu'à ce qu'une grosse larme coule de ses yeux et tombe sur ma peau.

– Parce que j'ai l'impression… que je ne le mérite pas. Qu'ils ont tous raison, au fond. Je ne suis pas normal. Je ne pourrai jamais être heureux, je…

Je l'engouffre dans mes bras sans réfléchir, et je le serre très fort.

– Chh… Chhh.

C'est presque comme si je lui ordonnais de se taire, parce que je ne supporte pas ce qu'il me dit. Il tremble contre moi, et là il se met à pleurer doucement, en silence, mais je sens ses larmes dans mon cou. Je voudrais lui dire des choses importantes – qu'il est normal, qu'il le sera toujours, que je l'aime tel qu'il est. Qu'un jour il sera heureux de nouveau, et que tout cela n'aura plus d'importance. Mais je n'y arrive pas. J'ai toutes les conneries qu'on m'a rentrées dans la tête depuis toujours, et toutes celles auxquelles j'assiste en ce moment, avec la manif, nos parents, nos camarades à l'école, qui me polluent le cœur et l'esprit, qui me nouent les entrailles, qui m'empêchent de parler. J'ai les yeux qui piquent. Je les ferme et je ne dis rien, me contentant de le bercer.

– Arthur ?

– Oui, Lou… Ça va ?

– Pas vraiment.

Je suis allongée sur mon lit, dans le noir. C'est la première fois que j'appelle Arthur, depuis qu'il m'a filé son numéro de portable à une pause. Je presse très fort mes doigts contre mes yeux pour retenir mes larmes.

– Je me doutais bien que ça serait dur pour vous aujourd'hui. Comment va Jonas ?

– Pas super.

– Je suis désolé. Qu'est-ce que je peux faire ?

– Je sais pas. Je ne t'ai pas réveillé ? Je sais qu'il est tard…

– Non non, ça va, t'inquiète. C'est bien que tu aies décidé de m'appeler plutôt que de déprimer toute seule dans ton coin. Tu n'es pas quelqu'un qui se confie beaucoup, et pourtant je crois qu'il y en a besoin ces derniers temps, non ?

Je ne réponds pas. Sa voix est si chaude, à l'autre bout du fil, on dirait une caresse. Le téléphone collé contre l'oreille, j'ai froid partout sauf dans ma poitrine, depuis que j'entends sa voix.

– Tu veux bien… me raconter ta journée ?

Un petit silence. C'est vrai que ce n'est pas précisément me confier que de demander ça. Je souris un peu, désabusée. Peut-être que je ne sais pas plus me confier que mon frère. Peut-être que c'est un trait de famille, ou ce qu'on nous apprend, chez nous.

– Bien sûr, Louve, dit-il enfin, avec douceur. C'est parti, alors…

Je ferme les yeux tandis qu'il me parle de son quotidien. De sa mère, qui est encore rentrée épuisée de sa garde de douze heures. Depuis peu de temps, Arthur a commencé à s'intéresser à la cuisine – pas vraiment par passion, mais parce que ça lui brisait le cœur de voir sa mère rentrer tard le soir et leur lancer des plats surgelés sans goût au micro-ondes, parce qu'elle était trop fatiguée pour faire autre chose. Désormais, quand elle rentre, un soir sur deux Arthur a préparé quelque chose de simple, souvent avec l'aide de sa petite sœur. Ce soir, c'était des pâtes carbonara selon une recette qu'il a trouvée sur Internet et dont il était fier du résultat. Par contre, il n'a pas eu le temps d'avancer son devoir d'histoire, et je lui propose aussitôt de l'aider. Il est dans la classe au-dessus, mais les matières littéraires c'est mon truc, et je pense que je pourrais lui filer un coup de main. Je sens à sa voix, à sa façon de me répondre, qu'il sourit au téléphone, et rien que de l'imaginer, la chaleur dans ma poitrine se déplace dans mon ventre, sur lequel je pose ma main à plat. Il se fait vraiment tard, et on doit bien finir par raccrocher, mais même si je me retrouve seule, je me sens plus légère que depuis des jours.

Ma meilleure amie est folle. Elle est folle, il n'y a pas d'autre mot.

– Allez, j'ai trouvé son adresse en fouillant dans son sac l'autre jour, c'est pas si loin ! On y fait un saut vendredi soir.

– La veille de ta fête ? Oh Ariane, j'ai pas très envie…

– Tu veux savoir une bonne fois pour toutes s'il est gay, ou pas ? Histoire de lui rabattre son caquet s'il continue à enfoncer ton frère et à parler de la Manif pour tous !

Je reste silencieuse un instant.

– Mais quel genre de preuves veux-tu qu'on trouve en allant traîner autour de chez lui ?

– On se pose juste en planque une heure et on regarde si y a pas un garçon qui vient le voir ! Après tout, pourquoi il balance pas où il habite, où il n'invite jamais personne, hein ?

– En planque ? Tu te crois dans une série policière, Sherlockette ?

– Allez, sois ma Watsonette ! Viens avec moi, ça sera drôle et peut-être qu'on trouvera quelque chose pour le faire taire ensuite. Genre le menacer ou…

Je me prends la tête entre les mains et me mets à gémir.

– La vache, Ariane, je déteste quand tu pars en live comme ça… Tu peux pas trouver l'info sur Internet plutôt ?

Elle fait la moue, piquée au vif.

– J'ai cherché, mais je n'ai rien trouvé pour l'instant… Il nettoie bien ses réseaux, c'est dingue. Allez, on dit vendredi ? Tu m'as dit que tes parents avaient un concert, tu ne rentreras pas tard ils n'auront même pas vu que tu étais absente…

– OK !

– Yeah ! N'oublie pas de prendre des vêtements sombres, hein.

Je lève les yeux au ciel et elle éclate de rire, ravie de cette petite aventure.

Je ne peux pas y croire.

Je ne peux pas croire que je sois là, mes cheveux roux cachés sous un bonnet noir, à crever de froid, le dos appuyé contre un mur, dans l'ombre d'une maison.

Une maison ! Qui sait qu'il y a carrément des maisons en plein Paris ? Moi je l'ignorais totalement. Là où habite William, c'est dans une adorable petite bâtisse couverte de lierre qui donne sur une rue pavée. Il y a même un bout de jardin devant. On est bien loin de mon immeuble de six étages sur une avenue ultra passante, hein… Je souffle dans mes doigts et peste, pour la millième fois.

– Ariane, il est rentré chez lui depuis une heure et il ne se passe rien, tu vois bien qu'on ne peut rien voir d'ici ! À part rentrer par effraction…

– Mais bien sûr !

Je lui jette un regard franchement paniqué et elle rigole sous cape.

– Allez, c'est bon, j'ai compris, c'était une idée de merde. Rentrons.

– Enfin ! Franchement, je…

Mais je suis interrompue par la porte d'entrée – violette – de la maison, qui vient de s'ouvrir en grand et même de claquer contre le mur, nous faisant sursauter. J'étais sortie en pleine lumière, et je me jette littéralement à plat ventre derrière une haie – pathétique. Je me suis prise pour James Bond ou quoi ?

Un homme d'une quarantaine d'années sort à grands pas et descend les marches, pressé. Je l'observe depuis ma cachette, entre deux branches. Il porte un costume de prix et une petite mallette. Depuis l'intérieur de la maison, on entend un cri de femme désespérée.

– John ! Non !

Et puis quelqu'un sort en trombe, mais ce n'est pas la femme en question – c'est William, qui ne porte qu'un caleçon et un tee-shirt. L'imagination enfiévrée, entraînée jusqu'ici par Ariane, je commence à me demander sincèrement si ce mec qui a plus du double de notre âge pourrait être son amant, et si on n'a pas là la preuve la plus incroyable qu'on ait pu attendre, quand William gémit presque.

– Papa. Papa, s'il te plaît, attends…

L'homme se fige et se retourne, les traits tendus. Ils font souvent ce genre de règlement de comptes dehors, à la vue de tout le monde ? Je retiens mon souffle. L'homme pousse un profond soupir et répond, avec un fort accent anglais.

– William. Je t'ai déjà dit que ça ne te regardait pas.

– Ça ne me regarde pas que tu rendes encore maman si triste, peut-être ? Ça ne fait que quelques mois qu'on est ici et tu as déjà combien de maîtresses, hein, papa ?!

– Tais-toi ! Tu ne me parles pas comme ça !

– Et tu feras quoi si je te parle comme ça, hein, tu feras quoi ?

William s'avance vers son père. Ce dernier fait aussi un pas en avant, et on dirait qu'ils vont se taper dessus. Je me recroqueville dans mon coin, glacée d'horreur. Puis on entend de nouveau, de l'intérieur.

– Ah, William… William !

William se crispe, puis commence à se détourner.

– Je vais m'occuper d'elle, puisque tu ne le fais pas, toi.

Il rentre d'un pas lourd, claquant la porte derrière lui. Dans le petit jardin, l'homme hésite, puis se tourne et reprend son chemin. Avec horreur, je le vois se diriger droit vers la haie derrière laquelle je suis cachée, et j'essaie de m'aplatir plus contre le sol, mais je suis terrifiée – qu'est-ce que je vais pouvoir dire s'il me trouve là, qu'est-ce que…

Soudain, Ariane sort de l'ombre, la tête baissée comme si elle réfléchissait, et lui rentre rudement dedans.

– Ouch !

L'homme la rattrape par les épaules et s'exclame avec colère.

– Vous ne pouvez pas faire attention où vous… oh. Oh, excusez-moi, je n'avais pas vu que j'avais affaire à une aussi charmante demoiselle…

Je manque vomir directement sur le pied des arbustes. Ce mec est un porc, bien plus encore que son fils. Je dois me dépêcher, Ariane m'a donné là ma seule chance.

Profitant qu'il dévore ma meilleure amie des yeux, je me redresse et file à quatre pattes puis debout, vers l'ombre bienvenue. Ariane, elle, se rejette en arrière et marmonne.

– C'est bon, ça va.

Il veut encore lui parler, mais elle le repousse, peu amène, et s'éloigne dans l'autre direction. Aplatie contre le mur, je sens le sang battre à mes tempes. Du coin de l'œil, je vois l'homme se retourner pour suivre mon amie des yeux, puis finir par s'éloigner enfin. Dès qu'il a disparu au coin de la rue, je sors de ma cachette et cours dans la ruelle pavée en chuchotant.

– Ariane ? Ariane !

– J'suis là !

Quand je la vois, je ne peux m'en empêcher, je me jette sur elle et je la serre très fort dans mes bras. Elle rigole, mais le cœur n'y est pas vraiment.

– Bon. On va dire qu'on a percé un des secrets de William, même si c'est pas le bon…

Je grimace, sans la lâcher.

– Je n'avais pas envie de le plaindre. Ça m'énerve.

– Ces problèmes avec ses parents ne lui donnent pas le droit de se comporter comme un con. Allez, viens, on se prend un chocolat chaud à emporter et on rentre…

Elle m'entraîne, un bras autour de mes épaules, et alors que les battements de mon cœur se calment enfin, je me dis que les histoires de famille, c'est vraiment compliqué.

Chapitre 11

– Lou, tu es là !!

Ariane m'accueille en m'ouvrant grand les bras, et je la laisse m'étreindre. C'est soirée déguisée, pour son anniversaire, et elle a choisi les attributs d'une pharaonne – perruque de cheveux lisses et noirs au carré, khôl prononcé et toge dorée un peu kitsch mais qui met plutôt bien ses formes en valeur.

Je suis venue en sorcière, je n'ai pas pu m'en empêcher. Petite robe noire, collants à rayures noir et blanc et un long chapeau pointu que je traîne depuis l'enfance et que j'adore. Ariane me tire à l'intérieur en gloussant – quand elle m'a étreinte, j'ai senti comme une odeur d'alcool, il n'est pourtant pas bien tard. À l'intérieur, la fête bat déjà son plein. C'est une fête comme je ne pourrais jamais en organiser chez moi : les parents d'Ariane se sont absentés et une bonne quinzaine d'adolescents ont envahi tout l'appartement chic et design. Les enceintes crachent du rock à fond, les lumières sont tamisées et tout le monde est armé d'un gobelet en plastique que je devine peu souvent rempli de soda ou de simple jus d'orange.

C'est la première fois qu'Ariane se lance dans l'organisation d'une soirée pareille, et je me demande si ses parents avaient vraiment imaginé une fête de cette ampleur.

– Ohé, Lou !

– Salut, Louve !

Les choses se sont vraiment calmées pour moi au lycée, et j'en ai la preuve quand on vient me faire la bise ou me mettre un gobelet de bière tiède entre les mains – je me sens accueillie chaleureusement, et même si je n'ai jamais été trop à l'aise au milieu de tant de gens, je me détends doucement. Après notre soirée cauchemardesque de la veille, tapies dans l'ombre à épier mon ex pour tenter de percer ses secrets, je suis bien contente de replonger dans une ambiance non pas habituelle, mais qui en tout cas respire la normalité.

Un instant, la pensée de Jonas seul à la maison, en tête à tête avec les parents, me serre la poitrine. Ariane ne l'a pas invité, et de toute façon il ne serait pas venu, car il se serait sûrement fait emmerder par tout le monde, comme au lycée. Il recherche de plus en plus la solitude, au point de se tenir loin de tous les cercles desquels il faisait partie. À une époque, il était pourtant beaucoup plus sociable que moi, et comptait bien plus d'amis… Pour le garçon aussi vivant et passionné qu'il a toujours été, le voir se remplir ainsi de vide, ça me terrifie.

Mais ce n'est pas le moment d'y penser et je me secoue. Ce soir, je suis venue pour faire plaisir à Ariane, mais j'ai aussi pris la bonne résolution de me concentrer sur moi, sur mon bien-être, sur mon besoin de me lâcher un peu. Et ça tombe bien, il y a dans le salon une minipiste de danse improvisée. Profitant que quelques élèves s'y déhanchent déjà, je me mets à bouger doucement, sans oser trop en faire pour qu'on ne se moque pas de moi. Ça me fait quand même du bien, de sentir la musique me parcourir le corps comme un arc électrique… jusqu'à ce qu'un bras masculin s'enroule autour de ma taille, me faisant sursauter et renverser la moitié de ma bière sur moi.

– Hey !

Je me retourne pour me découvrir nez à nez avec un William visiblement très éméché.

– Hey.

Je reste un instant tétanisée, avant de le repousser des deux mains sur le torse. Ariane m'avait pourtant juré qu'il ne serait pas invité… Quand je pense qu'on l'espionnait dans son jardin hier soir ! Un instant, sa figure un peu rouge se superpose à celle, bien plus blafarde, du moment où il hurlait sur son père, et je me sens m'empourprer de culpabilité et de gêne.

Il attrape un morceau de Sopalin et commence à essayer d'essuyer la bière sur mon décolleté, mais je le repousse de nouveau, la colère reprenant le dessus.

– Tu crois faire quoi, exactement, là ?!

– Du calme, du calme… C'est vrai que t'as toujours été farouche, hein ?

– Tu veux dire, plus farouche que toi quand tu as laissé mon frère te fourrer sa langue dans la bouche ?

Il grimace et secoue la tête.

– J'suis pas comme ça. J'voulais pas. J'en suis pas un. De pédé.

Je serre les poings.

– Arrête de dire ça.

– Dire quoi ?

– J'en ai rien à foutre de ce que tu crois être ou non, mais arrête d'utiliser cette insulte.

Il se met à rigoler et je me crispe encore plus. Il me fait reculer, jusqu'à ce que mon dos rencontre le mur derrière moi, et soudain, j'ai peur. Il y a pourtant plein de monde autour de nous, pourquoi personne ne réagit ? Je cherche Ariane des yeux, mais je ne la trouve pas.

– Tout le monde le dit.

– C'est pas une raison !

Son haleine chargée m'écœure, et je m'exclame avec colère.

– Qu'est-ce que tu veux, hein ? Tu as passé les dernières semaines à m'éviter, et maintenant tu me colles ! J'ai du mal à te suivre !

– Écoute, Lou, j'ai fait une connerie, mais en vrai je t'aime vraiment bien…

Je me tends et une boule se forme dans ma gorge, malgré moi. Je me croyais guérie de mes regrets, ce n'est peut-être pas tout à fait le cas.

– Tu… tu m'as blessée. Je pensais que tu étais là pour moi, ce jour-là.

– J'étais là pour toi.

– Ah oui ? Et il s'est passé quoi alors, j'aimerais bien comprendre !

– Moi aussi, j'aimerais bien comprendre !

Il a crié, et je m'immobilise, les yeux écarquillés dans les siens et le souffle court. Il a crié, mais autour de nous personne n'a réellement entendu tant la musique joue fort, et j'ai peur parce que ce mec est beaucoup plus grand que moi et que je ne me suis jamais sentie aussi seule et démunie de toute ma vie. William, qui a posé une main sur le mur près de ma tête, se passe l'autre dans les cheveux en poussant un soupir agacé.

– Écoute, la vérité c'est que… j'ai pas mal de succès auprès des meufs, et ça me plaît, alors je sors avec elles, quelques jours, on s'embrasse, mais on va pas beaucoup plus loin… J'ai pas vraiment envie. De me mettre avec l'une d'elles.

Les yeux rivés sur lui, je laisse échapper.

– Tu devrais peut-être réfléchir à deux fois sur ta sexualité…

– Oh, ta gueule !

Je sursaute, mais il se mord la lèvre.

– Excuse-moi. Je suis désolé. Je vois bien que je te fais peur et c'est pas ce que je voulais, OK ?

Il recule un peu, et je respire mieux. Les bras croisés sur ma poitrine, je marmonne.

– Je comprends pas ce que tu essaies de me dire, ni pourquoi tu le fais maintenant, après m'avoir ignorée pendant des semaines.

– Avec toi, c'était différent. Quand j'ai vu que je te plaisais mais que toi, tu ne voulais pas aller trop vite, tu étais un peu coincée, j'ai trouvé que c'était… parfait… Ça ne me faisait pas peur de traîner en tête à tête avec toi, et puis ça éloignait les autres meufs…

Ma bière tiède me remonte dans la gorge, j'ai la nausée.

– Tu es sorti avec moi pour… que les autres filles te laissent tranquille ?

Ça fait tellement mal dans ma poitrine, comme s'il avait appuyé sur les bords de ma plaie pour les écarter… Je vacille un peu et il me rattrape, une étincelle d'inquiétude traversant ses beaux yeux.

– Je… je suis désolé. C'est vrai que j'ai menti, c'est vrai que je mens tout le temps, mais si j'essaie d'être sincère avec toi ce soir, c'est parce que… parce que je t'aimais bien quand même. J'aimais bien quand on traînait ensemble, j'ai bien aimé chez toi…

Je ris, un rire amer et horrible qui ne me ressemble pas, un rire de vieille sorcière, tiens.

– Mais, William… Moi je…

Je prends une inspiration.

– Moi, je ne veux plus rien partager avec toi. Tu m'as trompée, tu m'as menti, oui, tu as profité de ce que je ressentais pour toi, tu as embrassé mon frère comme si ta vie en dépendait et pour finir tu l'as balancé à tout le monde…

Il fronce les sourcils, je me dégage de sa prise.

– Quoi ? Non, moi je n'ai rien dit…

– Comment ça tu n'as rien dit ? Je t'ai entendu raconter à tout le monde que c'était mon frère qui t'avait sauté dessus et que toi tu n'avais rien fait !

– Mais ça, c'est vrai !

– Non ça ne l'est pas, j'étais là, moi ! J'ai vu comment tu l'embrassais !

Une vision qui me brûlera le cœur et les rétines à jamais, probablement. Il pâlit et recule d'un pas.

– Je… je n'aime pas les mecs. J'aime les filles.

Je hausse les épaules.

– Tu peux très bien aimer les deux, hein, ça existe aussi. Mais ne te sers pas de mon frère pour évacuer tes propres angoisses, OK ? Merde, tu… tu lui as pourri la vie, William, est-ce que tu en as seulement la moindre idée ?! Au lycée, chez nous… c'est un enfer maintenant !

Il se rembrunit et secoue la tête.

– C'est pas ma faute.

– Tu n'as que ces mots à la bouche. À t'entendre, c'est jamais ta faute. Mais qu'est-ce que tu vas faire maintenant pour l'aider, hein ? Qu'est-ce que tu vas faire pour inverser la tendance ? Toi qui es si populaire, si tu disais aux autres que tu avais aimé ce baiser, au lieu de parler de Manif pour tous et compagnie, peut-être bien que ça en ferait évoluer certains ! Tu as peut-être un moyen de mettre un terme à tout ce harcèlement !

Il secoue la tête comme un enfant boudeur.

– Je ne dirai jamais une chose pareille. C'est moi qui me ferais harceler ensuite.

– Toi, toi, toi ! C'est tout ce qui t'importe ! Que Jonas souffre, ou que j'aie souffert de ta façon de m'utiliser, ça ne t'importe pas vraiment, William ! Je commence même à croire que tu veux redevenir mon ami juste pour que j'éloigne de nouveau toute ta nuée de groupies ! Tu n'es vraiment qu'un sale con !

Je me détourne et m'enfonce à travers la foule, absolument furieuse. Des éclats de rire me transpercent les tympans pendant que j'avance rapidement, n'ayant plus qu'une chose en tête – la sortie. Soudain, une main féminine m'attrape par le bras cette fois, et je fais volte-face pour me retrouver devant une Ariane quasi ivre morte.

– Lou ! Tu peux pas t'en aller maintenant, j'ai même pas encore soufflé mes bougies !

– Tu m'avais dit que tu n'inviterais pas William, Ariane, et il est là !

– Wi…lliam… ? Hips ! Oh quelqu'un a dû le faire entrer, j'y suis pour rien moi…

Je pousse un soupir lourd et fronce les sourcils en voyant son état, je la rattrape d'un bras autour de la taille.

– Ariane, mais qu'est-ce que tu as bu ?

Je n'ai pas envie de rester une seconde de plus dans cette maison, mais je ne peux pas la laisser seule dans cet état avec ses invités, si ? En pensée, je me repasse sans le vouloir toutes ces scènes dramatiques de soirées adolescentes qui ont mal tourné, dans les films ou les séries qu'on regarde tous. Je pousse un nouveau soupir.

– Bon, je reste avec toi, mais à minuit une on vire tout le monde, OK ?

– Oh là là, ce que tu peux être rabat-joie ! Allez, viens m'aider à ouvrir tous mes cadeaux !

Avant de la suivre, je prends mon téléphone. Il est temps d'admettre que la situation m'échappe complètement, que je commence à être perdue, sur tous les tableaux.

Bizarrement, je sais très précisément qui j'ai envie de joindre alors que je me sens si seule, et mes doigts dansent tout seuls sur le clavier.

Je suis à la fête d'Ariane. Elle est ivre et il y a plein de monde dont William, et je ne peux pas partir en la laissant seule avec ses invités dans cet état. Je ne sais pas quoi faire.

Je rajoute dans un deuxième texto, en me traitant d'idiote.

Je suis désolée de te déranger.

Mais la réponse d'Arthur arrive quelques secondes plus tard et est sans équivoque.

J'arrive. Envoie-moi l'adresse.

Je m'exécute avec un soulagement sans nom.

Arthur met un certain temps à venir.

Le temps pour William de quitter finalement les lieux au bras d'une fille que je connais mal, de première L – je lève les yeux au ciel en les voyant, et le nœud dans ma poitrine se desserre déjà légèrement.

Le temps pour Ariane de devenir la véritable reine de la fête, alors qu'elle souffle les bougies de son énorme fraisier préparé par la boulangerie d'en bas, puis qu'elle ouvre un à un tous ses cadeaux. Beaucoup sont un peu trop génériques à mon goût, comme si personne ne la connaissait réellement, et ça me serre le cœur. Quand elle arrive au mien, un très bon casque audio pour écouter sa musique dans la rue, elle me saute au cou. Je savais précisément la marque qu'elle convoitait depuis longtemps, et je l'ai personnalisé en ajoutant une breloque sur le fil.

J'ai quand même guetté la sonnette tout ce temps, et quand je l'entends enfin, je me précipite pour ouvrir à Arthur. J'ai oublié de lui dire que c'était soirée déguisée – aurait-il tenté le coup s'il avait su ? – et il porte toujours un de ses jeans clairs usés aux genoux et sa veste en cuir, mais il a coiffé un peu ses mèches rebelles et il me sourit en me voyant.

– Oh, en sorcière ce soir, alors… ?

Je m'empourpre en lui rendant son sourire et en remontant une bretelle d'une main malhabile.

– Oui, c'est soirée déguisée, j'ai oublié de préciser…

– Ouais, j'aurais pu venir en gosse de riche, ça m'aurait changé…

Je lui jette un petit coup d'œil aigu et il lève les mains devant lui en s'excusant.

– Pardon, pardon. C'est juste que… waouh, ce genre de soirée, j'ai pas trop l'habitude.

On vient d'arriver dans le salon, et il n'est que 23 h 30, mais c'est déjà le bordel. La musique joue toujours trop fort, deux garçons sont en train de nettoyer une flaque de vomi près du canapé comme ils le peuvent, ça sent l'alcool et la transpiration et un couple se roule une pelle d'anthologie dans un fauteuil, la situation manque à tout instant de dégénérer.

– Eh bien, au moins ça picole un peu…

Arthur a ri, visiblement amusé mais sans malice. Je m'empresse de lui dégotter une bière – quelqu'un est redescendu acheter des packs, et il s'en envoie quelques gorgées en regardant autour de lui, comme s'il cherchait quelqu'un. Finalement, il trouve mon regard interrogateur et demande un peu brusquement :

– Où est ce connard de William, alors ? Qu'est-ce qu'il t'a dit ?

Je baisse le nez.

– Il est parti. Rien, rien d'important…

– Il t'a encore parlé de ton frère ?

– Pas vraiment. Il m'a parlé… de moi.

– Oh.

Pour une fois, Arthur ne semble pas savoir quoi dire, mais je vois que ses doigts sont crispés sur sa canette, comme s'il était en colère. J'éprouve soudain le besoin irrépressible de tout lui avouer.

– Il m'a dit qu'il n'était sorti avec moi que parce que j'étais… pas très entreprenante. Parce que je demandais rien, que je voulais pas aller trop vite. Ça l'a rassuré et ça a tenu les autres filles à distance. Voilà ce qu'il m'a dit.

La honte et la fureur me brûlent les joues, mais après un silence je sens ses doigts me prendre délicatement le menton et me faire relever la tête vers lui. Nos regards s'accrochent.

– Alors, en plus d'être un connard, c'est vraiment un imbécile.

Mon souffle s'accélère, j'ai un léger vertige, et dans un moment de folie je crois qu'il va se pencher pour m'embrasser, mais il me sourit doucement et se redresse. Est-ce que j'ai bien compris ce que j'ai cru comprendre… ? Je passe mes doigts sur mon menton en rosissant. Arthur repose sa bière et demande, d'une voix plus tranquille.

– Bon, et ta copine, elle est où ?

Ensemble, on fait le tour de l'appartement. On retrouve Ariane en train de ronfler sur une chaise de sa cuisine. On la réveille en douceur, après avoir vérifié que rien ne se passait dans les chambres, et on s'attable un peu avec elle. Ivre, elle en oublie d'être désagréable avec Arthur, et elle se met même à balancer des blagues qui nous font rire tous les deux.

Il est bientôt minuit, l'heure à laquelle ses invités sont censés partir, alors on l'aide à servir le champagne, et pendant que tout le monde trinque, je serre ma meilleure amie dans mes bras.

– Joyeux anniversaire, Ariane…

– Merci… hips ! … ma chérie. Je t'adore.

– Je t'adore aussi.

Je me tourne vers Arthur et lui souris.

– Merci d'être venu…

Il trinque en me faisant un clin d'œil. Je me force à boire mes bulles alors que je trouve ça dégueu, et la tête me tourne agréablement.

Arthur m'indique la piste de danse d'un mouvement du menton, où les gens évoluent désormais plutôt en couple, sur de la musique plus lente.

– Tu m'offres une danse ?

Je rougis et acquiesce avant de le suivre.

C'est « Illusion » de VNV Nation qui vient de commencer, et j'adore un peu trop cette chanson. Les joues rouges, je me rapproche de lui, et puis je m'enhardis à poser une main légère sur sa taille. Ce n'est qu'avec cette permission informulée qu'il me ramène doucement à lui et je suis submergée par ce que je ressens d'être ainsi dans ses bras, presque contre lui. Il est plus grand que moi, tout en muscles et en poitrine. Il ne porte qu'un tee-shirt mais il irradie une chaleur rassurante, étonnante. Et surtout, son odeur discrète et virile, dénuée de parfum, me fait tourner la tête. Je suis ivre, et heureusement il a posé sa main si large dans mon dos, pas trop bas, et je le laisse me soutenir et me conduire ainsi, alors qu'on danse lentement. Je ne suis pas sûre de ce que je fais, de ce que je veux, je ne suis sûre de rien si ce n'est que je me sens bien pour la première fois depuis des jours, et ça, c'est déjà un incroyable soulagement. Il respecte mon silence, mon incapacité à me rapprocher plus, et on bouge légèrement comme ça, le temps que la chanson se termine, puis que la suivante commence…

On ne se sépare qu'au bout d'un long moment, et son regard accroche le mien, mais je rougis et détourne les yeux, murmurant.

– Merci, Arthur. C'était vraiment… une belle soirée grâce à toi.

Il sourit et se penche, et je crois de nouveau qu'il va m'embrasser et je me fige tout entière, la panique faisant battre mon cœur trop vite et me donnant presque la nausée. Mais il se contente de déposer un baiser très doux sur ma tempe – quel garçon embrasse à cet endroit la fille avec qui il se passe un truc ?! – et de sourire encore.

– Plus qu'à aider Ariane, maintenant.

Et c'est ce qu'on fait. Pendant une bonne heure, on fait partir peu à peu les gens, et on ramasse le gros des affaires – les gobelets qui traînent partout, la nourriture qui reste dans les assiettes, l'alcool renversé. Bientôt, on est seuls tous les trois, et Ariane ne tient plus debout, alors on l'aide à s'étendre sur son lit et je lui caresse gentiment les cheveux avant de la laisser.

Dehors, Arthur me raccompagne à pied – on habite pas loin l'une de l'autre, Ariane et moi – et ça fait un bien fou de marcher dans la nuit et le froid. Comme à mon habitude, je renverse la tête en arrière pour essayer de voir des étoiles, même si c'est difficile, à Paris. On croise pas mal de noctambules très éméchés, mais aucun d'eux ne tente de se rapprocher de nous – je suppose que la carrure d'Arthur est plutôt dissuasive. Il a allumé une cigarette, et je lui jette un coup d'œil en coin.

– Je n'aime pas te voir fumer.

Il rigole un peu.

– Plein de gens fument.

– Ça les rend pas plus cool.

Il me lance un petit regard, et puis il me tend la main.

– Allez, 2013, ce sera l'année où j'arrêterai de fumer.

– Vraiment ? T'es sérieux ?

– Promis. Ma sœur me dit la même chose que toi, en plus…

On rigole tous les deux, et voilà qu'on est déjà en bas de mon immeuble, et j'ose lever les yeux sur lui et le détailler, comme pour graver son image dans mon esprit. Il lève une main et me caresse très doucement la joue, du revers des doigts.

– Tu me diras si tu as fini le livre…

– Je l'ai fini.

– Oh ! Et alors, tu as aimé la fin ?

– Elle était géniale. Mais on pourrait… se revoir pour en parler ?

Il rigole.

– Tu n'avais pas vraiment besoin de chercher un prétexte, tu sais !

On échange un sourire complice. Mais qu'est-ce que je suis en train de faire avec ce mec ? Je ne veux pas y réfléchir consciemment, ça me ferait beaucoup trop peur. C'est juste que ce soir je suis ivre et je me sens bien, et que le moment me paraît important, soudain.

– Je me souviendrai toujours de cette soirée.

– Hmm. T'es plutôt intense, toi, hein ?

Il me remet délicatement une mèche de cheveux derrière l'oreille.

– Bonne nuit alors… sorcière.

– Bonne nuit… gosse de riche.

Il rit et je lui fais un petit clin d'œil, avant de filer à l'intérieur de l'immeuble, le cœur battant fort dans ma poitrine.

Je reste un moment dans la cage d'escalier silencieuse, jusqu'à sentir mon téléphone vibrer.

Prends soin de toi.

Je souris, touchée.

Toi aussi. Ça va aller les transports...?

Ouais, ne t'en fais pour moi.

D'accord. À demain, alors.

À demain.

Il a ajouté un smiley loup à la fin de son message, et je me mordille la lèvre, sous le charme.

Plus tard, je suis allongée dans mon lit, alors que l'appartement est plongé dans l'obscurité et le silence. Je n'entends que les bruits de la rue et je ne vois que les phares des voitures qui balaient mon plafond, à travers les persiennes.

J'ai trop chaud pour rester comme ça, alors je glisse lentement la main sous mon short de pyjama. J'essaie de ne pas penser à ce que je fais – j'ai toujours entendu ma mère répéter combien c'était sale, la sexualité. Elle déteste qu'on en parle à la maison, déteste quand on voit une femme en culotte et soutien-gorge dans les pubs à la télé, déteste tout ce qui se rapproche de près ou de loin de la nudité, la sensualité, la féminité. La première fois que j'ai mis un débardeur, elle a criaillé partout que je ressemblais « à une pute ». Alors… je n'ai pas vraiment l'habitude de faire ce que je fais – les quelques fois où je me suis touchée ainsi dans le noir et le silence de ma chambre, j'ai eu l'impression de faire quelque chose de mal, de déplacé.

Mais cette nuit, les choses ont changé. Je ne pense pas à ce que dirait ma mère si elle me surprenait, ou à la religion, ou à ce qu'une fille de bonne famille est censée faire ou ne pas faire. Je ne pense à rien d'autre qu'à Arthur, à son sourire qui s'entend dans sa voix, et à la façon dont on a dansé collés l'un contre l'autre chez Ariane. Je convoque le souvenir de sa main large dans le creux de mes reins, de son odeur si masculine, de son visage qui s'éclaire et dont toute la topographie change quand il me regarde et me parle avec gentillesse. La main entre mes jambes, sous ma couette, je me laisse emporter par une vague qui jusqu'ici m'avait toujours abandonnée au bord du rivage – cette fois, elle m'emmène jusqu'au large, et j'étouffe un petit cri dans mon oreiller, le nom d'Arthur sur les lèvres. Après ça, je me sens toute molle et détendue. J'ai tout oublié de mes soucis, de mes angoisses, de ma profonde colère, je n'éprouve plus qu'une douce torpeur qui gagne tous mes membres et mon esprit. Je plonge dans un sommeil réparateur, pour la première fois depuis bien longtemps.

Chapitre 12

Jonas et moi, on est allés ensemble au lycée ce matin. Sur le chemin, j'ai essayé de faire la conversation. Mais alors qu'on marchait, on a posé le pied sur un message tagué en blanc sur le trottoir. « On ne veut pas du mariage homo ». J'ai voulu dire encore quelque chose, mais mon frère a secoué la tête, a accéléré et m'a dépassée. Je n'ai plus rien dit.

Au lycée, tout m'énerve, ce jour-là. Je foire complètement mon expérience en physique, contemplant un long moment le bécher plein de liquide dans lequel aurait dû apparaître un précipité blanc, mais où rien n'a bougé. Avec Ariane à la pause, on rentre presque dans William qui tient la fille de l'autre soir dans les bras – Émilie. J'en reste bouche bée. Lui qui voulait tant s'excuser et qu'on redevienne amis, on peut dire qu'il n'a pas perdu de temps après mon refus ! Alors qu'on passe près d'eux, ma meilleure amie me marmonne à l'oreille :

– On pensait qu'il fallait le plaindre… mais en fait, tel père tel fils, hein. Que des connards.

J'en grince des dents.

En fin d'après-midi, les choses s'améliorent... essentiellement parce que je me retrouve dans la même salle qu'Arthur pour notre étude du soir. Ariane étant déjà rentrée chez elle, on s'installe l'un à côté de l'autre, avec naturel. D'abord, je l'aide à finir un devoir sur lequel il galérait... et puis on passe le reste de l'heure à parler de tout et n'importe quoi, à voix basse. Il a même posé sa joue sur ses bras, sur la table, mais la surveillante ne dit rien, alors on en profite. On parle de la fin du *Passage*, des films qu'on a envie de voir, des musiques qu'on écoute. À un moment, son genou vient toucher le mien sous la table, et je me mets à bégayer. Il sourit et demande d'une voix trop rauque.

– Tu veux que je me pousse ?

Mais je secoue la tête, et il ne bouge plus. Et tout le reste de l'étude, je ne peux penser qu'à cette brûlure contre ma peau et là, dans ma poitrine, alors que son regard ne quitte plus le mien.

Le lendemain, j'ai découvert au lycée une nouvelle pile de tracts anti-mariage pour tous, entre deux prospectus catholiques d'aide aux lépreux ou aux handicapés. Depuis toutes ces années où j'ai baigné dans ce milieu, enchaînant cours de catéchisme, messes, communions, profession de foi, je n'avais jamais vu autant d'appels à la rébellion, entre deux demandes de donation. Il ne s'agit pas de venir en aide à des gens dans le besoin, cette fois, mais de vouloir empêcher des gens qui s'aiment, dont l'amour n'a aucune conséquence sur leurs voisins ou leur entourage et ne devrait concerner qu'eux, de concrétiser cet amour par un acte symbolique. Un acte symbolique que la religion voudrait s'arroger, même si ça fait bien longtemps qu'on a différencié le mariage social du mariage religieux. Je me souviens encore de celui de mon cousin, qui a suscité maints commérages dans la famille à l'époque parce qu'il ne s'est marié qu'à la mairie, et que chez nous, si on ne passe pas devant le prêtre, ce n'est pas véritablement un mariage.

J'ai de nouveau jeté la pile de prospectus dans la corbeille à papiers, puis je suis partie sans me retourner.

À la maison, j'abandonne rapidement mon devoir de français pour me mettre devant mon ordinateur. Je reste un long moment les yeux dans le vague, les doigts sur le pavé tactile, sans bouger. Jusqu'à ce que le petit bruit de réception d'un nouveau mail me fasse sursauter. Je baisse les yeux. C'est un « TR : » de ma mère. Elle m'en envoie régulièrement, depuis quelques semaines, et je les jetais chaque fois machinalement, sans réfléchir. Elle reçoit tout un tas de mailing lists qu'elle fait désormais suivre ainsi à tous ses contacts en masquant les adresses – mon frère, aussi… ? Des mailing lists nocives, où les diaporamas à base de couchers de soleil ou de blagues « belges » ont laissé peu à peu la place à un discours beaucoup plus politique. Oh bien sûr, avant tout ça, il y en avait déjà, des mails qui ne sentaient pas très bon – souvent à base de racisme ou d'anti-gauche – et je les jetais en poussant un soupir et en levant les yeux au ciel. Mais depuis quelques semaines, les messages se sont beaucoup durcis et concentrés sur un sujet en particulier. Je le sais, même si ça fait longtemps que je ne les lis plus.

Poussée par une sorte de curiosité morbide, j'ouvre celui-là. Je reconnais les premiers envoyeurs – une famille « bien sous tous rapports », ce qui signifie souvent, dans le monde de mes parents, « bien à droite » et avec des valeurs « bien catho ». Je me souviens de la mère, notamment, une femme mielleuse à souhait avec sa voix toute douce capable pourtant de proférer les pires horreurs, et ses serre-tête en velours. J'en ai des frissons.

Le mail est un appel à durcir le mouvement anti-mariage pour tous, évidemment. Il provient d'un collectif qui entend défendre les droits des enfants. Il y a même une affreuse petite vidéo type dessin animé, avec une voix sirupeuse – encore une – qui prétend parler au nom d'un enfant. Un enfant à qui on expliquerait en classe que deux mamans, ou deux papas, peuvent avoir un enfant, et qui n'y comprendrait plus rien. J'ai de nouveau la gorge obstruée. Je pense à ma tante, à son amoureuse et à leur fille qui sourit tellement sur les photos. Je pense à leur vie à trois à la campagne, une vie qui a l'air simple et heureuse, une vie qui ne demande rien à personne, et certainement pas ce genre de jugement. Je pense à Elliot, le garçon dans la classe de Jonas – je sais qu'il est élevé par son père et que sa mère est partie quand il était tout petit et n'a plus jamais donné de nouvelles. Le père d'Elliot s'occupe très bien de lui – est-ce qu'Elliot est un garçon forcément malheureux parce qu'il est élevé par un père seul ? Je n'en ai pas l'impression. Et les enfants de divorcés, dont la garde est partagée et qui s'intègrent souvent dans de grandes familles recomposées ? J'ai l'impression qu'il y a plein de modèles différents de familles, et qu'un enfant le comprend très bien quand ce n'est pas un adulte qui lui met sans cesse dans la bouche les mots « un papa + une maman, y a pas mieux pour un enfant ». Pensivement, je me mets à fureter dans la corbeille de ma boîte mails, les remontant peu à peu.

Les mots sont pesés, mesurés, mais empreints d'un mépris et d'une haine qu'on peut difficilement ne pas ressentir. Je tombe sur un article écrit par un auteur qui se présente comme « homosexuel mais non gay ». Il dit que lui ne compte pas se marier, qu'il ne voit pas l'intérêt d'une loi pour ça, et aussi que tous les homos ne sont pas les folles du Marais, qui veulent vivre entre eux et danser « à moitié à poil » sur des chars pendant la Gay Pride. Je ne comprends rien à ce qu'il raconte. Si lui ne veut pas se marier, grand bien lui fasse, mais pourquoi empêcher ceux qui veulent le faire ? Et pourquoi « hiérarchiser » ainsi les homos entre ceux qui soi-disant le montreraient trop et ceux qui auraient l'air « normaux » ? Je repense aux paroles de William, qui disait que les gays s'affichaient trop, et je serre les dents au point de me faire mal à la mâchoire.

Beaucoup de ces mails se veulent très politiques, et dénoncent ce qu'ils appellent une « pensée unique ». Comme si on était désormais obligés de tous penser la même chose. C'est quand même un peu un comble, venant de gens qui baptisent leurs bébés puis qui les mettent au catéchisme tout jeunes et les abrutissent d'histoires angoissantes sur un Dieu qui les aurait créés. Combien de gamins sont élevés comme moi, dans une religion qu'ils n'ont pas le droit de remettre en question, qu'ils ne peuvent de toute manière pas remettre en question parce qu'ils n'ont pas les armes, parce qu'ils sont trop jeunes tout simplement pour se faire une idée propre... ? Jusqu'à quel point peut-on encore y voir une simple tradition, une simple culture, et à partir de quel moment peut-on affirmer qu'on tente là aussi de nous imposer une pensée unique ? Et depuis quand c'est un crime de vouloir donner des droits aux gens et de parler d'égalité ? Je ne peux m'empêcher de penser que si nous vivions dans un monde où les gays étaient réellement acceptés et considérés comme nos égaux, Jonas n'aurait pas été harcelé et maltraité à l'école, ou rejeté par nos parents.

Cette nuit-là, je me tourne et me retourne dans mon lit sans trouver le sommeil.

Les heures passent, mais en moi c'est la tempête. Je pense à Arthur et à cette chaleur qui naît dans mon ventre chaque fois que je l'évoque. Mais je pense aussi à William et à ce qu'il m'a avoué – qu'il s'était servi de moi pour éviter que d'autres filles ne lui tournent autour. Je pense aux tracts, aux tags et aux mails anti-mariage pour tous, dont les couleurs et les textes haineux m'agressent de plus en plus.

Au milieu de la nuit, exténuée et vaguement nauséeuse, je finis par sortir de ma chambre pour aller me chercher un verre d'eau. Il y a un rai de lumière qui filtre sous la porte de mon frère, et je comprends qu'il ne dort pas plus que moi.

Je n'hésite que quelques secondes avant d'y frapper puis d'entrer, sans attendre de réponse.

J'entends un « merde ! » et du remue-ménage, et je tombe sur la vision de Jonas assis sur son lit qui me cache son bras et m'offre un sourire forcé. Je fronce les sourcils.

– Ça va ?

– À ton avis, *sis'* ?

J'ai le cœur qui se serre devant son ton amer, et je ferme la porte derrière moi avant de m'avancer.

– Je suis désolée, Jonas, je…

Et puis je me fige. J'aperçois un bout du bras de mon frère, et il est strié de lignes rouges qui saignent. Ma gorge se serre et je pâlis violemment. Il a suivi mon regard et il s'exclame.

– Hé, ça va, OK ? C'est… c'est rien…

Il y a encore, à côté de lui, la paire de ciseaux avec laquelle il s'infligeait ça, je la saisis et la jette dans la poubelle sans réfléchir, m'exclamant à voix basse remplie de colère.

– Mais tu fais quoi, putain ?! Tu saignes ! T'as essayé de… ?

– Mais non, pas du tout !! Merde, c'est rien je te dis, c'est juste…

Il attrape des brassées de mouchoirs dans la boîte posée à côté de lui et s'en tamponne le bras, mais je n'écoute plus. Je me précipite dans la salle de bains et en reviens avec du désinfectant. Je m'assois à côté de lui et il m'abandonne son bras avec un soupir. Je désinfecte et panse ses plaies, sans rien dire, puis on reste assis côte à côte, très silencieux.

– Tu… tu ne leur diras pas, hein… ?

J'ai la migraine, et je me frotte la tempe du bout des doigts.

– Non. Est-ce que tu peux me promettre de pas le refaire ?

Il se mord la lèvre et baisse la tête, vaincu.

– Je… je ne suis pas sûr.

Il y a encore un silence. Il n'y a pas si longtemps, on savait encore se parler, lui et moi. On se disait tout, et jamais il n'aurait eu besoin de se faire… ce qu'il s'est fait ce soir, pour évacuer ce qu'il avait à évacuer. Enfin, je n'en suis pas certaine. Est-ce qu'il l'aurait fait quand même ? J'ai l'impression de ne plus connaître mon propre frère... J'ai l'impression de ne jamais l'avoir réellement connu.

– Je suis épuisée, je vais me coucher. Pas d'autre connerie ce soir, hein ?

Il secoue la tête.

– Non.

J'hésite. Est-ce que je peux vraiment le laisser seul dans cet état ? Est-ce que ce n'est pas ce que je ne cesse de faire, le laisser seul aux prises avec ses angoisses, ses cauchemars, le trou dans lequel la société est en train de l'enfermer, comme s'il était une bête dangereuse à éloigner ? Il accroche mon regard du sien, d'un bleu sombre, et esquisse un sourire qui ressemble davantage à une grimace.

– Ça va aller, *sis'*. Va te coucher...

– OK... Bonne nuit, Jonas.

– Bonne nuit.

Je referme sans bruit la porte derrière moi et je l'abandonne à sa solitude, parce que si j'ai su bander son bras, je ne sais absolument pas comment soigner son cœur malade – je n'ai toujours pas trouvé le nouveau mode d'emploi, et je suis trop vide ce soir pour le chercher encore.

Chère Louve,

Comme je suis heureuse que tu m'aies écrit!! Je t'en prie, donne-moi davantage de nouvelles. Comment vas-tu? Où en es-tu de ta vie? Et ton petit frère? Tu peux tout me dire et surtout tout me demander. Nous ne nous sommes plus vues, mais je n'ai jamais cessé de t'aimer.

Ta tante

Le message est tellement gentil que je le trouve presque irréel, et qu'il me fait monter les larmes aux yeux, aussi. « Je n'ai jamais cessé de t'aimer » ? Waouh, mais quel adulte parle comme ça, c'est tellement… beau et intense à la fois ?

J'aimerais bien tout lui raconter, à ma tante. J'en ai, des choses à lui dire. Je voudrais lui parler du lycée, de William, du baiser qu'il a échangé avec Jonas. Des horreurs que subit mon frère désormais. Des parents. De la Manif pour tous qui fait de plus en plus parler d'elle, presque quotidiennement. D'Arthur, aussi. J'ai trop de choses qui me montent dans la gorge et ça y forme comme une boule que j'ai beau tenter de ravaler, je n'y arrive pas, parce que chaque fois que j'essaie, j'ai les lignes rouges qui sillonnent désormais le bras de mon frère qui me sautent aux yeux, qui m'agressent, et je peux à peine respirer.

Est-ce qu'il se met en danger ? Est-ce que j'aurais dû en parler ? Mais en parler à qui ? L'autre soir, Jonas est resté au lit parce qu'il avait de la fièvre et j'ai dîné avec mes parents. J'ai tenté d'amener doucement le sujet de mon frère sur le tapis, mais mon père s'est mis dans une de ses colères à la fois passionnées et froides que j'ai appris à détester avec le temps. « Ton frère est malade, Marie, tu m'entends ? Malade, et pas parce qu'il a de la fièvre, non ! Mais parce qu'il a eu un accès de folie, quelque chose qui l'a fait dévier de sa route. Il est fou, complètement fou, et s'il n'essaie pas de changer, ça n'ira jamais mieux pour lui ! Il faut être fou pour avoir envie d'enc… de… de coucher avec des garçons quand on en est un soi-même ! » Je l'ai regardé, un peu estomaquée – à la maison on ne parle jamais de sexe. Je n'ai pas répliqué. Je n'ai rien répondu, j'ai juste baissé le nez dans mon assiette. Je ne peux pas dire à mes parents que mon frère se mutile, parce que mon père l'interpréterait d'une autre façon – pour lui, ça serait juste une preuve de plus de la « folie » de mon frère. Ça créerait plus de problèmes que ça n'en résoudrait.

Je me sens coincée, et je ne peux qu'imaginer à quel point c'est pire pour Jonas.

Ma seule consolation, c'est de retrouver Arthur demain. Même si j'ai le cœur qui bat un peu trop vite quand je repense à la danse qu'on a partagée. Je devais être bien ivre pour l'avoir laissé si facilement m'approcher, me toucher... Parce que, si « coincée » ça ne veut pas dire grand-chose, ça reste vrai que je me laisse difficilement apprivoiser.

D'ailleurs, je n'ai qu'une seule véritable amie, Ariane, et on se connaît depuis toutes petites. Ça fait si longtemps que je n'ai laissé personne d'autre qu'elle m'approcher et devenir davantage qu'un simple camarade de classe. Pourquoi... ? Je dois dire que quoi qu'il se passe avec Arthur, je suis déjà très heureuse de pouvoir le compter comme un ami, à présent.

Assise à mon petit bureau, je sens quelque chose se tordre dans mon ventre, juste là. Un ami... ? Bon, d'accord, peut-être que je voudrais plus, avec lui. Et peut-être que lui aussi, je l'ai bien senti l'autre soir à la fête. Mais j'ignore complètement comment m'y prendre à présent, et même comment réagir avec lui demain au lycée, devant tout le monde. Arthur n'y a pas très bonne réputation, et je sais que ça ne devrait pas compter, mais vu mes récentes difficultés avec l'histoire William-Jonas, et ce qui se dit encore sur mon frère...

La boule se forme de nouveau dans ma gorge. Je ne suis pas sûre d'avoir le courage d'affronter un scandale supplémentaire, là-bas.

Je contemple la nuit à travers ma fenêtre. Dans quelques minutes, mes parents vont exiger que j'éteigne la lumière, parce qu'il y a école demain. Je dois me dépêcher, ça fait déjà trop longtemps que je réfléchis, alors je tape un rapide message.

Ici, ça ne va pas très bien. Jonas est gay, lui aussi. Mes parents l'ont mal pris. Au lycée, aussi. Je ne sais pas quoi faire. Si tu as des idées, je suis preneuse. Merci. Louve.

Chapitre 13

J'ai passé une bonne partie de la matinée sur Instagram, à vérifier ma messagerie, mais je n'ai pas encore eu de réponse de ma tante. Et puis le prof de bio m'a vue et m'a confisqué mon portable jusqu'à la fin de la journée, ce qui m'a mise bien en colère.

Alors qu'on est assises à la cafétéria du lycée, Ariane et moi, je rumine ma mauvaise humeur, qui ne s'arrange pas lorsque je vois William passer non loin, un bras enroulé autour de la taille d'Émilie. Est-ce qu'il se sert d'elle aussi ? Ou est-ce qu'il m'a juste baratinée, qu'il ne s'est jamais servi que de moi et qu'avec cette fille-là c'est différent ?

– Je le déteste, je grogne sans pouvoir me retenir.

– Hmm hmm.

Ariane acquiesce en continuant à siroter son soda à la paille. Je lui jette un regard irrité.

– Ce genre de paille en plastique, ça tue les tortues, Ariane.

– Rho, franchement, tu vas pas me saouler pour ça, tout le monde le fait…

– C'est pas parce que tout le monde le fait que c'est bien.

– Tu parles comme ton frère, t'es devenue chiante…

– Ne parle pas de Jonas comme ça !

J'ai tapé du poing sur la table, nous attirant quelques murmures et regards curieux. Ariane a écarquillé les yeux et repose doucement son verre.

– Du calme. J'ai rien contre Jonas, moi…

Je pousse un soupir.

– Je sais. Tu l'as toujours bien aimé. T'en pinçais même un peu pour lui, non ?

Elle détourne le regard – c'est rare de la voir gênée.

– Ariane ! C'est vrai, alors ? Pourquoi tu me l'as jamais dit ! Je n'étais pas sûre !

Elle hausse les épaules.

– Et à quoi ça servirait d'en parler maintenant, hein ? Ton frère préfère sucer des bites…

– Ho !

Je lui tape sur le bras, écarlate, mais elle rigole, et ça me fait du bien de la voir en rire, comme si ce n'était pas si grave. On termine nos plateaux-repas – c'était jour de fête à la cafétéria aujourd'hui, on avait droit aux sodas et à une part de gâteau en dessert, parce que c'est la date anniversaire de l'école. Alors qu'on se dirige vers la cour, Ariane lance soudain, d'un ton faussement neutre.

– Tu le détestes tant que ça ?

Je fronce un sourcil.

– William ?

– Oui, évidemment. Je pensais que tu avais commencé à le prendre en pitié, après ce qu'on a vu l'autre soir…

– Ariane ! je m'écrie, regardant craintivement autour de nous.

– Oh c'est bon, personne ne nous écoute. Alors, tu lui en veux toujours autant ?

– Où est-ce que tu veux en venir ?

– Il se pourrait que j'aie trouvé… des choses intéressantes. Le genre d'indices qu'on cherchait, en vain jusqu'ici.

Je me fige, et elle fait deux pas avant de se retourner, l'air triomphante.

– Tu as trouvé…

– Ouep. Sur Internet.

– Je croyais qu'il protégeait bien ses comptes…

– Je suis allée fureter chez ses amis d'amis sur Instagram, ceux qui commentent, les amis de ceux qui ont commenté le sien… et j'ai fini par dénicher de belles photos, crois-moi.

J'ai la bouche tout asséchée.

– Alors il est vraiment ?

– Clairement ! Tu veux voir ?

Instagram. Je suis nulle sur ce réseau-là, mon truc à moi, c'est plutôt le classique Facebook. Jonas aimait bien Instagram, avant. Il partageait des photos de ses recettes végés, ou des efforts qu'il faisait pour produire moins de déchets, ou de ses réunions avec ses associations écolos. Je secoue la tête, les oreilles bourdonnantes. J'entends encore la voix de William qui y résonne – « je ne suis pas un pédé, moi ! » – et je m'entends demander d'une voix sourde :

– Montre-les-moi.

– Pas ici. Viens !

Ariane m'attrape la main et me fait courir dans les couloirs. On heurte une gamine de cinquième dont toutes les affaires se répandent au sol, je voudrais l'aider à les ramasser mais Ariane ne me laisse pas faire, elle tire sur mon bras à me faire presque mal, jusqu'à ce qu'on rallie les toilettes les plus reculées de l'étage, ceux où aucune fille ne va parce qu'il manque une ampoule et qu'elles sont vraiment, vraiment glauques. On s'enferme dans une cabine et on se penche toutes les deux sur le portable dernier cri d'Ariane, sur le clavier duquel elle fait voler ses doigts fins. J'ai trop chaud, et mes hanches trop larges semblent prendre toute la place dans cette cabine minuscule – je n'arrête pas d'effleurer mon amie, et ça me met mal à l'aise.

Et soudain les photos s'affichent, et j'oublie tout le reste. Il n'y en a que trois, de la même soirée, mais elles sont bien assez explicites. Sur la première, on pourrait dire qu'il ne s'agit pas de lui, car il est de dos, et il y a une main de garçon sur sa nuque – ça me fait penser à la main de Jonas sur lui, et ça me serre le cœur. Sur la seconde, ils sont de profil, et on le reconnaît parfaitement, le garçon est penché sur lui, lui sourit, et ils se dévorent des yeux. Sur la troisième enfin, ils s'embrassent – à pleine bouche. Je repense à nos baisers à nous, un peu avortés, un peu ridicules, je repense à la façon dont il s'est servi de moi, dont il l'a même avoué, et je me sens comme la véritable andouille de toute l'histoire, quelqu'un qu'on a délibérément trompé, utilisé pour cacher une orientation sexuelle dont on a honte. Je serre les dents au point de m'envoyer un éclair de douleur dans les mâchoires. Depuis que j'ai vu les lignes rouge colère sur le bras de mon frère, je ressens comme une espèce de fureur aveugle qui me noue la gorge et me laisse sans cesse au bord des larmes. J'ai l'impression d'être bloquée juste avant d'exploser enfin, quand on atteint ce point de pression qui nous fait voir le monde à travers un brouillard.

La voix d'Ariane m'atteint de très loin, comme si j'étais au fond d'un puits et qu'elle me parlait depuis la surface.

– Peut-être bien que je pourrais t'aider, si jamais tu décidais sérieusement qu'il lui faut une bonne leçon…

Je comprends immédiatement de quoi elle parle. Notre lycée a un blog un peu vieillot, que peu de monde lit mais sur lequel Ariane intervient régulièrement – chaque fois, ses posts ont bien plus de commentaires que tout ce que les intellos publient d'ordinaire.

– Alors ? me souffle Ariane à l'oreille, tout près. T'en dis quoi ? Je balance un post ou pas ? C'est toi qui décides.

Je l'entends à peine – il y a comme un bourdonnement contre mes tympans, quelque chose qui m'empêche de me concentrer réellement sur elle, sur ce qui se passe. Je relève les yeux dans les siens, et il doit brûler dedans quelque chose qu'Ariane n'avait jamais vu parce qu'elle se redresse un peu, s'éloignant jusqu'à rencontrer la paroi dans son dos.

– Waouh. OK, j'ai compris.

Tant mieux. Parce qu'à cet instant, je serais bien incapable d'articuler quoi que ce soit.

– Lou !

Je me retourne pour voir Arthur courir après moi alors qu'on allait sortir du lycée. Ariane lève les yeux au ciel et s'éloigne, après m'avoir fait un dernier petit signe de la main, le pouce levé – ce soir, elle écrit et elle poste son article, je le sais. Je laisse Arthur me rattraper. Quand il me rejoint, un rayon de soleil hivernal vient jouer dans ses cheveux et je ne me sens soudain pas très bien. Pourquoi est-ce qu'il a un sourire si doux, ce garçon ? Pourquoi est-ce qu'il *est* si doux, sous des apparences qui feraient peur à plus d'une ? Et surtout, pourquoi il me croit digne de bénéficier de cette douceur ? Je lui rends un sourire tout cassé, tandis qu'on se met en marche vers le métro – lui a un très long trajet qui l'attend avant de rentrer. Il me pose plein de questions sur ma journée, sur comment je me sens, sur l'ambiance à la maison, sur Jonas, aussi. Je lui réponds vaguement, et au bout d'un moment il ne dit plus rien, mais le silence est doux, lui aussi, quand on est ensemble. Il fait froid, et je me suis rapprochée instinctivement de lui. Après un moment, il passe son bras autour de mes épaules, un bras fort, qui me ramène un peu contre lui – un bras possessif, aussi, même s'il me jette un petit coup d'œil pour vérifier que je veux bien.

Il ne porte qu'un hoodie sous sa veste en cuir, pourtant il me paraît brûlant, et terriblement ferme quand je me blottis dans son étreinte, laissant son odeur mâle m'envelopper. Ce n'est presque plus un lycéen, plus vraiment un adolescent, plutôt un jeune homme, et je frissonne en imaginant la tête de mes parents si je le ramenais à la maison. Mais bon, c'est un garçon, n'est-ce pas… ? Voilà au moins ma chance, par rapport à Jonas – au moins, leur fille est normale, voilà ce qu'ils penseraient.

C'est trop, tout ce qui se passe en ce moment, ça m'étouffe. Le malaise à la maison, la dureté de mes parents, la tristesse de Jonas, la méchanceté de William, le plan qu'on a fomenté avec Ariane. J'ai la tête qui tourne. Peut-être qu'Arthur le sent. Peut-être qu'il est un peu magique. Ou peut-être qu'il y a quelque chose qui se crée entre nous, quelque chose que je n'avais jamais ressenti avec personne, une sorte de lien tangible, brillant, qui lui communique une partie de mes émotions. C'est grisant et terrifiant à la fois. Il me fait m'arrêter, me tourne doucement vers lui, me soulève le menton. Ce n'est que lorsqu'il essuie mes larmes des pouces que je me rends compte que j'étais en train de pleurer.

– Hey… ça va aller, Lou, d'accord ? Ça va aller. Tu n'es pas toute seule. Si tu veux bien que je t'aide, je suis là pour toi. Et pour Jonas, aussi. Je peux prendre davantage sa défense à l'école. Je peux parler à tes parents, aussi, je m'en fiche. Ils ne m'impressionnent pas. Je veux vous aider… Je veux t'aider, toi.

Comment fait-il pour avoir les mains si chaudes alors qu'il ne porte pas de gants ? J'ai envie de me fondre contre lui, de disparaître dans sa chaleur, de m'y laisser complètement aspirer, brouiller. Nos regards s'accrochent, et je ne vois plus que le sien, bleu sur ce fond de ciel hivernal tout blanc, avec sa petite cicatrice au-dessus du sourcil, et l'autre, un peu plus grande, sur sa pommette de l'autre côté. Un jour, il me racontera comment il s'est fait tout ça. Il me l'a promis. Il promet beaucoup, Arthur, mais il tient ses promesses.

– Arthur…

Mon ton est suppliant. Je ne sais pas bien ce que j'attends, mais visiblement la magie fonctionne car Arthur semble comprendre, lui. Il a les yeux un peu écarquillés et le souffle court. Mon regard descend sur ses lèvres fines – celles de William étaient pleines, me faisant presque penser à celles d'une fille. Il se penche sur moi, lentement, comme pour me laisser le temps de reculer. Je ne recule pas.

Il pose sa bouche sur la mienne et je suis aussi terrifiée que la première fois avec William, au cinéma. De nouveau, je suis submergée par la panique, par la façon dont les battements de mon cœur s'emballent, au point de me soulever l'estomac et de me donner la nausée. J'entends dans ma tête la voix moqueuse des filles du lycée – « franchement, quelle prude tu fais, c'est incroyable ! » –, je revois le petit sourire suffisant de William quand il s'est écarté, comprenant à quel point j'étais mal à l'aise – combien de garçons avait-il alors déjà embrassés passionnément sur la bouche ? Arthur va se moquer, lui aussi. Il va sentir que je suis mal, que je ne réagis pas comme je devrais, que je…

– Ça va ?

Il s'est écarté juste un peu pour souffler ces mots sur ma bouche. Sans réfléchir, je me sens suivre ses lèvres des miennes. Quand je m'en rends compte, je me fige, surprise. Je croise son regard. L'instant d'après, je me suis hissée sur la pointe des pieds, j'ai noué mes bras autour de son cou et je l'embrasse.

C'est bon, c'est terriblement bon, alors qu'il m'enlace mieux, n'hésitant plus, et me serre contre lui, me faisant gémir dans sa bouche. Nos langues se touchent, se taquinent, nos lèvres ne cessent plus de se rencontrer, de se presser. Il saisit l'une d'elles pour la mordiller et j'ai le ventre en feu et les jambes qui flageolent. Je vacille, mais il me tient, il m'empêche de chuter, sur tous les plans. J'ignore combien de temps on s'embrasse, mais quand on se sépare enfin, on est haletants tous les deux, alors qu'il pose son front contre le mien. Je me mets à rire un peu, un rire incrédule, bouleversé, tandis qu'il me chuchote tout bas.

– Louve…

Il me caresse la joue et je rougis, ridiculement heureuse. On s'embrasse encore, une fois puis deux, il me serre dans ses bras et je me blottis contre lui, le cœur en paix pour la première fois depuis longtemps.

– Je suis désolé, je dois rentrer chez moi aider ma mère, mais on se retrouve demain ?

J'acquiesce en hochant la tête, un peu sonnée, répugnant à le laisser partir mais rêvant déjà du moment où on se retrouvera. On tangue comme si on était ivres quand on se dit au revoir, et puis je le regarde descendre les marches du métro.

Je ne parviens à bouger que plusieurs minutes après l'avoir vu disparaître, en bas de l'escalier.

Je traverse ma soirée comme un fantôme, le regard dans le vague et ne me souciant de rien, pour la première fois depuis longtemps. Ni de mon devoir de physique en retard, ni de l'air de mes parents, ni même de Jonas – ce soir, je ne pense qu'à moi, pour une fois. Au bien-être que je ressens, à cette espèce d'hébétude si douce qui m'enveloppe. Je ne cesse de revivre le baiser, de revoir Arthur, de sentir ses lèvres sur les miennes et ses bras autour de moi, et j'ai l'impression de flotter dans une bulle de savon qui traverserait le ciel et les soucis, portée par un courant d'air, vers la liberté.

Plus tard, je me suis retirée dans ma chambre et je rêvasse, impossible de me concentrer même sur le bouquin génial que je lis en ce moment, alors j'ai juste mis un peu de musique et je l'écoute allongée sur le dos, un petit sourire aux lèvres. Puis soudain, on ouvre violemment la porte de ma chambre et je sursaute, puis me redresse maladroitement.

– Hein ?

– Lou !! C'est quoi, ça ?!

C'est Jonas, plus pâle que jamais – plus mince, aussi, est-ce qu'il a encore maigri et je ne le vois que maintenant ? Il me brandit son portable sous le nez, et je ne comprends pas tout de suite de quoi il parle. Je lis le titre de ce qui ressemble à un article de blog : « Pas un pédé, vraiment ? » et je lui prends le téléphone pour faire défiler. Mon esprit refuse de comprendre, mais lorsque je tombe sur les trois photos, tout se fige en moi.

Ariane. Le post. William. Ce soir.

J'avais. Complètement. Oublié.

Pendant un temps, ma colère s'était envolée, elle était partie, je n'avais plus rien éprouvé d'autre qu'un profond apaisement, et toute idée de vengeance et de plan machiavélique m'avait échappé, au point d'en oublier que ma meilleure amie planchait dessus, elle. Elle n'a pas signé l'article de son nom cette fois – non, elle a utilisé un surnom qui me fait froncer les sourcils : « Hetero Pride ». Qu'est-ce que ça signifie, sérieux ?

Un froid glacial me colonise tout le corps, je peux presque sentir mon sang se geler dans mes veines.

– Je…

– C'est qui qui a écrit ça, hein ? Qui ? Je suis sûr que tu sais quelque chose !

– Chut, les… les parents vont nous entendre…

– J'en ai rien à foutre !!

Il a hurlé. Il est en train de péter un câble. Je m'en veux immédiatement d'avoir pensé ça – est-ce que ce n'est pas ce que mon père dit de lui ? Je me mords la lèvre, puis j'essaie de parler d'un ton calme.

– Écoute Jonas, je… William est un sale con. Je l'ai entendu l'autre jour dans la classe alors que tu étais là… Et puis, Ariane a trouvé ces photos sur Instagram et…

– Mais je m'en fous qu'il soit un sale con ! Donc c'est bien vous, c'est bien Ariane, c'est bien toi… Tu te rends compte, vous l'avez… outé !

– Aou-quoi… ?

– Outé ! C'est quand au lieu de laisser un gay, un trans ou un bi, quand il est prêt, faire son coming out, tu l'annonces à sa place, tu le sors de force du placard !

– Mais ! C'est exactement ce qu'il t'a fait !

– On ne sait même pas si c'est lui !

– Je suis sûre que c'est lui.

– On s'en fiche, bordel, Lou, ce que vous avez fait, c'est… c'est super grave !

Les larmes lui jaillissent soudain des yeux et je recule sur mon lit, saisie.

– Tu… tu es encore amoureux de lui.

– Non !!

Il se détourne comme si je lui avais porté un coup et mon cœur se serre dans sa poitrine. Il prend une inspiration.

– Je suis dégoûté que tu aies pu faire un truc pareil, putain. Après… tout ça, après… les manifs, les parents, tout ce qui m'est arrivé, tu… tu fais en sorte qu'un autre vive la même chose…

Il se passe une main dans les cheveux, bouleversé.

– Jonas…

– Putain, tu comprends rien à rien toi non plus, hein ? J'avais cru… Je croyais, j'avais l'impression que ça allait mieux, que tu… Mais en fait, que dalle, hein… Toi non plus, tu comprends rien…

– Jonas je… je suis désolée, je voulais pas te faire du mal, je…

– Oh, tu ne m'en as pas fait à moi, mais à lui, oui. Et demain, tu devras faire face aux conséquences de tes actes.

Il sort comme une furie, en claquant la porte de ma chambre si fort qu'un de mes livres mal rangés tombe de sa pile. Je suis à genoux sur mon lit, tremblant de tous mes membres, quand mon père rouvre brusquement.

– Qu'est-ce qu'il a encore celui-là ? Qu'est-ce qu'il veut, qu'est-ce qu'il t'a fait ?

Je mets trop de temps à répondre, et il s'exclame avec colère :

– Ton frère !

Je reste un instant sans voix, avant de marmonner.

– Il ne va pas bien…

– Je sais qu'il ne va pas bien. Il est devenu complètement fou et il va falloir qu'il remette les pieds sur terre, c'est moi qui te le dis !

Je grimace, des larmes amères me piquant les yeux sans que je leur permette de couler.

– Il ne va pas bien parce que vous le rejetez, papa. Et moi aussi. Et le monde entier, en fait.

– Eh bien, peut-être qu'il devrait se poser des questions. Si le monde entier rejette les homos, c'est sans doute parce qu'il y a une bonne raison.

Il quitte ma chambre sans me laisser ajouter quoi que ce soit.

Je pense à ce que j'ai fait. Et à pourquoi je l'ai fait. Je ressens de nouveau, mais comme dans le lointain, comme à travers un brouillard, la colère rouge qui m'a envahie pendant des jours entiers. La colère contre tous ceux qui faisaient du mal à mon frère – nos parents, les manifestants, les médias qui rabâchent en boucle les arguments les plus médiévaux qu'ils ont pu glaner auprès de ces fanatiques, les autres lycéens, William. Mais au fond, qu'est-ce qui m'a réellement décidée à laisser Ariane accomplir ce plan foireux jusqu'au bout ? Ce moment de pure rage, quand j'ai vu ces photos. Cette jalousie, que je ne peux que qualifier ainsi, quand je l'ai vu au bras d'Émilie au lycée. Et ce sentiment d'avoir été utilisée, éveillé par ce qu'il m'a dit à la soirée. C'est cette honte-là, cette honte égoïste, qui a tout embrasé en moi. Ce que j'ai fait, je ne l'ai pas réellement fait pour venger mon frère. Je l'ai fait pour me venger, moi.

J'enfouis mon visage dans mes mains, je me penche jusqu'à m'enfoncer dans la couette et je me mets à sangloter, fort.

Je pense à ce que je sais de William. À ses tensions avec son père, cette espèce de séducteur dégueulasse avec qui il est en opposition. À sa mère, dont il prend la défense. Comment réagiront-ils, eux, quand ils sauront ? Parce que je n'ai pas beaucoup de doutes sur ce qui va se passer. L'article d'Ariane est en ligne depuis une heure, je sais déjà qu'il est en train de faire le tour des réseaux sociaux, que demain tout le lycée sera au courant, que les parents de William l'apprendront par le biais de l'école, eux aussi. L'histoire se répète. Elle se répète à nouveau et c'est ma faute, c'est moi qui ai permis ça, cette fois.

J'ai permis au monde entier de rejeter et détester un homo de plus. J'ai jeté en pâture un garçon dans la gueule avide, pleine de dents, d'un monde hétéronormé qui ne demande qu'à broyer les personnes qui sortent du rang.

Ces mêmes dents qui ont tracé des sillons rouges sur les bras de mon frère, plus que ses ciseaux eux-mêmes.

Chapitre 14

J'ai du mal à aller au lycée, ce matin-là, plus encore que les précédents.

La honte et la culpabilité sont plus amères encore que l'angoisse et la tristesse que je ressentais avant.

J'ai passé une partie de la nuit à regarder l'information se répandre sur les réseaux sociaux comme une inondation impossible à endiguer. Je ne pouvais rien faire, je le savais bien. Au matin, Jonas est parti avant moi, pour ne pas avoir à faire le trajet à mes côtés, je suppose. Je le comprends. Je peine à me supporter moi-même, en ce moment.

Au lycée, l'ambiance est électrique. L'article d'Ariane est sur toutes les lèvres. Il n'était pas signé, mais tout le monde sait que c'est elle, et je la vois se pavaner au milieu de la cour comme si elle était une reine de promo américaine. J'ai un pincement au cœur face à ma propre colère. Si l'idée est venue d'elle, c'est moi qui l'ai acceptée, moi qui ai… décidé que ça allait se passer. Je suis autant sinon plus responsable qu'elle, de quel droit je peux m'énerver contre elle ? D'autant qu'elle pense avoir agi dans mon intérêt…

Je n'ai pas le cœur à la rejoindre et à feindre de partager son triomphe, alors je me glisse silencieusement dans les couloirs, bien avant la sonnerie. À cette heure, il n'y traîne que des geeks qui jouent sur leur téléphone ou qui lisent des bouquins. J'avais l'habitude de faire ça, avant. Avant qu'Ariane débarque dans ma vie.

Moi aussi, j'étais une geek comme les autres. J'aimais plus les héros de mes livres que les quelques potes que j'avais dans la vraie vie. J'étais même malheureuse de vivre dans cette réalité-là, qui me paraissait dénuée de toute magie, de toute saveur. Et puis Ariane est venue me trouver, je ne comprendrai jamais pourquoi. C'était déjà une fille très populaire, à l'époque. Elle était plus grande, plus mince et plus belle que la plupart des autres filles du collège – à côté, j'étais une petite boulotte à lunettes et au menton couvert d'acné. Elle m'a appris à aimer d'autres choses que de me retirer dans mon coin pour lire. Elle m'a appris le rire, l'insouciance, les sorties entre copines, le lâcher-prise.

Elle m'a aussi appris à mépriser mes passions, à tourner en ridicule mes envies de mondes imaginaires. Alors aujourd'hui, tandis que je regarde ces geeks tranquillement installés dans le couloir comme je le faisais il y a des années de cela, j'ai un drôle de pincement au cœur. Je repense à quand j'avais renoué avec ce comportement et que je lisais *Le Passage* sans honte, et sans me poser de questions. J'aurais tant aimé que ma meilleure amie sache à la fois me faire aimer la vie et s'intéresser à ce qui me faisait vibrer en profondeur, dans mon cœur d'introvertie.

Il y a même un type qui dessine, son regard concentré sur sa feuille, et je sens la morsure familière du regret m'envahir. J'aurais peut-être dû rester là, dans mon coin… J'aurais peut-être dû éviter de me mêler à quoi que ce soit dans ce lycée, aux histoires de cœur, aux histoires de peine. J'aimerais être, aujourd'hui encore, aussi transparente qu'eux – et non la fille qui est sortie un temps avec William, inexplicablement, la fille qui a été trahie par son petit ami et son propre frère, la fille qui a balancé un article immonde sur le blog du lycée pour se venger. C'est qui, cette fille ? Je ne la reconnais pas.

Quand la sonnerie retentit, je suis la première à me ruer en classe, comme pour oublier tout le reste. Malheureusement, la marée d'élèves ne tarde pas à envahir la salle, et Ariane vient s'asseoir à côté de moi en m'offrant un sourire radieux.

– Lou, on l'a fait, ça y est ! Jonas et toi vous êtes vengés !

– Chhh !!

Je ne veux pas que les autres se rendent compte à quel point j'ai fait partie intégrante de ce projet, mais c'est déjà trop tard, je croise des regards qui se baissent aussitôt. Je pousse un soupir. De toute façon, ça n'a fait probablement que confirmer les soupçons qu'ils devaient déjà avoir…

Il y a quand même un grand absent ce matin en classe, et évidemment il s'agit de William. Ça bavarde autour de sa chaise vide, ça ricane même, et moi j'ai l'estomac en vrac et un peu la nausée.

– Ariane… il est pas là…

– Tu. M'étonnes. Vu comment on l'a descendu de son piédestal là, tu m'étonnes qu'il ne mette pas un pied ici aujourd'hui ! Tout le monde se moquerait de lui. Il est pas prêt, le pauvre petit !

Je serre les dents.

– Ariane, écoute, je crois qu'on a fait une err…

– Ah non, tu ne vas pas me sortir ta culpabilité mal placée de nouveau, hein. Ce mec mérite ce qui lui arrive, point barre. Franchement, Lou, Jonas et toi il faut que vous arrêtiez un peu d'être aussi… sensibles, aussi fragiles. Heureusement que je…

Elle continue à parler, mais je ne l'écoute plus. « Fragile ». Il y a encore quelques mois, ça aurait été le dernier mot que j'aurais utilisé pour catégoriser mon petit frère. Et à présent, voilà que cette idée résonne en moi comme une angoisse latente, impossible à réfréner, capable de me serrer la poitrine et la gorge. Jonas, fragile. Jonas, abîmé par la vie, par les autres.

Comment ai-je pu le croire aussi invincible, quand il devait être si désespéré de comprendre qui il était et de deviner déjà quelles terribles conséquences la révélation de sa sexualité aurait sur sa vie, sur son rapport à sa famille, aux gens qu'il aime ?

Mais le pire est encore à venir, comme je m'en rends compte dès la pause du matin. Parce que là, en plein milieu de la cour et alors que tout le monde peut nous observer, je vois Arthur me foncer dessus – et visiblement pas avec l'intention de m'embrasser, non. Le contraste entre la dureté de son expression aujourd'hui et la douceur qu'il avait pour moi hier encore, pour notre premier baiser, me coupe la respiration. Il me saisit le bras sous un « Hé ! » choqué d'Ariane, à qui il ne prête aucune attention, et il m'entraîne vers un coin plus tranquille, trop rudement. Je sens ses doigts enfoncés dans la peau de mon bras et c'est la première fois qu'il a envers moi un geste à la limite de la brutalité comme celui-ci. J'ai envie de pleurer avant même qu'il parle – probablement parce que je sais déjà ce qu'il va dire. Et je me retrouve plaquée contre un mur et Arthur penché sur moi, ses yeux clairs étincelant d'une fureur à peine contenue.

– Bon Dieu, Louve, dis-moi que ta copine débile a tout fait toute seule et que tu n'étais au courant de rien.

Je me mordille la lèvre.

– Euh… Il se pourrait que je… que j'aie…

– Eh merde. Merde, merde, merde…

Il se redresse, se passe une main sur les yeux, et cette fois c'est moi qui essaie de lui attraper le bras.

– Arthur, je suis…

Il se défait brusquement de ma prise.

– Mais comment tu as pu faire ça, Lou, hein ? Comment ? Après ce qui est arrivé à ton frère…

– Mais justement ! je me mets à crier. Au départ, j'ai pensé que William le méritait, pour ce qu'il avait fait à Jonas, pour ce qu'il… m'avait fait, aussi, à moi… et puis après, je me suis rendu compte, et je m'en suis voulu… Je suis désolée, Arthur, je suis tellement désolée…

Il fait un pas en arrière, et j'ai l'impression de respirer de la glace tant l'air est devenu froid.

– Non. Non, pardon, mais ça ne suffit pas, que tu regrettes, que tu t'en veuilles. Tu n'aurais jamais dû faire ça. Je… je ne te croyais pas capable d'une telle chose. Je te croyais différente…

Pire que tout le reste, c'est la déception dans son ton qui me crucifie littéralement. J'ai la bouche sèche et les larmes qui me brûlent les yeux.

– Je… je vais essayer d'arranger ça, je…

Il braque sur moi un regard qui me fait frissonner.

– Et comment tu comptes t'y prendre, hein ? Tu n'as déjà pas réussi pour ton frère. Mais tu n'as peut-être même pas vraiment tenté, en fait. Peut-être que tu as juste regardé, que tu n'as pas réellement cherché à l'aider.

– Arthur !

J'ai crié, choquée. Comment peut-il me dire une chose aussi cruelle, lui à qui je me suis confiée ces dernières semaines et qui sait très bien combien je souffre de la situation ? Il recule d'un pas en se passant les deux mains dans les cheveux, visiblement torturé.

– Je… je suis désolé, mais pour moi c'est… c'est pas possible. J'ai besoin d'un peu de… de temps…

– Arthur…

Je n'ai pas reconnu ma voix tant elle est sortie petite et pleine de sanglots à peine contenus. Je le vois secouer la tête, et il s'éloigne en me tournant le dos. Je tremble comme une feuille et je m'efforce désespérément de retenir mes larmes. Je ne peux pas me mettre à pleurer dans un coin de la cour du lycée, ce n'est pas possible…

– Hey… ça va… ?

Je relève des yeux noyés malgré mes efforts et je reconnais la fille un peu emo qui est restée du côté de Jonas malgré tout ce qui s'est passé – elle, et Elliot, le garçon de troisième. Je m'essuie les yeux du poignet et je hausse une épaule.

– Non, pas vraiment, mais je… je crois que je l'ai mérité…

Elle me détaille en se mordant la lèvre inférieure qu'elle a très pleine. Sans le vouloir, je la contemple – son look m'interpelle. Elle porte ses longs cheveux noirs détachés, avec une mèche violette qui lui a valu pas mal de problèmes auprès de la direction du lycée. Tout comme la quantité de khôl noir dont elle s'entoure les yeux, qu'elle a très grands et très bleus.

– C'est vrai, alors ? Que tu savais ce que ta pote allait faire, pour William…

Encore quelqu'un qui va me détester. Ça ne devrait pas me toucher parce qu'on ne se connaît même pas, mais la culpabilité m'écrase et je dois de nouveau baisser les yeux.

– Ouais…

Il y a un silence qui s'étire, et puis la fille dit doucement.

– Je crois qu'y a un truc que tu ne sais pas.

– Quoi ?

– À propos de ta copine, Ariane.

Je fronce les sourcils et relève les yeux dans les siens.

– Quoi ? Je te dis, elle n'est pas la seule responsable, je…

– Oui, ça j'ai bien compris. Mais je parle du scandale précédent. Celui qui concerne ton frère, Jonas.

Un grand vide tombe sur moi, et, soudain, les pièces du puzzle se mettent en place toutes seules, avant même qu'elle ait dit la suite – et je ne veux pas qu'elles s'assemblent ainsi, oh non, je ne le veux pas. Comme je reste très droite et très silencieuse, elle pose sa main un peu froide sur mon bras et reprend, ses yeux dans les miens.

– C'est vrai que William a balancé plein de conneries ensuite et a essayé d'enfoncer ton frère pour se sauver, lui. Mais il faut que tu saches que ce n'est pas lui qui a cafté en premier. Ce n'est pas lui qui a raconté le baiser avec Jonas. Crois-moi, William est le genre de type qui aurait préféré que ça reste secret, comme tu as dû t'en rendre compte depuis…

Je secoue la tête de gauche à droite. Non, non, non… Mais elle continue, impitoyable.

– C'est Ariane. Je l'ai entendue le raconter elle-même.

– Je… je ne vois vraiment… vraiment pas pourquoi elle aurait fait ça…

– Vraiment… ?

J'ai les oreilles qui bourdonnent, et je pense à toutes ces fois où ma meilleure amie me demandait, à la maison, quand Jonas allait rentrer… si elle allait le voir… si on pouvait faire un truc ensemble, tous les trois. Je repense à ses récentes révélations. Je n'avais pas vraiment voulu voir, jusque-là, à quel point elle avait un crush sur lui… Ou alors, au fond de moi, j'avais trouvé ça mignon et ça ne m'avait pas inquiétée plus que ça. J'ai le cœur qui se serre dans la poitrine, et je baisse les yeux.

– P… pourquoi ça rend si con, d'être amoureux, putain ?

La fille rit un peu, puis secoue doucement la tête.

– C'est vrai que ça rend souvent con, mais ça ne rend pas forcément méchant. Ta copine a choisi de se venger salement de Jonas parce qu'elle le kiffait et que ça ne lui a pas plu d'apprendre qu'il était gay. On a toujours le choix. Elle a fait le sien.

– Moi aussi, j'ai fait un mauvais choix… j'ai fait la même chose à William.

– Oui. La question est : est-ce que tu l'as fait par amour contrarié, toi aussi ?

Je me mords la lèvre. Je ne sais pas, je ne sais plus. Je sais juste que j'ai très mal agi, quelles qu'aient été mes raisons premières.

– Je…

Je ne peux pas continuer, et la fille me lâche le bras mais se rapproche de moi, avec douceur.

– Je m'appelle Flore. Et j'ai bien l'impression que tu as plus besoin d'aide qu'autre chose.

– C'est… c'est pas moi qui ai besoin d'aide…

Je me rends compte que je pleurniche, et j'essuie mes yeux et mon nez de ma manche comme je peux.

– C'est Jonas…

La fille acquiesce gravement.

– Je sais. Je suis désolée. Ça craint d'avoir des parents comme les vôtres.

Et là, dans ce coin de la cour, sans que je m'y attende, elle me prend dans ses bras. J'y reste d'abord crispée, puis je laisse échouer mon front sur son épaule. Ses mots sont aussi importants que son étreinte – ils m'autorisent à ouvrir une vanne, à m'épancher sur les mauvais côtés de ma famille, à *voir* ces mauvais côtés, tout simplement. Pourtant je me sens obligée de sangloter encore, contre elle, pour prendre leur défense.

– Mais je… je les aime, moi… mes parents…

Elle rigole de nouveau – ça me fait tressauter un peu dans ses bras.

– Ouais, ça je sais. La vie serait vachement plus simple si vous les détestiez, hein ? Mais ce n'est pas le cas, et c'est ça qui est compliqué.

Oui. C'est ça qui est si compliqué…

Ce soir-là, j'ai une tête d'enterrement à table. J'ai les yeux rougis d'avoir tant pleuré. Toute la journée, j'ai essayé de joindre Arthur, mais il n'a jamais répondu, ni à mes appels ni à mes textos. J'ai passé l'essentiel de mon temps à éviter Ariane, que je n'ai pas le courage de confronter. Jonas, lui, picore dans son assiette, sans me regarder. Malgré les encouragements de Flore à la sortie de l'école, je me sens plus seule que jamais.

La télé est allumée sur TF1. Ça parle encore de mariage pour tous, comme quasiment tous les soirs, mais aucun de nous ne réagit – Jonas ne sursaute plus, je ne prends plus l'air gêné et mon père ne tempête plus. Cette fois, on interroge des responsables religieux. Un évêque, un rabbin, un imam. Qu'est-ce que ça veut prouver, exactement ? Que toutes les religions rejettent les homosexuels ?

Je ne me rends pas compte de la nervosité de ma mère qui volette autour de nous pour nous servir, pas avant qu'elle claque soudain son verre de vin trop fort et s'exclame.

– Bon ! Marie, qu'est-ce qui se passe, pourquoi tu fais cette tête, tu as eu des soucis au lycée ?

Je relève sur elle des yeux de noyée. Elle croit vraiment que je vais lui répondre, comme si on était les meilleures amies du monde ces derniers temps, elle et moi ? Mais je m'entends parler, comme si c'était quelqu'un d'autre qui sortait les mots de ma bouche.

– Mon copain m'a quittée.

Gros gros silence à table. Même Jonas me regarde à présent. Ma mère se racle la gorge.

– Un copain, à ton âge, vraiment ? Tu crois que c'est dans tes priorités avec le bac français à la fin de…

– Allons, laisse-la, Cécile ! Elle a seize ans, quand même. C'est très bien, qu'elle ait des petits copains, maintenant !

Là, on dévisage tous notre père, les yeux écarquillés. Dans ma famille, on a toujours considéré que le plus tard c'était, les premières relations, le mieux c'était. Ma mère ouvre la bouche, la referme, puis la rouvre et balbutie.

– Mais, Marius… Il ne faudrait quand même pas que…

– Que quoi ? Notre fille est une gamine responsable, qui fait attention et qui sait ce qu'elle veut dans la vie ! Je suis très fier d'elle, moi !

J'en reste coite, sentant un mélange de joie mal placée, irrépressible, et d'embarras terrible se répandre en moi et me mettre le feu aux joues. Mais celui qui est plus empourpré encore, c'est mon frère, qui jette soudain sa serviette sur la table et s'écrie.

– C'est parce qu'elle est hétéro, c'est ça ? Tu es soulagé parce qu'elle a parlé d'un copain ? Ah, si elle avait été lesbienne, on n'aurait pas entendu tes louanges, hein !

– Jonas ! Tu ne me parles pas sur ce ton !

– Mais ça va durer longtemps, ce petit jeu ?! Vous allez faire ça combien de temps, faire comme si j'étais « normal » à vos yeux, comme si je n'étais pas gay, comme si ce n'était pas devenu un immense tabou dont on ne peut pas parler ici ?

Jonas s'est levé, et mon père aussi. Ma mère et moi, on reste figées sur nos chaises, et jamais je ne me suis sentie si lâche de toute ma vie, de laisser mon frère affronter notre père seul, encore une fois. Notre père qui crie soudain.

– Je ne veux rien avoir à faire avec des homosexuels ! Je regrette, mais c'est au-dessus de mes forces, je ne peux pas !

Il jette brutalement sa serviette sur la table à son tour et quitte la pièce à grands pas. Je n'ai d'yeux que pour mon frère, qui serre les poings et dont les larmes coulent sur les joues à présent. Alors, ma mère se lève à son tour, s'approche de lui et le prend maladroitement dans ses bras, comme si elle ne savait plus comment faire à présent.

– Je… pour ton père c'est dur, mais je voulais te dire que moi… moi je commence à… à m'habituer. Je veux dire, ce sera toujours anormal pour moi, monstrueux, mais tu… tu es mon fils. Et je… je t'aime quand même. Voilà.

Elle le serre encore une fois et puis ils se lâchent, gauchement. Jonas vacille. Je me lève enfin, comme si j'avais retrouvé l'usage de mes jambes, et je lui saisis le bras.

– Viens, je t'aide à te coucher.

– Vous avez besoin d'aide ?

– Non, non, maman, ça ira.

Je sens que Jonas ne pourra rien supporter de plus, alors que je l'emmène jusqu'à la salle de bains. Plus tard, il est couché dans son lit et il me tourne le dos, déjà enroulé dans sa couette. Je suis assise au bord, et je ne dis rien, lissant le drap de ma main. On entend en sourdine nos parents qui s'engueulent tout bas. La souffrance de Jonas sourd de lui comme un poison qui exsuderait de chacun de ses pores, et dans lequel il se noie chaque seconde un peu plus. Je ne sais pas quoi dire, putain, je ne sais pas quoi dire. Je finis par me racler la gorge à mon tour – j'ai l'impression d'entendre ma mère – et par chuchoter.

– Maman… a fait un pas en avant, quand même, c'est ce qu'on peut retenir de ce soir…

Il ricane, un son étrange, discordant.

– Tu appelles ça un pas en avant, toi ? Elle m'a traité de monstre.

– Mais elle t'a aussi dit qu'elle t'aimait…

– Non.

Il tourne un peu la tête, juste de quoi capter mon regard du sien, rougi, trop intense.

– Elle m'a dit qu'elle m'aimait « quand même ». Ça change tout, ces deux petits mots. Parce qu'un jour on est un fils qu'on aime sans conditions, et le lendemain on n'est plus qu'un fils qu'on aime « quand même », malgré quelque chose. Et ce n'est même pas à cause d'une chose qu'on aurait faite. C'est malgré quelque chose qu'on est, comme une tare. Maman « m'aime quand même », malgré ma tare, voilà ce qu'elle a dit.

J'en reste muette, encore une fois. On se dévisage un long moment, et il me tourne de nouveau le dos, contemplant le mur. Un long moment de silence plane avant que j'ose demander.

– Tu… tu l'as encore fait ? Te faire mal, je veux dire ?

Il ne répond pas, et j'ai la poitrine si oppressée que j'étouffe. Je n'ai que seize ans, et putain, je ne sais pas quoi faire de tout ça, de toute cette situation qui pourrit, je n'ai pas l'âge de gérer ça, bordel, je n'ai rien demandé, moi !

Je me lève lentement, tout le poids de cette douleur qui m'entoure sur mes épaules. Je fais quelques pas pesants jusqu'à la porte, que j'ouvre. Je m'immobilise sur le seuil. Et sans me retourner, je laisse enfin échapper des mots qui guérissent, lui peut-être, moi sûrement.

– Moi je t'aime tout court, et ça ne changera jamais.

Chapitre 15

Je n'ai pas dormi de la nuit et le lendemain je suis dans un état second.

Pourtant, ça ne m'empêche pas de foncer sur Ariane dès que je la vois dans la cour, de la saisir par le bras et de l'emmener dans un couloir pour l'apostropher.

– C'est toi qui as dit à tout le monde, pour le baiser de William et de Jonas ! Avoue !

Je crois d'abord qu'elle va nier, mais c'est mal connaître mon amie – mon… « ancienne » amie… ? mon amie « quand même » ? Elle se contente de rejeter en arrière sa crinière, de croiser les bras et de me toiser en plissant les yeux.

– Qui te l'a dit ?

– Putain, Ariane, on s'en fout de ça !

Je m'appuie au mur, une main sur le front. J'ai carrément le vertige. Elle me contemple sans rien dire, et c'est moi qui craque.

– Tu pourrais au moins… je sais pas, moi, t'en vouloir ! Tu te rends compte de tout le mal que tu as fait à mon frère ?

– J'ai fait que dire la vérité.

– Oh pitié, me sors pas ce couplet de merde, Ariane ! Comme on l'a fait pour William, tu veux dire ? Mais c'est quoi qui tourne pas rond, chez toi ? Tu aimes rendre les gens malheureux ?

Je voudrais rester en colère, mais je sens ma voix qui se dérobe.

– Putain, je croyais qu'on était amies, que tu voulais mon bien…

– Je veux ton bien.

– Mais n'importe quoi !! Tu crois que je me sens comment, depuis que tu as outé mon frère, hein ?

– Depuis que j'ai… quoi ?

– Rhaaa !!

Je porte une main à ma poitrine. Je vais gerber, putain.

– Lou…

– M'appelle pas comme ça !

Elle hausse un sourcil.

– Et je suis censée t'appeler comment ? *Marie* ?

– Sérieux…

Elle s'approche de moi et je la repousse. Elle essaie encore et je la repousse plus fort, et elle heurte le mur de l'autre côté et se redresse, furieuse.

– C'est pas la peine d'être aussi agressive !

Mais je ne me sens pas agressive. Même plus en colère. Je me sens juste vide, terriblement vide, comme si un gouffre béant venait de s'ouvrir au niveau de ma poitrine.

– Tu me fais pitié.

– Pardon ?!

Elle recule d'un pas, visiblement surprise et blessée.

– Tu as toujours adoré dire du mal des gens. Moi, je trouvais ça drôle, je vais pas nier. Je trouvais ça… cool.

À l'époque j'étais une vraie geek et j'avais pas d'amis, et c'est clair que tu m'as fait vivre plein de trucs, tu es arrivée avec ta réputation de fille cool, et je ne comprenais pas ce que tu pouvais bien me trouver, et tu m'as montré qu'il y avait d'autres trucs intéressants dans la vie que les livres… Alors j'ai fermé les yeux sur le reste, sur ta propension à répandre les rumeurs, à juger tout le monde… J'étais dans ton cercle privé, alors je pensais qu'à moi tu me ferais jamais de mal. Mais au final, je crois que c'est à moi que tu en as fait le plus…

– Mais putain, qu'est-ce que tu racontes ? Lou, attends…

Je me suis décollée du mur et je recule, pas à pas, ma voix plus tranquille et assurée chaque fois.

– À moi et à mon frère, le garçon dont tu étais amoureuse, parce que c'est bien ça, n'est-ce pas ? C'est bien pour ça que tu as fait tout ça. Et au final, tu sais ce qu'il fait, Jonas, quand il est seul à la maison et que personne ne le voit ? Il prend des ciseaux et il s'entaille les bras.

– Quoi ? Non, il… Lou…

– Voilà ce que t'as fait au garçon que tu aimais, Ariane. Et hier, Arthur, le mec que j'aime, moi, m'a quittée à cause de ce qu'on a fait à William. Je vais pas nier ma responsabilité dans cette affaire, mais quand même, Ariane. Voilà ce que tu m'as fait à moi, aussi.

Elle perd complètement pied, je le vois bien, des larmes dévalent ses joues, elle qui ne pleure jamais. Je me suis éloignée, beaucoup éloignée, physiquement, mentalement, émotionnellement. Un couloir entier nous sépare à présent, on ne pourrait pas se tenir plus loin l'une de l'autre, c'est comme si je tendais un fil jusqu'à voir à quel moment il va rompre. Elle crie, soudain.

– Et moi, tu crois que tu me fais quoi, là, hein ?! T'es ma meilleure amie, Lou ! Tu peux pas… tu peux pas me balancer ça comme ça, s'il te plaît reviens, on va s'expliquer !

Je secoue la tête.

– J'ai rien de plus à te dire. De toute façon, ça a toujours été comme ça – tu as toujours beaucoup plus parlé que moi. Je trouvais ça normal, je pensais que c'était juste une différence de caractères. Mais en vrai, on a tous quelque chose à dire, parfois, et l'autre devrait être là pour l'écouter, quand le moment est venu. Pour la première fois, je t'ai dit ce que j'avais à dire, ce dont j'aurais dû me rendre compte bien avant que tant de gens soient si blessés et souffrent tant. Fais-en ce que tu veux maintenant, mais ne t'approche plus de Jonas et moi. J'espère que c'est assez clair.

Je lui tourne le dos et je disparais au coin, dans un autre couloir, vierge, plongé dans la pénombre mais libre et ouvert à toutes les possibilités. Derrière moi, le fil se brise comme une corde de violon.

Je ne me suis jamais sentie aussi seule de toute ma vie, et pourtant ça me paraît presque positif, tandis que je passe l'après-midi penchée sur mes cours, les sourcils froncés, à réfléchir.

J'ai l'impression de prendre du recul par rapport à tout ça pour la première fois. Est-ce que je n'ai pas passé trop de temps à me reposer sur les autres, à avoir peur de leurs jugements, à compter sur mes connaissances pour me montrer la voie ? J'ai ronchonné dans mon coin parce que Jonas me paraissait trop cool et me rendait plus effacée encore. J'ai ronchonné parce qu'Ariane me faisait le même effet, au sein de l'école. Pourtant, est-ce que ce n'est pas une situation que j'ai cherchée, que j'ai provoquée ? Est-ce que je n'ai pas toujours choisi un sillage à suivre, dans lequel me placer pour éviter d'avoir à faire des choix, d'avoir à trouver ma propre voie ? Je réalise peu à peu que ça fait peur d'être seule, mais ça reste un excellent moyen de s'obliger à se regarder. À voir ses mécanismes de défense, ses stratégies d'évitement. À essayer de se connaître mieux, aussi, pour voir ce qu'on a envie de faire dans sa vie.

Ça n'en reste pas moins dur de se retrouver si seule – d'avoir vu mon frère et mon amoureux me tourner le dos, et d'avoir rompu de moi-même tout contact avec ma seule amie. La première nuit, je n'ai quasiment pas dormi. Chaque fois que je fermais les yeux, je voyais la déception sur le visage d'Arthur, ou la douleur dans les yeux de Jonas. Et quand j'ai fini par sombrer, j'ai été renvoyée des années en arrière, au temps de ma première rencontre avec Ariane. Je nous ai revues, au début du collège. Quand j'emportais toujours avec moi mon livre préféré et que je ne le rangeais jamais, préférant le serrer contre ma poitrine en allant d'une salle de cours à l'autre. Quand elle est venue me parler la première fois, en me souriant avec gentillesse, et que je me suis retournée pour voir si ce n'était pas à quelqu'un d'autre qu'elle parlait comme ça. Au réveil le lendemain, couverte de sueur, j'ai pleuré dans mon lit jusqu'à ce que mon réveil sonne.

Après cette nuit agitée, les jours qui suivent, je les passe dans ce mélange de solitude extrême, de tristesse et d'état de remise en question. Peu à peu, je cesse de pleurer toutes les deux minutes, ou de me recroqueviller sur le lit en écoutant la musique la plus triste que je connaisse, histoire de me sentir réellement comme une merde. Je me recentre sur les cours. Sur mes lectures, aussi. J'enchaîne les romans pour ados, que je lis ou relis, et comme je me suis remise à dessiner dans les marges, je commence à faire des fanarts. Plusieurs d'Harry Potter, évidemment. Un de Lyra et Pantalaimon dans *À la croisée des mondes* de Philip Pullman. Et un soir, je prends le temps de dessiner le visage d'un garçon un peu perdu, au milieu d'un désert jonché de trous, les pelles plantées sur les côtés. C'est un fanart du *Passage*, le livre que m'a prêté Arthur. Je le contemple un long moment. Arthur me manque, il me manque horriblement. Ce n'est qu'avec son absence, son silence, que je me suis rendu compte de la place qu'il avait déjà prise dans ma vie – par les moments qu'on passait ensemble, mais aussi simplement par les rêveries que je m'offrais à son sujet, à notre sujet, et qui me sont interdites désormais, parce qu'Arthur ne veut plus de moi. Parce que j'ai trahi sa confiance. Parce que je l'ai déçu. Cette dernière pensée m'est insupportable, et chaque fois qu'elle me vient, je secoue frénétiquement la tête pour la chasser.

Au lycée, je traverse les couloirs et les salles de cours comme un fantôme, de nouveau, comme si j'étais revenue des années en arrière – mais je ne peux faire disparaître tout ce que j'ai vécu entre-temps. Je ne veux parler avec personne, même pas avec Flore ou Elliot, qui me lancent parfois de petits regards attentifs, inquiets, bienveillants. Les autres ne veulent pas me parler, de toute façon. On ne me harcèle pas, mais on me tient pour responsable de la soudaine disparition de William, qui ne s'est toujours par repointé. Comme personne ne sait rien de sa vie, au final, les rumeurs courent, toutes plus folles les unes que les autres – la plus persistante étant qu'il va être envoyé par ses parents dans une prestigieuse pension à l'étranger, voire dans un camp de redressement anti-gay. Étrangement, personne n'a décidé de lui faire subir le même genre de harcèlement homophobe que celui qu'a subi mon frère – peut-être simplement parce qu'il n'est pas présent, mais je ressens plutôt comme une sorte de lassitude généralisée. Le post d'Ariane – notre post – n'a pas fait l'unanimité, ni auprès des élèves ni auprès du corps enseignant, et même mon ancienne meilleure amie fait profil bas. Quant à moi, je tâche d'étouffer ma culpabilité vis-à-vis de William comme je le peux, et de me convaincre qu'il va reparaître un jour en classe, comme si de rien n'était. Je lui ai envoyé des excuses par SMS un soir, mais comme avec Arthur, je n'ai jamais eu de réponse.

À la maison, l'ambiance est toujours aussi irrespirable. J'essaie désormais d'atténuer la douleur de Jonas. Il me laisse passer un peu de temps avec lui dans sa chambre. Il n'est plus que l'ombre de lui-même, pendant qu'on regarde ses films préférés sur son ordinateur, en silence, nos épaules se frôlant.

Un soir on a regardé *J'ai tué ma mère* de Xavier Dolan, et il s'est mis à pleurer sans bruit. Je me suis contentée de passer un bras autour de ses épaules, et on a fini le film comme ça.

Une nouvelle grande manifestation anti-mariage pour tous est prévue pour dans une semaine. Ce soir, Jonas est sorti de ses gonds. Il s'est levé à table et s'est mis à crier.

– Vous allez pas y aller quand même, putain ? Vous allez pas encore me faire ça !

Une de ses manches longues s'était un peu retroussée, et les traits sur son bras m'ont agressé les yeux. J'ai jeté un regard en coin à mes parents, espérant soudain, presque violemment, qu'ils aient remarqué. Qu'ils aient compris l'étendue de son malaise, la détresse dans laquelle il devait être pour oser leur crier dessus comme ça ce soir. Mais soit ils n'ont rien vu, soit ils ont choisi de ne pas en tenir compte. Papa lui a juste demandé d'un ton alourdi par la colère de quitter la table et de filer dans sa chambre. Les gens qui ont décidé de ne rien voir, on ne peut pas les forcer à regarder. C'est quelque chose que j'ai commencé à comprendre.

Ce même soir, je suis assise à mon bureau en train de travailler sur un devoir de maths quand j'entends le téléphone sonner, puis ma mère décrocher. Et le ton qu'elle emploie soudain, bas pour que personne n'entende, y compris papa qui est en train de préparer le café dans la cuisine, me fait dresser l'oreille.

– Non, je… Après toutes ces années, Elsa… tu m'appelles pour… Non, j'ignorais complètement qu'elle t'avait écrit…

J'ai le cœur qui bat à cent à l'heure et je tends l'oreille, en embuscade juste derrière ma porte entrouverte. Elsa. Ma marraine. Elle s'est suffisamment inquiétée en lisant mon message pour décider d'appeler ma mère, alors qu'elles ne se parlent plus depuis des années !

– Je ne sais pas ce qu'elle t'a raconté… ce… ce n'est pas ce que tu crois… Jonas n'est pas comme ça, non, pas comme… toi.

Je devine un silence des deux côtés, car elle reprend d'une voix qui tremble un peu.

– Elsa ? Non, je ne voulais pas dire ça… écoute, je crois que ce n'est pas le bon moment pour parler de tout ça.

Je ne sais pas ce que tu comptais faire, mais je ne veux pas que tu tentes de t'insinuer dans nos vies !

Son ton monte, comme chaque fois qu'elle se met en colère. Dans ces cas-là, elle ne se maîtrise plus, sa voix monte dans les aigus, monte et monte encore, et parfois se brise tout en haut, sur un sanglot déchirant, et alors elle s'enfuit dans la salle de bains. Je frissonne en l'entendant raccrocher brutalement. Assise au sol contre mon bureau, je sens de grosses larmes me monter de nouveau aux yeux. Je n'aurais jamais même osé espérer qu'Elsa appelle pour tenter d'intercéder en notre faveur… mais quand j'ai compris que c'était ce qui se passait, j'ai été saisie d'un violent espoir, et maintenant qu'il retombe, je me sens vide. Si vide de nouveau. Je sèche mes larmes, je me lève et j'ouvre la porte. Ma mère sursaute, avant de plisser les yeux.

– Tu as entendu, n'est-ce pas ? J'aimerais bien savoir ce que tu as raconté à ta tante pour qu'elle se permette de nous déranger comme ça !

– J'ai dit la vérité. Que Jonas était gay et que vous ne le supportiez pas.

– On ne… ah…

Ma mère pousse un énorme soupir et se passe une main sur le visage. Je ne me rends compte que ce soir qu'elle a maigri, elle aussi.

– Maman… tu pourrais au moins… ne pas y aller, la semaine prochaine. Ça serait un pas en avant, déjà…

Mais elle secoue la tête, butée.

– Non, mais cette manifestation, ça n'a rien à voir avec Jonas, ma puce. C'est… de la politique, vous ne pouvez pas comprendre…

J'ai un petit rire amer.

– Mais ça a tout à voir avec lui, bordel ! La politique, ça se répercute partout dans la vie privée !

Elle se lève et commence à débarrasser la table.

– Au lieu de nous voir comme des ennemis, Marie, tu ferais mieux de te concentrer sur tes devoirs. Tes notes ont atrocement chuté ces derniers temps. On s'occupe de Jonas, c'est notre rôle, pas le tien.

– Eh ben, vous avez une drôle de façon de vous occuper de lui, putain !

– Marie !

Je lui passe devant en trombe et je fonce vers les toilettes, où je m'enferme parfois quand je suis fâchée – c'est, avec la salle de bains, la seule pièce où je suis sûre que personne ne va venir m'embêter. Quand je passe devant la porte de Jonas, je la vois entrouverte et je surprends un instant son regard, avant qu'il se détourne. Il a tout entendu. Merde.

Ma mère n'a rien compris à la politique, si elle pense que ça n'influe pas sur nos vies. Elle n'a rien compris à rien, si elle pense que ça ne blesse pas son fils quand elle participe à des manifestations visant à l'empêcher d'obtenir le droit de se marier comme tout le monde. Nos actes ont de foutues conséquences. Le drame des adolescents homosexuels, c'est qu'avec ce genre de comportement, certains se retrouvent sans abri, nulle part. Ils sont rejetés à l'école. Ils sont rejetés de leurs groupes d'amis. Ils sont rejetés chez eux, dans leur foyer qui aurait dû être leur rempart contre le monde. Ils sont même rejetés dans la rue, par de parfaits inconnus. Ça, Jonas me l'a raconté.

Il était allongé sur son lit, comme trop souvent ces derniers temps, et moi assise par terre, à jouer avec un de mes bracelets en tirant mollement dessus. Il m'a dit :

– Tu sais, Lou. La première fois que j'ai embrassé un garçon, ça ne s'est pas bien passé.

J'ai relevé la tête, surprise. Le sujet de sa sexualité est devenu si tabou partout autour de nous qu'il l'est devenu aussi dans nos conversations, malgré mes efforts pour faire parler mon frère. Je ne m'attendais pas à ce qu'il me livre ainsi une telle confession, à brûle-pourpoint.

– Tu n'as… pas aimé ?

Il rit, de ce rire amer que j'ai si vite détesté, parce qu'il lui ressemble si peu.

– Oh si, j'ai aimé. C'était génial. Mais… on était dans la rue. On s'était mis dans l'ombre d'une porte cochère. Et en fait…

Les mots ont du mal à sortir, et moi j'ai mal dans la poitrine.

– En fait… y a un gars qui nous a crié qu'on était des tapettes, et puis il nous a craché dessus et il est parti.

– Il vous a… craché dessus ?

– Ouais.

Je me suis retournée pour le regarder, mais il a posé un bras en travers de ses yeux.

– Parfois, tu sais, j'ai l'impression d'être vraiment ce monstre que les parents voient en moi. D'avoir des envies dégueulasses. Si je dégoûte des gens à ce point, c'est peut-être que…

– Jonas, non ! Tu sais très bien que ce ne sont que des connards homophobes ! Y a rien de dégueulasse dans le fait que deux ados s'aiment et s'embrassent, merde !

Je ne m'étais pas rendu compte que je m'étais levée, avant de croiser son regard par-dessous le bras qu'il a légèrement baissé. Il a ricané, encore une fois, puis a vaguement haussé une épaule.

– Peu importe.

– Peu importe ? Comment ça, peu importe ? Jonas…

Il n'a plus rien voulu savoir, ce soir-là. Mais depuis, je suis comme glacée de l'intérieur. Parce que le pire pour ces jeunes homosexuels, ce n'est finalement pas qu'ils soient rejetés par tout le monde… c'est qu'ils finissent par se rejeter eux-mêmes, aussi.

Les mailings en provenance de ma mère pleuvent, ces derniers jours.

Peut-être se sent-elle frustrée que le sujet ne soit plus vraiment abordé de vive voix à la maison, malgré son timide soutien récent à mon frère. Ou peut-être est-ce simplement qu'elle en reçoit de plus en plus avec l'arrivée imminente de la nouvelle Manif pour tous, et qu'elle les fait tous suivre à ses connaissances, comme un robot.

Je voudrais pouvoir m'en moquer. Je voudrais pouvoir être capable de mettre résolument ces mails dans la poubelle, sans les lire, sans y accorder la moindre importance. Mais je n'y arrive pas. Je me sens obligée de parcourir chacun d'entre eux, même si je suis submergée chaque fois par un profond sentiment d'injustice, de dégoût et de peine. Ces mails proviennent de sources différentes – des associations engagées, voire créées dans le sillage de la Manif pour tous, mais aussi des autorités catholiques, comme cette lettre d'un évêque à ses diocésains, qui mélange tout ce contre quoi il est dans un grand baril d'immondices – sa lutte contre « l'idéologie de genre », contre l'IVG, contre l'euthanasie, contre la PMA, contre le mariage pour tous évidemment… Autant de concepts qu'il qualifie de « culture de la mort », ce qui serre mon cœur dans ma poitrine. Comment peut-on employer une telle expression quand on parle de choses aussi fondamentales que l'accès des femmes à la liberté de leur corps ? Les femmes qui n'ont pas un accès correct à l'IVG finissent par se l'infliger dans des conditions dramatiques, et en meurent, souvent. C'est l'interdiction de l'IVG qui relève de la culture de la mort, et non l'inverse.

Quant à assimiler le mariage gay à la mort, là encore… Un court instant ce soir-là, devant mon ordinateur, je suis frappée par l'image fantasmée de mon frère épousant un autre garçon. D'une cérémonie où ne seraient conviées que des personnes bienveillantes avec lui, et dans laquelle il se sentirait bien. Il porterait peut-être un costume sombre, et son époux aussi, et ils danseraient ensemble, et moi je serais heureuse juste de le voir sourire si fort, parce qu'il serait redevenu le Jonas que je connais, celui qui est si intense en tout, qui ne sait jamais faire les choses à moitié, qui n'est jamais raisonnable. Et il m'aurait fait danser, aussi, et puis les époux se seraient embrassés, et pas un instant je n'aurais été capable d'assimiler la joie qui serait la leur un tel jour à une « culture de la mort ».

Mes doigts sont suspendus au-dessus du clavier et, à quelques jours de la nouvelle manifestation, mes yeux accrochent les trop nombreux contacts qui s'affichent dans la barre d'adresse de cet envoi. Ma mère a dû oublier de nous envoyer ça en nous mettant tous en copie cachée – et visiblement, l'expéditeur précédent également. J'ai à ma disposition tout un tas d'adresses de personnes anti-mariage gay, quelles qu'en soient les raisons. Mon cœur accélère soudain dans ma poitrine. J'entends comme la petite voix d'Ariane me chuchoter à l'oreille : « Une fausse adresse mail, un petit virus, et hop ! tu auras un peu vengé Jonas. » La tentation est grande, je l'avoue.

Et puis, je me rends compte que parmi ces adresses, il y a la mienne. Involontaire, mais bien présente. Parmi ces trop nombreux destinataires, combien sont comme moi, inscrits sur ces mailings par erreur et souffrant de les lire ? Semblables aux enfants et adolescents traînés par leurs parents à la Manif pour tous, alors qu'ils n'ont rien demandé ? Alors même que certains d'entre eux, comme Jonas, se savent déjà homosexuels, déjà rejetés par leurs parents avant même de leur avoir fait leur coming out ? Alors même que d'autres, encore, sont trop jeunes, mais sauront plus tard et n'oseront rien avouer, rien dire, s'enfermant volontairement dans le placard par crainte d'être rejetés, parce qu'ils ne connaîtront que trop bien les engagements passés de leurs parents ?

Envoyer un virus à ce genre de personnes, déjà en grand danger, c'est la dernière chose au monde que je souhaite faire. C'est aussi, je le sais désormais, une de ces idées qui se retournent contre soi, ou contre les gens qu'on aime le plus, sans qu'on le veuille – comme l'outing de William – bref, c'est une fausse bonne idée.

En revanche, j'en ai une nouvelle qui pointe, et comme celle-ci me fait sourire et me réchauffe le cœur, je décide de suivre mon instinct et de la mettre en œuvre.

Je crée donc bien une nouvelle adresse mail, factice et anonyme. Je décide de l'appeler « lovewins », évidemment. Je passe l'heure suivante à chercher des photos libres de droit sur Internet. Des clichés qui représentent tous des couples gays ou lesbiens souriants, heureux. Dans la vie quotidienne, en voyage, en train de faire la fête ou même se marier dans un autre pays du monde où c'est déjà permis… Je ne prends que les photos qui respirent la beauté, l'amour, l'humain avant tout le reste.

J'en sélectionne ainsi près d'une vingtaine, et je prépare un mail où je les glisse toutes dedans. Je copie/colle avec soin toutes les adresses des mailings lists de ma mère, en remontant avec zèle dans les mails les plus anciens. Et j'envoie.

Dès que le mail est parti, je supprime ma nouvelle adresse – la dernière chose que je veux, c'est subir un nouveau flot d'insultes ou d'idées homophobes par ce biais.

Je sais bien que mon acte est naïf, un peu vain, voire un peu stupide. J'aime pourtant penser qu'il pourrait bien faire réfléchir au moins une personne parmi ce carnet d'adresses. Et si une seule d'entre elles revient sur ses idées grâce à ça… peut-être que j'aurai un peu réparé mes propres erreurs.

Chapitre 16

24 mars 2013

Manif pour tous.

Encore une.

« On lâche rien ! »

Des cris dans les mégaphones.

Je sais pas pourquoi j'ai allumé la télé. J'ai mis en sourdine pour que Jonas n'entende pas.

Nos parents, quelque part dans l'immense défilé.

J'ai l'impression de les voir partout, à chaque nouveau plan, je sursaute sur le canapé. Mais ce n'est pas eux. Ou alors c'est eux multipliés par des centaines de milliers de personnes.

Des centaines de milliers de personnes qui disent non. Non à un droit qu'ils possèdent déjà, mais qu'ils ne veulent pas donner à d'autres.

« Non, non, non ! »

Parmi eux, certains sont interrogés. Des papis et mamies qu'on verrait plutôt préparer des tartines de confiture à leurs petits-enfants gays que défiler contre eux. Des familles pleines d'enfants aux pulls roses et bleus – peut-être ce petit garçon est-il gay ? Ou cette petite fille se découvrira-t-elle bisexuelle ? Des illuminés aussi, à l'air bien moins gentil, qui tiennent des propos inquiétants, voire menaçants.

Un coussin contre moi. Je le serre si fort que ça me fait mal aux doigts.

Je devrais détourner les yeux.

Éteindre.

Si ça me fait si mal à moi, qu'est-ce que ça fait à Jonas ?

Il m'a demandé de le laisser tranquille.

Seul.

Contre des centaines de milliers de personnes.

Seul. Dans sa chambre.

Sa chambre dont il ne tire plus les rideaux. Il fait noir, et quand je veux ouvrir, il me crie dessus. Jonas ne me criait jamais dessus.

« Un papa, une maman, des enfants. »

Je repense à l'immonde slogan vu dans une des manifestations précédentes, et qui a tourné en boucle un temps sur les réseaux sociaux. « La France a besoin d'enfants, pas d'homosexuels. »

Frisson.

Mais les homosexuels *sont* vos enfants, bande d'imbéciles !

– Jonas ?

Pas de réponse.

De sa chambre me vient en sourdine la mélodie de « Beautiful Days », de Venus.

J'ai froid. Nouveau frisson.

Ce cortège est gigantesque.

Quand je fixe trop longtemps la télé, les visages deviennent tous grimaçants, monstrueux – les visages de centaines de milliers de personnes prêtes à condamner, à juger, à empêcher. Des bourreaux des temps modernes, derrière leurs airs faussement débonnaires, faussement gentils.

J'ai soudain le vertige.

C'est normal que je me sente si mal ?

Je tourne la tête.

– Jonas ?

J'éteins la télé – je leur ai littéralement cloué le bec.

J'aurais voulu que la télécommande ait ce pouvoir magique de les faire tous disparaître, et pas seulement de notre salon.

– Jon… ?

J'ai trop froid, ce n'est pas normal.

Je remonte le couloir.

Frappe à sa porte.

Toujours pas de réponse.

Toujours la même chanson.

Seul. Seul contre des centaines de milliers de personnes.

Quand est-ce que j'ai accepté de le laisser ainsi ?

Mais c'est lui qui a demandé.

Je tourne la poignée.

C'est drôle, ça se passe au ralenti comme dans les films.

Pas envie de rire, pourtant.

Je pousse le battant.

Jonas.

Allongé.

Pas sur son lit.

Par terre.

Il fait noir.

Jonas ?

Je ne suis pas sûre de l'avoir dit à haute voix.

J'allume. Je hais l'ampoule de sa chambre. Trop blanche, trop agressive.

Agressive comme les coupures sur ses bras nus. Agressive comme le sang. Le sang qui s'écoule, abondamment, des plaies trop grosses à ses poignets.

Je reste immobile.

Les oreilles qui bourdonnent.

« Un papa, une maman, des enfants. » Un fils. Un fils, sans papa ni maman, non.

Un fils mort. Mort, putain !

Le hurlement qui résonne sort de ma bouche et réactive le cours du temps. Je suis à genoux – je ne sais pas trop comment. J'ai mon frère dans mes bras. Mon frère orphelin, orphelin, orphelin.

Seul. Seul contre ses parents. Seul contre ses anciens amis. Seul contre ses camarades de classe. Seul contre le connard qui lui a craché dessus la première fois qu'il a embrassé quelqu'un. Seul contre tous ceux qui défilent contre ses droits. Seul contre des centaines de milliers de personnes.

Non, putain, non. Non, pas seul. Je suis là, je suis là, moi. Je vaux pas grand-chose, je suis pas grand-chose, mais putain je l'aime, je l'aime plus fort que des centaines de milliers de personnes réunies.

Non, pas mort, putain, non. Il respire encore.

J'ai décroché mon portable, j'ai composé le numéro des urgences.

Je parle. Je ne sais pas ce que je dis, mais je parle, froidement, calmement.

On me dit qu'on arrive.

J'attends.

J'attends dans l'odeur poisseuse du sang, les cris de la manifestation résonnant encore à mes oreilles. « Non, non, non. » Mais cette fois, je les fais miens et je serai plus forte qu'eux tous.

Non, Jonas, tu ne mourras pas. Je ne te laisserai pas.

Non, non, non.

Chapitre 17

– Je t'ai apporté un thé…

– Ah, merci maman…

Je prends avec précaution le gobelet brûlant en plastique – en plastique ! Jonas me crierait dessus, s'il le pouvait – et je souffle dessus. Ma mère s'est rassise à côté de moi, dans l'autre petit fauteuil vert fatigué de cette chambre étroite qui nous accueille déjà depuis des heures. J'ai les yeux qui me brûlent. C'est le milieu de la nuit – pourtant, les couloirs de l'hôpital restent éclairés comme en plein jour, et ça me rassure. Toute cette lumière blanche a beau me donner la migraine, je suis soulagée de ne pas me retrouver plongée dans l'obscurité. Soulagée de pouvoir tenir encore un peu à l'écart le noir, le vide, l'ombre.

Je baisse les yeux sur le corps frêle de Jonas, endormi juste à côté de nous. Sur le drap reposent ses bras aux poignets bandés de blanc. Mon frère est sauvé. Les médecins m'ont dit : « C'est grâce à toi. Tu as appelé à temps. Sans toi, il se serait vidé de son sang. » Mais moi, je ne peux penser qu'à ce qu'il a essayé de faire. Est-ce qu'il sera soulagé, quand il se réveillera ? Ou au contraire en colère contre moi ?

On me dit : « C'est toi qui l'as sauvé. »

Mais je ne me sens pas vraiment rassurée pour autant. Quand quelqu'un qu'on aime a tenté de mettre fin à ses jours, à quel moment se sent-on en sécurité ? À quel moment est-ce qu'on arrête de craindre la mauvaise nouvelle, celle qu'il a récidivé, qu'il ne s'en est pas sorti, cette fois, qu'on n'est pas arrivé à temps ? Jonas n'a même pas encore rouvert les yeux que je ne fais qu'imaginer avec terreur la suite – le retour à la maison, son état, sa dépression.

– Cécile…

– Quoi ?

Ma mère a sursauté, avant de lever les yeux sur mon père, qui se tient trop droit dans l'encadrement de la porte, les yeux cernés.

– Peut-être qu'on devrait rentrer à la maison dormir un peu, tu ne crois pas ? On reviendra au petit matin… Hein, Marie…

Je ne dis rien, mais je le regarde d'un air tranquille qui dit toute ma détermination – il faudrait un bulldozer pour me déloger d'ici. Ma mère s'empourpre d'indignation.

– Tu plaisantes ! J… Jonas a failli… nous avons failli le perdre, mais tu voudrais…

– On a failli, mais il est sauvé. Ça ne changera rien qu'on passe toute la nuit ici…

Court silence. Et puis ma mère secoue la tête et murmure tout bas.

– Notre fils a besoin de nous. Il a besoin de comprendre… qu'on est là pour lui. Qu'on ne le rejette pas. Plus.

Je sens l'émotion me nouer la gorge, je lui jette un bref regard surpris. Mon père secoue la tête, l'air défait.

– Notre fils a surtout besoin d'aide psychiatrique.

Je me suis levée avant de m'en être rendu compte, les poings serrés.

– Mais n'importe quoi, putain ! Tu veux quoi, l'enfermer dans un asile ?!

C'est étrange, cette façon qu'on a de murmurer furieusement parce qu'on ne peut pas parler fort ici, dans la chambre de mon frère encore inconscient – pourtant, chacun de nos chuchotements résonne entre nous comme un cri.

– Ton frère est malade, Marie, il…

Mon père prend une inspiration laborieuse. Puis une autre. Et soudain, il porte une main qui tremble à ses yeux et fond en larmes. Maman et moi, on se fige. Je n'avais jamais vu mon père pleurer. Jamais. Il reprend d'une voix brisée.

– Tu ne comprends donc pas ? Il est fou. Son geste n'en est qu'une preuve supplémentaire. Une preuve de la souffrance que lui cause son… état.

Les larmes coulent le long de mes joues, par mimétisme, et parce que ce que j'entends me désole, aussi. Même dans son acte extrême, mon frère n'aura pas réussi à lui faire comprendre. Ceux qui ne veulent pas entendre, on ne peut les y forcer. Je secoue la tête, je tente encore.

– Mais c'est *vous* qui l'avez fait souffrir à ce point !! Il n'est pas malheureux parce qu'il est gay, il est malheureux parce que vous le rejetez !

– Ça suffit !

Mon père a crié, et maman sursaute et s'exclame.

– Moins fort, bon Dieu ! Notre fils dort juste entre nous, est-ce que vous n'êtes pas capables de… de le respecter un peu, de…

Elle se laisse retomber sur sa chaise, enfouit son visage dans ses mains et se met à sangloter. Mon père grimace.

– Je… je ne veux pas entendre cela. Ces reproches incessants, ces jugements. On ne peut plus rien dire, on n'a plus le droit d'avoir un avis qui ne soit pas politiquement correct, on…

Je n'en reviens pas qu'il en soit encore à cette rhétorique nauséabonde, dans une telle situation, et je lui lance, le regard brûlant.

– Sors d'ici. Tu voulais te reposer, eh bien vas-y. On n'a pas besoin de toi.

– Eh bien, parfait !

Mon père attend quelques longues secondes, regardant ma mère, s'attendant peut-être à ce qu'elle le suive malgré son éclat. Comme elle l'a toujours fait. Mais elle ne bouge pas, tremblante, les yeux baissés sur son fils. Alors il se détourne, furieux, et je vois bien qu'il se rappelle au dernier moment qu'il ne doit pas claquer la porte.

Il est à peine parti que ma mère redouble de sanglots, et je reste un instant immobile, mortifiée. Même si je suis heureuse de voir qu'elle change peu à peu d'avis, qu'elle se remet en question et qu'elle ose se montrer en désaccord avec mon père, je voudrais bien qu'elle ne me mette pas ce poids supplémentaire sur les épaules – celui de devoir la consoler quand elle est responsable, elle aussi.

Les parents, quand ça fait des erreurs, ça devrait au moins vous laisser ce droit fondamental – celui de pouvoir être en colère contre eux, au moins un peu.

Je soupire lourdement et je me rassois, je passe un bras autour de ses épaules et je la serre contre moi, sans un mot.

– Huh…

Quand mon frère rouvre les yeux pour la première fois, de longues heures plus tard, ma mère est partie se chercher un nouveau café. J'ai le cœur qui bat la chamade tandis que je saisis par réflexe la main de Jonas, lui écrasant un peu les doigts.

– Hé… c'est… c'est moi, Lou, ta… ta sœur… salut…

C'est terrible à quel point je ne sais pas ce que je suis censée dire à cet instant. Je tremble comme une feuille – comme le regard de mon frère, aussi, quand il accroche le mien après avoir un instant parcouru la chambre d'hôpital. Ses yeux bleus me paraissent encore plus grands que d'habitude, alors qu'ils s'humidifient.

– Je… je suis… désolé…

– Tu rigoles ?! Putain, c'est pas à toi d'être désolé… c'est pas à toi…

Il sourit un peu, et ce sourire porte en lui plus de tristesse que ses larmes. Je le vois presque rassembler son courage avant de souffler.

– Les… parents ?

– Maman est là. Elle va revenir. Elle… elle s'en veut. Elle s'est même pris la tête avec papa. Peut-être qu'elle va essayer de changer les choses à la maison, pour toi.

– Vraiment ?

Son incrédulité me tord l'estomac.

– Jonas, tu… tu ne vas pas re… recommencer, hein ? Réessayer ?

Il reste silencieux une seconde, avant de croiser de nouveau mon regard.

– J'en sais rien, Lou... j'ai regretté... presque tout de suite... et en même temps... ce vide... j'ai l'impression que je pourrais... resauter dedans...

C'est le genre de réponse que je redoutais, et je pleure à présent, moi aussi.

– Mais les choses vont changer, tu m'entends ? Je te jure que...

– Jonas... ?

La voix de notre mère est méconnaissable, alors qu'on tourne tous les deux la tête vers elle. Il y a un instant de silence, d'immobilité. Avant qu'elle se précipite sur le lit et prenne mon frère dans ses bras, le serrant contre elle.

– Oh mon chéri, je m'excuse, je suis désolée de ce qui s'est passé, oh Jonas !

Elle le berce comme s'il avait de nouveau cinq ans. J'ai de très lointains souvenirs qui montent en moi, ceux où petite fille je regardais ma mère étreindre ainsi mon cadet d'un an, me laissant seule dans mon coin, les petits poings serrés et la jalousie au cœur. Mais aujourd'hui, il n'y a pas la moindre place pour un sentiment de ce genre. Je ne suis envahie que d'un mélange de soulagement et d'amour si intense qu'il m'étouffe presque, alors que mon frère ferme les yeux, les larmes roulant sur ses joues, et referme ses bras dans le dos de notre mère.

Quelques jours plus tard, Jonas est rentré à la maison avec la promesse de suivre une thérapie avec le psychologue de son choix plusieurs fois par semaine. Contre l'avis de mon père, ma mère s'est opposée à la prise d'anti-dépresseurs ou de tout autre médicamentation visant à réguler les « humeurs » de mon frère.

Je reconnais à peine ma mère ces derniers jours – c'est désormais une lionne qui se bat pour sauvegarder la vie de son enfant. Même si elle se sent toujours très loin du « lobby LGBT » comme elle l'appelle encore, et qu'elle a refusé ma proposition de rencontrer des associations adéquates ou des groupes de parole, elle s'efforce désormais d'entretenir le climat le plus sain possible pour Jonas à la maison. Chaque fois que mon père, qui n'a guère changé d'avis sur la question, oriente la discussion, elle y coupe court systématiquement. Elle n'hésite pas non plus à éteindre la télé quand le sujet du mariage gay est abordé de manière trop polémique. Comme mon frère n'a pas le droit de dormir seul pour l'instant, elle nous a aidés à m'installer une couchette de fortune dans sa chambre. Elle voulait y passer elle-même ses nuits, au début, mais j'ai insisté pour que ce soit moi. Je ne crois pas que Jonas me fera vivre ce que j'ai vécu une nouvelle fois – tenter de se tuer alors qu'on est seuls, tous les deux, et qu'il me laisse la responsabilité de le trouver à temps ou non. Pas après m'avoir entendue me débattre, empêtrée dans un horrible cauchemar, la première nuit où il est rentré.

Je ne suis pas encore retournée en classe, mais le quatrième matin je reçois un SMS d'Arthur, qui me prend par surprise. Je suis en train de manger un bol de céréales dans le canapé du salon, une jambe repliée sous moi, quand je le lis.

J'ai appris ce qui est arrivé. Putain je suis désolé. J'espère que Jonas se remet. J'espère que ça va, toi.

Ainsi donc, mon frère est l'objet d'une nouvelle rumeur à l'école. Je me demande comment ils réagissent à cette nouvelle, tous. Plutôt comme ma mère, par une prise de conscience, ou plutôt comme mon père, en jugeant que c'est là la preuve ultime du mal-être d'un garçon qui ferait mieux d'oublier « ses démons » ?

Le fait qu'Arthur m'ait réécrit après tout ce temps devrait me réchauffer le cœur, mais le vide qu'a ressenti si fort Jonas ce soir-là est peut-être contagieux, parce que je le sens en moi, dorénavant. Je serre le téléphone entre mes doigts et je contemple longtemps, très longtemps, le SMS sans savoir quoi faire de moi-même. Au bout d'un moment, je repose mon portable et je n'y retouche pas. De toute façon, mon retour au lycée est prévu pour dans deux jours, en attendant je veux me consacrer entièrement à mon frère.

– Lou ? Tu peux ouvrir ?

– Oui, j'y vais ! Mets sur pause !

Jonas s'exécute et je sors de la chambre, passe devant ma mère en train d'étendre du linge dans le salon et ouvre la porte d'entrée. Je tombe nez à nez… avec celui, retroussé et adorable, d'Elliot.

– Elliot ?

La vache, je m'attendais pas à ça – le lycée me paraît si loin depuis ce qui s'est passé, comme un autre monde désormais fermé, inaccessible, alors même que j'y retourne demain. Elliot est vraiment mignon, tandis qu'il passe une main sur ses cheveux noirs tressés en longues dreadlocks, visiblement intimidé et aussi mal à l'aise que moi.

– Salut, Lou… Je… je sais pas si c'est une bonne idée mais j'ai… voilà, je sais ce qui est arrivé et je… je…

À ma grande stupéfaction, je le vois se mettre à renifler et s'essuyer les yeux, et je résiste à mon envie subite de le prendre dans mes bras.

– Tu es venu aux nouvelles ?

Il hoche la tête sans répondre, la gorge visiblement trop serrée. Impossible que je lui demande de repartir dans un tel état. Je le fais entrer.

– Attends-moi là, s'il te plaît...

Je dois d'abord demander à Jonas s'il est d'accord. Je m'esquive vers la chambre, pendant que ma mère vient serrer la main du nouvel arrivé.

– Jonas ? Y a Elliot qui est venu prendre de tes nouvelles, tu veux bien... le voir ?

Je m'attendais à tout genre de réaction – de la colère, de l'angoisse, ou bien une joie timide de voir qu'on se soucie toujours de lui, là-bas, au lycée – mais certainement pas à celle-là, car Jonas s'empourpre soudain.

– Sérieux ? Ptain, j'ai pas pris de douche depuis trois jours...

Je rêve ou il est en train de carrément retaper son oreiller et tirer sa couette sur son lit perpétuellement défait ces derniers temps ? J'ai haussé un sourcil jusqu'au plafond. Et puis, sans un mot, je retourne vers la cuisine en marmonnant que je reviens avec lui.

Là-bas, c'est un grand silence pesant qui m'accueille. Ma mère ne sait visiblement pas quoi faire de cet invité surprise, qu'elle regarde avec une pointe de méfiance, même si elle pense que je ne la vois pas. Elliot lui-même a l'air crispé à côté d'elle, lui qui est si doux et gentil avec tout le monde, et je m'empresse de couper court à ce malaise en l'emmenant jusque dans la chambre où Jonas l'attend assis en tailleur sur son lit.

Mon frère m'invite à rester, alors que je m'attendais à être plutôt écartée de cette conversation, et on s'installe tous les deux, Elliot et moi, sur mon matelas. Elliot prend garde à ne pas se montrer trop émotif, je le sens à la retenue qu'il y a dans ses gestes et ses paroles, tandis qu'il demande avec des mots choisis à mon frère ce qu'il fait de ses journées et comment il se sent. C'est impossible de se montrer cynique ou dur avec un garçon aussi charmant qu'Elliot, et mon frère s'adoucit davantage encore qu'il ne l'a fait ces derniers jours, et répond à ses questions sans acrimonie. Parfois, le regard d'Elliot descend sur les poignets encore bandés de Jonas, et je sens qu'il doit redoubler d'efforts pour ne rien laisser paraître, et je décide dans l'heure que ce garçon solaire et émotif est exactement celui qu'il faut pour mon frère. Pour l'aider à se sentir mieux. Je lance sans réfléchir.

– Tu vas revenir demain ?

Elliot se mord la lèvre en jetant un petit regard en coin à Jonas.

– Euh… oui, je peux, après les cours, si tu veux bien…

Mon frère acquiesce un peu trop vite.

– Ouais, je veux bien, c'est cool !

Mais Elliot se rembrunit.

– Ah non, j'ai oublié que j'avais… oh mais attends.

Son regard s'est tout illuminé – c'est dingue ce que ses yeux sombres peuvent sembler se pailleter d'or lorsqu'il est ainsi, tout excité par une idée.

– Peut-être que tu pourrais venir avec moi, Jonas.

– Où ça ?

– Demain, j'ai une réunion au Mag, l'association pour les jeunes LGBT.

Jonas pâlit et serre les poings sur les genoux.

– Je… je suis pas sûr…

J'ai écarquillé les yeux et je ne peux m'empêcher de demander sans finesse.

– Oh ! Alors toi aussi tu es… ?

– Gay, oui, répond Elliot en riant un peu.

– Mais personne ne le sait au lycée, si ?

– Juste quelques personnes de confiance. Mais j'ai décidé de faire mon coming out bientôt.

Je m'empêche de regarder Jonas, mais même du coin de l'œil je peux le voir se crisper tout entier. Il demande d'une voix dure.

– Pourquoi ? C'est un peu con d'avoir envie de vivre toute cette merde, non ?

Elliot plante son regard dans le sien – soudain, il ne paraît plus si jeune ou si doux, mais plutôt déterminé et courageux.

– En fait, ce qui t'est arrivé, et à William aussi, ça m'a fait prendre conscience que tant qu'on le peut, on ne devrait pas rester cachés. Parce que plus on se montre, plus ça va devenir banal pour les gens. Les rumeurs se tairont d'elles-mêmes si je n'ai pas honte.

La ligne de la mâchoire de Jonas se durcit.

– Je n'ai pas honte.

Mais le mensonge vibre si fort dans l'air qu'on reste tous silencieux quelques longues secondes. Elliot prend une inspiration.

– J'ai conscience que je suis privilégié.

Jonas éclate d'un rire amer, tranchant comme un couteau.

– « Privilégié » ? Mec, t'es noir et t'es gay. Excuse-moi, mais dans notre société c'est pas vraiment ce que j'appelle être « privilégié » !

Elliot s'empourpre.

– Non, je sais bien, mais je parlais pas de ça. Je suis privilégié parce que mon père sait déjà. Et il me soutient à 200 %.

– Ton père ? je souffle, sidérée, l'ombre du nôtre semblant soudain obscurcir la pièce.

– Ouais. Tu sais, il m'élève seul depuis tout petit. C'est rare, un père célibataire, mais il a toujours tout donné pour moi. Bien sûr, j'ai quand même eu peur de lui annoncer…

Il baisse la tête et sourit, emporté par la chaleur de son souvenir.

– … mais quand j'ai sauté le pas, il m'a pris dans ses bras et il m'a dit qu'il m'aimait. Il m'a dit que ça n'avait aucune importance, d'être hétéro, gay, bi, tant qu'on connaissait le bonheur d'avoir des relations, des amis, de tomber amoureux. La seule chose qui l'inquiète, c'est comment les gens réagissent encore à ça de nos jours… Mais il m'a juré qu'il serait toujours prêt à m'aider. Et je n'en doute pas un instant.

Jonas plisse les yeux en le contemplant, les poings toujours serrés. Puis il détourne la tête.

– On dirait un père de série télé. Moi, j'ai compris que je n'avais pas des parents comme ça. Même notre mère, je…

Il prend une inspiration qui tremble un peu trop, mais Elliot et moi faisons soigneusement semblant de ne pas nous rendre compte de sa tension, de sa tristesse, tandis qu'il continue tout bas.

– Au début, j'ai cru… j'ai cru que même s'ils étaient contre, ils allaient changer, pour moi, parce que je suis leur fils et qu'ils m'aiment. Je sais qu'ils m'aiment, tu vois, même papa, à sa manière. J'ai imaginé qu'ils allaient se renseigner. Lire des livres, regarder des films. Rencontrer des gens, des associations. Qu'ils allaient vouloir me défendre contre l'injustice, contre les homophobes, contre les rumeurs. J'avais même une scène débile en tête, où je les aurais vus débarquer un jour avec un grand drapeau arc-en-ciel, me disant qu'ils étaient prêts à me soutenir… genre les parents dans les films, ceux qui changent du tout au tout, tu vois ?

Elliot a l'air de voir très bien, parce qu'il y a une larme qui coule sur sa joue, miroir de celle de mon frère, qui termine dans un souffle.

– Parfois, la vie, c'est pas comme une série télé. Et petit à petit, j'apprends à faire mon deuil de ces parents-là.

Sans réfléchir, je me lève, je viens m'asseoir à ses côtés et je le prends dans mes bras. Après une hésitation, Elliot en fait de même, l'enlaçant de l'autre côté. On le serre très fort entre nous, en silence, un long moment. Elliot murmure tout bas.

– Au Mag, j'en ai rencontré pas mal, des jeunes qui vivent la même chose que toi. Et j'ai appris un truc, avec eux – ils sont tous tellement courageux ! J'ai appris que parfois, quand ta famille ne te soutient pas comme elle le devrait, quand elle ne fait pas son job, il est temps de te forger une autre famille, une nouvelle. Tu connais déjà bien le fonctionnement des associations, tu faisais partie de plusieurs d'entre elles… eh bien, les assos LGBT, elles sont un peu spéciales parce que si tu les laisses faire, si tu fais de belles rencontres, elles peuvent t'offrir des personnes de confiance. Une nouvelle famille, que tu as choisie, toi. Une famille de cœur.

Jonas ne dit rien pendant un long moment, puis je le sens passer un bras autour de ma taille, et ses larmes tremper son cou. Il tourne un peu la tête et pose un baiser sur ma tempe, puis serre Elliot un peu plus fort contre lui et lui répond tout bas.

– J'irai voir ton association demain avec toi si tu veux bien. Mais question famille, à part les parents j'ai l'impression que j'ai de la chance, au fond. De sang ou de cœur, ma vraie famille, je crois que ça y est, je l'ai trouvée.

Chapitre 18

– Lou ?

– Hmm ?

Je suis penchée sur mon sac à dos, en train de le remplir de mes livres et cahiers. Demain, je retourne au lycée, même si je suis complètement larguée. On m'a apporté mes devoirs et polycopiés pour rattraper les jours que j'ai ratés, mais je n'ai rien lu. Même si je dors encore dans la chambre de Jonas, c'est dans la mienne que je me prépare ce soir, et pour une fois c'est sur mon lit qu'il est assis en tailleur, me regardant m'activer.

– Ça va aller pour toi, demain, au bahut ?

Je me tourne vers lui, touchée.

– Pourquoi ça n'irait pas ?

Ce n'est pas moi qui ai été harcelée au point de finir par tenter de mettre fin à mes jours. Je secoue la tête. Je dois faire attention à ne pas trop y repenser – c'est encore trop récent, et je dors toujours mal. Jonas hausse une épaule, peinant à trouver ses mots.

– Je sais pas. Tu me raconteras un peu, comment…

On est interrompus par mon portable qui se met à vibrer furieusement sur mon bureau. Je baisse machinalement les yeux. Arthur. C'est la troisième fois qu'il tente de m'appeler. Je ne décroche pas. Je ne sais pas vraiment pourquoi. Mais quand je pense à lui, et au fait qu'on n'est plus ensemble, je sens le vide en moi se creuser, jusqu'à m'avaler tout entière, jusqu'à ce que je *sois* ce vide. Alors je préfère ne pas répondre. Ne pas y repenser. Je dois me concentrer sur autre chose. Sur mon frère. Sur chaque minute de vie qu'on arrive à voler – parce que c'est le sentiment bizarre qui ne me quitte pas depuis sa tentative. Cette impression qu'il aurait pu mourir à ce moment-là, qu'il est désormais immensément fragile, peut-être pas mort mais peut-être plus aussi vivant qu'avant, transparent comme un fantôme – et c'est à moi de le préserver, comme c'est moi qui ai appelé les secours ce jour-là. C'est à moi de me battre, chaque minute qui passe, pour lui montrer qu'elle valait la peine d'être vécue, et que la prochaine le vaudra aussi. C'est ma responsabilité.

– Pourquoi tu lui réponds pas ?

J'ai sursauté.

– Hein ?

– Arthur. C'est avec lui que tu es sortie, non ? Avec lui que tu as rompu ?

J'ai la main qui tremble, mais je tente de garder un ton dégagé.

– C'est lui qui m'a quittée. Il me recontacte juste par… par pitié pour ce qui nous est arrivé. Et moi, je veux pas de sa pitié.

Petit silence, pendant lequel je prends le temps de boucler mon sac.

– Peut-être que ce n'est pas par pitié ?

– La ferme, Jonas…

Pour couper court à une conversation qui ne me plaît pas beaucoup, je l'entraîne dans le salon qui n'appartient qu'à nous ce soir, pour une fois – nos parents sont sortis prendre un peu l'air, au restaurant. Un dîner censé les aider à se détendre. J'espère juste pour eux qu'ils vont réussir à ne pas passer la soirée à s'engueuler comme ils le font tout le temps ces derniers jours…

Je prépare rapidement des sandwiches indécents, et puis on s'installe confortablement dans le canapé et on lance la télé. C'est parti ! On regarde *Le Dîner de cons*, un film qu'on adore et qu'on connaît tous les deux par cœur. On n'arrête pas de rire. Entendre Jonas s'esclaffer, ça répare en moi tout un tas de lignes de brisures dont je n'avais pas réellement conscience. Ça fait du bien.

On ne voit pas le temps passer – dehors, c'est la tempête, de vraies giboulées. Les rafales de vent charrient une pluie qui a l'air glacée contre les carreaux qui vibrent. On est bien au chaud sous le plaid, dans la petite bulle qu'on s'est créée dans l'appartement.

Soudain, on sonne. Je sursaute si fort que je fais tomber la boîte de cookies bio de mes genoux.

– Ben, c'est qui ? je demande stupidement.

– Elliot ? Ou Flore ? propose mon frère.

Ce sont les deux personnes qui nous ont rendu visite ces derniers jours, mais on les a vues la veille, et je ne vois pas pourquoi elles auraient bravé la tempête ce soir, sans même nous prévenir avant… Je me secoue.

– Bon, je vais voir.

– Attends, on sait jamais, je viens avec toi !

C'est vrai que je ne suis pas très rassurée. Je rajuste un peu mon tee-shirt et je recoiffe rapidement mes mèches en désordre, puis m'avance vers la porte d'entrée, Jonas sur les talons. Je prends une inspiration, et j'ouvre.

Sur notre paillasson à tête de chat choisi par notre mère dégouline littéralement un Arthur l'air penaud. Son blouson en cuir ruisselle, son jean a l'air collé à sa peau et moule plus que jamais les muscles épais de ses jambes.

– Arthur ?

– Salut, Louve. Jonas… Je… je suis désolé, mais tu ne répondais pas et je… j'en pouvais plus, il fallait que je te voie…

Je reste figée, et c'est mon frère qui finit par proposer gentiment :

– Rentre, tu es trempé ! Nos parents sont pas là.

– Merci…

Il claque des dents. Je m'écarte, ahurie, tandis qu'il entre et que Jonas lui prend son blouson trempé pour le faire sécher sur une chaise, un petit sourire aux lèvres. Pourquoi est-ce qu'il sourit ? Arthur est fou. Il a traversé tout Paris sous une pluie diluvienne, alors qu'on se serait vus demain au lycée ! Je croasse d'une voix enrouée, après avoir refermé la porte d'entrée.

– Qu'est-ce… qu'est-ce que tu veux, exactement ?

Arthur se tourne vers moi et me crucifie de son regard trop intense.

– J'aimerais discuter. Est-ce que tu veux bien ?

Je ne sais pas quoi répondre, mais mon traître de frère est déjà en train de lever les mains en signe de reddition.

– Moi, je trouve que c'est une bonne idée. Dans ce cas, je vais vous laisser, hein…

Il recule de deux pas, et je panique brutalement. J'en fais un vers lui, mais j'ai la surprise de voir Arthur faire de même, tourné vers lui, les traits tirés.

– Jonas, attends. Je voulais juste te dire que j'étais désolé, pour ce qui t'est arrivé.

Je le dévisage, touchée par l'inquiétude que je sens dans son ton. Jonas en fait de même, un long moment sans rien dire, enfin il détourne la tête avec de nouveau ce petit sourire spécial.

– Oh, tu es vraiment un gars bien, toi. Tant mieux. Mais vous avez des trucs à vous dire tous les deux, je crois. Alors je vais juste dans ma chambre, et vous pourrez être tranquilles. Mais je te préviens, si ma sœur a pas vraiment envie de te parler, tu lui fous la paix et tu sors, on est bien d'accord ?

Il a les yeux tout étincelants soudain, et moi la gorge nouée. Arthur sourit à son tour, quelque chose passe entre eux.

– Je te le promets.

Il se tourne vers moi.

– Louve, tu veux bien qu'on discute ?

Je me mords la lèvre. Ma tête bouge toute seule, d'elle-même, acquiesçant lentement.

Jonas me lance un clin d'œil puis s'éclipse dans sa chambre dont il ferme doucement la porte – un geste qui me donne une nouvelle bouffée de panique – et je dois m'appuyer sur le dossier de la chaise à côté de moi, pantelante.

Arthur me dévore des yeux, mais n'ose visiblement pas s'approcher, il demande juste d'une voix trop rauque :

– Tu vas bien ?

Cette conversation – cette scène – est surréaliste, et je le dévisage avec des yeux immenses, me contentant de répéter :

– Qu'est-ce que tu veux, Arthur ?

Il se tord les doigts et fuit mon regard.

– M'excuser. J'ai été un sale con. Je veux dire, je pense toujours que tu as fait une erreur à propos de William, mais je n'aurais pas dû prendre si vite la décision de te quitter, et surtout ne plus répondre à tes messages ensuite… Je me suis braqué. Quand je suis arrivé dans ce lycée de bourges, super loin de chez moi, j'étais plein d'espoir parce que j'avais vraiment envie de m'en sortir, mais sans m'attacher à personne. J'en voulais à tout le monde de ne pas avoir eu les mêmes problèmes que moi. De ne pas savoir ce que c'est de voir sa mère se tuer à la tâche pour t'acheter à manger, de la voir parfois sauter le dîner pour être sûre que tu as eu assez. Et puis, quand je t'ai connue, tu m'as surpris, tu m'as charmé. Je n'aimais pas beaucoup ton amie, mais toi tu n'étais pas comme elle. Tu ne jugeais pas les gens, et j'étais content qu'on se rapproche, et je sentais mes envies de tout casser se calmer, et ça me faisait du bien… Alors, quand je me suis rendu compte de ce que tu as fait, j'ai perdu les pédales, j'ai été super con, j'ai laissé de nouveau la colère parler, je…

Je secoue la tête. J'ai pas envie d'entendre ça. Je crois qu'il a eu raison, moi. Plus qu'une erreur, j'ai fait quelque chose de grave et je comprends que j'aie pu le décevoir au point qu'il agisse ainsi.

– Non… Dis pas ça.

J'ai si mal dans la poitrine que je dois me plier en deux. Ce putain de vide va me faire disparaître comme un trou noir, d'un coup.

– Si, je le dis. Je m'excuse parce que tu vivais une situation pourrie, que tu t'inquiétais beaucoup pour ton frère, et la vache, tu avais sacrément raison, et moi, j'ai pas été à la hauteur. J'aurais dû défendre Jonas au lycée, j'aurais dû t'aider, j'aurais dû comprendre… Je croyais que tout le monde jugeait les autres, dans ce lycée de riches, mais en fait moi aussi, j'ai fait la même chose. J'ai jugé sans chercher à comprendre.

Je crispe mes doigts sur le dossier, toujours penchée en avant comme si on m'avait mis un coup de poing dans le ventre, cherchant désespérément son regard sans le trouver.

– Si ce n'est que ça, je t'excuse. Je t'excuse, voilà. Tu es content, c'est de ça dont tu avais besoin, tu te sens mieux ?

Il accroche enfin mon regard du sien, et je me fais immobile.

– Non, il souffle.

– Alors quoi ? je demande d'un ton désespéré, qui ressemble plus à un sanglot. Qu'est-ce que tu veux, Arthur ?

Nos yeux ne se quittent plus.

– Je te veux, toi. Si tu veux toujours de moi. Je me suis arraché le cœur en te quittant, Louve. Je suis venu te dire que… je suis tombé amoureux de toi. Je suis amoureux et je voudrais qu'on recommence, je voudrais…

Le vide s'est comblé d'un coup, comme une faille refermée si brusquement que j'en ai le vertige. Je me redresse violemment, je comble la distance entre nous, je me rue sur lui, je me jette dans ses bras. Il me rattrape, il m'enlace, il me soutient, il m'empêche de tomber parce que mes jambes se dérobent. Je lève la tête, mais je le vois flou – je pleure.

– Moi aussi je te veux. Moi aussi je suis amoureuse de toi. Putain, Arthur …

Je n'oublierai jamais le sourire qui lui fend alors le visage en deux. Ce sourire qui le rend si beau, qui rayonne tellement qu'il nous enveloppe tous les deux d'une douce chaleur. Pourtant, c'est un sourire éphémère, car déjà il se penche sur moi et m'embrasse, à pleine bouche.

Un baiser qui sent les larmes, la pluie et le rire incrédule à la fois.

Allongés côte à côte sur mon lit, on entend mon frère jouer de la guitare dans la chambre voisine – ça me rassure et me réchauffe le cœur à la fois, car je suis sûre qu'il fait ça pour que je ne m'inquiète pas de l'avoir laissé seul. Je suis blottie dans les bras puissants d'Arthur, qui me tient précieusement contre lui, une main sur ma nuque, la massant légèrement.

Je sais qu'il va bientôt devoir partir, avant que les parents rentrent, mais je veux en profiter encore un peu. On a passé presque une heure à s'embrasser – nos lèvres ne voulaient plus se quitter et se retrouvaient sans cesse, jusqu'à m'en donner le vertige. Alors on a titubé jusqu'au lit, et depuis il me tient et me chuchote des mots doux à l'oreille.

Je bouge légèrement pour chercher son regard, et plonge le mien dans ses yeux clairs.

– Merci d'être là…

Il a un drôle de sourire, tordu par l'émotion, et me caresse la joue.

– Merci à toi de m'avoir pardonné…

– Hé, ça serait à moi de dire ça !

On rigole un peu tout bas. Et puis sa bouche chaude trouve encore une fois la mienne, et je me liquéfie dans ses bras.

– Arthur…

J'ai le ventre de plus en plus brûlant, et la hanche aussi, parce qu'il a laissé sa main descendre là. Je me tortille, le souffle court. Ses doigts remontent un peu, hésitent… puis se glissent doucement sous mon tee-shirt et caressent ma peau nue. Je pousse un gémissement lourd, les yeux clos.

– Ah… S'il te plaît, s'il te plaît…

Je ne sais plus bien ce que je demande, je voudrais juste plus de contacts, plus de sa peau contre la mienne, plus de baisers et de doigts qui s'égarent… mais il laisse sa paume contre mon sein encore emprisonné de son soutien-gorge et murmure.

– On peut pas, pas ce soir, Louve…

– Mais tu m'as tellement manqué, tu…

Il a passé son pouce sur mon téton à travers le tissu fin et je hoquète, traversée d'un spasme.

– Tu m'as terriblement manqué aussi. J'ai très envie de toi. Mais…

Il me lèche doucement les lèvres – ça devrait être interdit de savoir si bien donner envie à quelqu'un, il me fait perdre complètement la tête, je n'en peux plus !

– … tes parents ne vont pas tarder, et je ne veux pas te créer plus de problèmes. Et on vient juste de se réconcilier, et je veux que tu sois sûre de toi.

Il m'embrasse dans le cou et je gigote.

– Est-ce que… tu veux bien qu'on aille au ciné un soir dans la semaine ? Je pourrais t'emmener dîner ensuite, je connais un petit resto italien super chouette…

– Tout ce que tu veux, du moment que je suis avec toi.

Il me sourit, touché et ému lui aussi – et excité, car je peux sentir son désir appuyer avec insistance contre ma cuisse. On s'embrasse encore, et puis on est obligés de se séparer, sinon on ne va pas réussir à s'arrêter à temps. Pendant un instant, on reste quand même allongés l'un face à l'autre bien qu'on se touche à peine. Du bout des doigts, j'effleure son bras gauche couvert de tatouages, suivant les lignes noires avec admiration.

– Tu les as faits quand ?

Il sourit avec fierté.

– J'ai commencé y a deux ans, grâce à un pote plus âgé qui a ouvert un salon et qui me fait des prix. Au début, c'était un peu des conneries, pour bien me faire voir de la bande avec laquelle je traînais. Et j'ai chopé le virus. Je crois que je pourrais plus m'arrêter. J'ai tout le temps envie d'un nouveau…

Je rigole, mais son regard à lui se fait plus sérieux.

– Tu les aimes ?

Mes doigts se promènent le long d'un énorme crâne stylisé qui pleure des larmes de sang – le plus vieux probablement, au vu de sa teinte un peu passée –, et aussi d'un trois-mâts qui fend des vagues sombres, puis d'un système solaire, et enfin d'un éclair que je reconnais sans mal.

– C'est celui de David Bowie ?

Il hoche la tête, et je souris.

– J'aime beaucoup. Mais je crois que si je me faisais un éclair en tatouage, ça serait plutôt pour Harry Potter…

Il rit encore, puis m'attrape le poignet, doucement mais fermement, et je remonte les yeux dans les siens alors qu'il répète, incertain.

– Tu les aimes, alors ?

Son sérieux me touche, et je me penche pour effleurer ses lèvres, le laissant avec un sourire émerveillé et très doux.

– Je les adore.

On finit par se lever en lissant nos habits, et prise d'une inspiration, je m'approche de mon bureau, en sors le fanart du *Passage* que j'ai dessiné il y a un moment à présent, et le lui tends avec hésitation.

– C'est le héros du livre que tu m'as offert… Est-ce qu'il te plaît ?

Arthur a l'air estomaqué. Il contemple longuement la feuille, puis relève les yeux sur moi.

– Tu dessines encore mieux que ce que j'avais cru deviner en regardant les marges de tes cours !

– Arrête ! je lui tape sur le bras en rougissant franchement.

– Non, je plaisante pas. Tu l'as super bien rendu. Tu en as fait d'autres, récemment ?

Je lui en montre quelques-uns, et il siffle d'admiration.

– Tu devrais continuer. Ça manque un peu de décor, mais tes personnages sont super touchants.

Je rayonne.

– Je vais essayer.

– Si tu aimes vraiment ça, même si tu es en S, tu pourrais peut-être faire une option dessin au lycée ?

– Tu crois ?

– Oui, je crois que c'est possible. Tu devrais te renseigner.

Cette perspective de glisser un cours de dessin au milieu de tous ceux que je déteste (mathématiques et physique-chimie en tête) me comble d'espoir.

– Arthur, tu es un génie.

Je me lève et lui plante un baiser sur la joue, au coin des lèvres, et c'est lui qui rosit. On entrelace nos doigts et on ressort dans le salon, où on appelle Jonas qui nous rejoint, non sans me jeter un coup d'œil avant de sourire, visiblement rassuré. Arthur le prend un instant dans ses bras, et je vois bien quand il le laisse aller à quel point mon frère est touché par sa gentillesse.

On s'embrasse encore une fois, il enfile sa veste et s'enfuit dans la nuit.

Jonas me contemple en souriant et en arquant un sourcil.

– Alors, j'en déduis que ça va beaucoup mieux entre vous, hein ?

– Oh, Jonas !

Je me jette dans ses bras et on s'étreint en riant.

– Lou, je suis si content pour toi !

Je relève des yeux brillants sur lui.

– Merci. Et tu sais, toi aussi tu vas te sentir mieux, un jour. Je sais que ça sera encore dur tout le temps où tu vas habiter ici avec les parents, mais moi je te soutiendrai, et Elliot, et Flore, et Arthur. On sera tous là pour toi. On te créera un environnement safe. Je te le promets…

Il hoche gravement la tête, et avoue.

– Maman m'a proposé de me changer d'école à la rentrée… et j'ai dit oui.

– Oh !

C'est un peu l'ascenseur émotionnel, et je recule d'un pas cette fois, mon sourire s'évanouissant.

– On sera plus ensemble ? Mais je… Avec les autres, on aurait fait attention à ce que tu sois plus harcelé, on…

– Je sais, Lou. Mais y a trop de souvenirs douloureux pour moi, là-bas. Je peux pas changer de père, ahah, ni quitter la maison si vite, mais je… je peux au moins essayer de me sentir mieux au bahut, et je pense que ça serait un bon moyen.

Je me tords les doigts.

– Tu es sûr ? Et c'est pas une pension, au moins ?

Il secoue la tête.

– Non. À vrai dire, j'y ai pensé, et en fait… je ne suis plus si mal, ici. Papa et moi on ne s'entend plus, mais maman fait des efforts, et puis y a toi… Je me sens pas prêt à laisser tout ça derrière moi, pas pour l'instant. On verra quand j'aurai mon premier copain et comment les parents réagiront, hein…

J'ai le cœur serré. Je me sens soudain si privilégiée dans mon propre bonheur, sans rien avoir demandé. Je sais que même si nos parents nous trouvent tous deux un peu jeunes pour sortir, ils accepteraient Arthur sans vraiment broncher si je le leur présentais. Peut-être y aurait-il quelques réticences dues au milieu social dont il vient, mais ça serait bien tout… et son sourire et sa gentillesse auraient tôt fait de leur faire oublier son passé de voyou et ses tatouages. Mais Jonas… Jonas pourrait ramener le garçon le plus adorable du monde, un qui correspondrait au gendre idéal dont tout parent rêverait, ça n'irait quand même pas – uniquement parce que c'est un garçon.

Je plonge dans son regard et murmure.

– J'ai peut-être une idée pour te faciliter un peu la vie à la maison.

J'en parle à notre mère dès qu'ils sont rentrés de leur restaurant.

La soirée n'a clairement pas été facile – ils ont l'air fatigués et fâchés pendant qu'elle pose son sac sur la table de la cuisine en soupirant. Jonas est en train de prendre sa douche et mon père fonce dans leur chambre, alors je me dirige vers elle et j'avoue très vite.

– Maman, est-ce qu'on peut reparler d'Elsa ?

– Quoi ? Oh, ma chérie…

Elle semble encore plus épuisée tout à coup, tandis qu'elle porte une main à son front. C'est dingue comme ma mère m'apparaît différemment, à présent. J'ai eu tant de sentiments ambivalents pour elle ces derniers temps – de la colère, de la déception, de l'amour et même de la compassion. C'est terrible de se rendre compte à quel point nos parents sont humains – qu'ils n'ont pas forcément raison sur tout, qu'on peut être en profond désaccord avec eux, et qu'ils peuvent aussi être las et déprimés, comme nous. Je ne veux pas me laisser attendrir pour autant, car c'est trop important, ce qui se passe à cet instant.

– Oui, maman. Est-ce qu'elle t'a raconté où elle en était de sa vie, au téléphone ? Parce que moi, je lui ai parlé. Avec sa compagne, elle a eu une fille qui a neuf ans maintenant. Elles habitent toutes les trois dans une maison, au milieu d'un petit village. Elles ont des poules et même des chèvres, ça a l'air top. J'ai pensé que Jonas et moi, on pourrait aller leur rendre visite un week-end. Je suis sûre qu'elles nous accueilleraient avec plaisir. Et peut-être que… que tu pourrais venir, aussi…

Elle se laisse lourdement tomber sur une chaise et se prend la tête entre les mains.

– Mon Dieu, Ma… Lou… On ne s'est pas parlé depuis des années, avec votre tante, et je lui ai raccroché au nez la dernière fois…

– Je sais bien. Mais moi je crois, je suis sûre qu'elle voudrait tous nous revoir. Qu'elle ne nous laissera pas tomber.

La vérité, c'est qu'elle m'a réécrit tout de suite après ce coup de fil avorté, mais j'étais prise dans le tourbillon des événements et je ne lui ai jamais répondu de nouveau.

– Je pense que ça pourrait faire vachement de bien à Jonas de passer un week-end à la campagne, et de les rencontrer, aussi…

Elle lève son regard usé sur le mien.

– Ça va rendre votre père fou…

– J'en ai rien à cirer. Tout ce qui m'importe, moi, c'est que Jonas n'essaie pas de nouveau de se foutre en l'air.

Les yeux de ma mère se remplissent de larmes.

– Lou… J'aimerais bien que tu ne sois pas si sévère dans ton jugement vis-à-vis de ton père.

Je dois presque m'empêcher de retrousser la lèvre pour grogner comme un animal.

– Tout ça, c'est sa faute !

– Mais pas que. C'est la mienne, aussi, et tu n'es pas si en colère contre moi.

Elle a sorti ça calmement, mais, butée, je détourne les yeux des siens.

– Tu essaies de te rattraper. Lui, il ne fait aucun effort.

– Il lui faut peut-être juste un peu plus de temps…

– Mais du temps, on n'en a pas toujours ! je crie. Tu crois que j'en avais, du temps, quand j'ai trouvé Jonas les veines ouvertes ?!

Elle pousse un cri choqué et se cache les yeux derrière sa main tremblante. Je respire trop vite, fébrilement, et je mets un moment à me recomposer, puis à murmurer.

– Désolée. Ce que je veux dire, c'est que… c'est Jonas qui a souffert, lui qui souffre encore aujourd'hui. Papa ne fait que renverser les rôles. Ce n'est pas lui qui est à plaindre.

Elle baisse lentement sa main et secoue la tête, les yeux dans le vague.

– Je comprends ton point de vue, et ta colère… elle est légitime. Je suppose que le temps nous dira si on peut…

revenir de tout ça. S'il peut retrouver un chemin vers son fils, vers nous.

– Ouais, je maugrée, peu convaincue. En attendant, ça ferait vraiment du bien à Jonas d'être dans un environnement bienveillant pendant un week-end.

– Tu as totalement raison. Propose à ta tante. Je vous déposerai en voiture le week-end de votre choix.

– Merci, maman.

J'hésite un instant, puis je fais le tour de la table et je la prends dans mes bras, un peu comme si les rôles s'étaient inversés. Elle me semble bizarrement fragile, et elle dégage une légère odeur de vin. Cette impression de vulnérabilité, de nécessité de prendre soin des gens qui m'entourent et que j'aime, elle ne me quittera jamais plus je crois. Même si je sais désormais que l'amour ne suffit pas toujours et qu'on peut se faire beaucoup de mal les uns aux autres malgré tout.

Le retour au lycée ne se passe pas trop mal, essentiellement parce que j'y retrouve Arthur. D'un commun accord, on s'affiche au grand jour, et là encore je mesure ma chance de pouvoir agir ainsi sans risquer un quelconque harcèlement.

Cela dit, les esprits échauffés se sont beaucoup calmés avec la rumeur autour de Jonas. Ils sont presque tous venus me demander des nouvelles ou s'excuser. J'ai pardonné à beaucoup. Pas à Ariane. Quand elle est venue me parler, elle avait des cernes énormes et les yeux gonflés d'avoir tant pleuré. Elle m'a demandé comment Jonas allait, mais je lui ai répondu avec froideur et je me suis détournée. Je sais bien que toute cette colère que je lui destine n'est pas complètement justifiée. Je suis aussi en colère contre moi-même, contre ce que je suis devenue, contre ce que j'ai fait à William – et ça, c'est ma faute à moi, pas la sienne. Mais j'ai besoin de temps, pour digérer tout ça. Toutes ces erreurs qu'on a faites chacune de notre côté ou ensemble. Pour comprendre ce qui était positif dans notre amitié, ce qui m'a fait grandir, et au contraire ce qui m'a fait me refermer sur nous deux, ce qui m'a tenue éloignée du reste du monde, ce qui m'a fait du mal. Pour l'instant, je ne me sens pas capable d'avoir une discussion avec elle.

J'ai bien vu que ça la rendait triste, et je m'en suis ouverte à nos amis à la pause du matin. J'ai avoué à Elliot et Flore que j'avais peur de voir Ariane faire une bêtise, elle aussi – en fait, je suis inquiète pour tout le monde à présent, parce qu'après Jonas, j'ai été saisie par l'idée que n'importe qui pouvait en arriver à cette extrémité sans prévenir. Flore a dénoué mes doigts que je tordais dans tous les sens, et a secoué doucement la tête.

– Ça ne veut pas dire qu'elle ferait un truc pareil, Lou. Et surtout, si jamais elle le faisait… ce ne serait pas ta faute à toi. Elle a des remises en question à faire et du chemin à parcourir, et personne n'en est responsable. C'est à elle de réfléchir, à présent.

J'ai hoché la tête, crispée. J'ai repensé à ce qu'on avait partagé toutes ces années elle et moi, et j'ai senti le regret m'envahir. Les ruptures amicales ne sont pas beaucoup plus faciles à vivre que les peines de cœur.

Il reste une personne, absente au lycée elle aussi, comme Jonas, auprès de laquelle c'est à moi de m'excuser. Et j'en parle à Arthur directement cette fois, à la cantine tout en grignotant sans entrain – je n'ai pas encore tout à fait retrouvé l'appétit depuis ce qui s'est passé.

– Je pensais… aller sonner chez William, un soir. Peut-être qu'il ne voudra pas m'ouvrir, mais je voudrais… essayer. Tu viendrais avec moi ?

Arthur me prend la main sur la table et me serre doucement les doigts.

– Bien sûr. Quand tu veux.

J'acquiesce avec émotion, et les frites rances descendent désormais avec plus de facilité dans ma gorge.

Chapitre 19

Je suis nerveuse. Heureusement qu'Arthur est là. Il me passe un bras autour des épaules et me serre un instant contre lui. Je ferme les yeux et prends une inspiration, respirant son odeur. Puis je les rouvre et je frappe à la porte.

J'ai retrouvé sans mal la maison que nous avions espionnée, Ariane et moi, il y a une éternité de cela – j'ai l'impression. Pendant quelques secondes, j'ai cru nous revoir ici, dissimulées dans l'ombre du mur, avec nos bonnets noirs, et j'ai été saisie d'une vague de nostalgie et de tristesse à laquelle je ne m'attendais pas. Arthur a poussé un sifflement, à côté de moi. Et moi qui étais déjà impressionnée par cette ruelle de maisons cossues, j'ai essayé de la regarder avec ses yeux à lui.

Avoir une maison privée quasiment en plein cœur de Paris, c'est juste incroyable. La gorge serrée, je lui ai pris la main et je lui ai demandé s'il était toujours partant. Il m'a souri, d'un sourire un peu cassé, et m'a dit que oui, qu'il n'allait quand même pas m'abandonner au milieu de cette… jungle ! On a rigolé, puis on s'est avancés, et nous voilà debout, aussi nerveux l'un que l'autre, ne sachant absolument pas à quoi nous attendre.

On entend des pas de l'autre côté, et je vois du coin de l'œil Arthur rajuster sa veste en cuir élimée aux épaules et couverte de pin's, mal à l'aise – c'est vrai qu'il détonne particulièrement dans ce décor… et puis la porte s'ouvre, et je suis un instant soufflée. La femme d'une quarantaine d'années qui se tient devant moi, et que je n'avais pas vue l'autre soir, est superbe. Elle a de longs cheveux noirs qui lui descendent jusqu'aux reins, de grands yeux noisette et des formes harmonieuses moulées dans une robe très chic, d'un vert émeraude. Elle nous dévisage en plissant les yeux, puis demande froidement.

– Oui ? C'est pour quoi, des billets de tombola ?

Je prends mon courage à deux mains.

– Non, Madame. C'est… on voudrait voir William, et lui parler si c'est possible.

Les traits de la femme se durcissent.

– Vous êtes des amis à lui ?

Je baisse la tête, les joues rouges de honte.

– Je… j'étais une amie. Je suis Louve, et je suis venue pour m'excuser… et voilà Arthur.

Un silence inconfortable s'étire. Les longs doigts aux ongles parfaitement manucurés se crispent sur le chambranle de la porte.

– Louve. Mon fils m'a parlé de toi. Je ne suis pas sûre que tu sois la bienvenue dans cette maison, jeune fille. À vrai dire…

– Maman !

Je relève vivement la tête en reconnaissant la voix.

– Laisse-les entrer, s'il te plaît.

– Tu es sûr, mon chéri ?

Je dévisage de nouveau la femme. Peut-être grâce aux informations que nous avions glanées la dernière fois, je crois voir sous le vernis toute la fatigue qu'elle veut dissimuler. Une fatigue à la fois teintée de lassitude et d'une note… d'espoir ? En tout cas, elle a quelque chose qui me touche au cœur. Elle s'efface, et nous pénétrons dans une entrée somptueuse, aux murs blancs à moulures sous le plafond et au parquet impeccablement ciré. Elle est tapissée de bibliothèques remplies de livres, et j'entends Arthur siffler de nouveau entre ses dents, impressionné.

Mon regard accroche soudain celui de William, qui se tient en haut de l'escalier. Il a maigri, et est habillé plus simplement que dans mes souvenirs – il porte un jean fatigué aux genoux et un tee-shirt noir tout simple. Il se passe une main dans les cheveux et nous sourit un peu – malgré moi, je sens mon cœur accélérer dans ma poitrine. William n'a pas changé, il est toujours aussi renversant, peut-être même plus aujourd'hui alors qu'il n'essaie pas de jouer un rôle, pas cette fois.

– Venez, ma chambre est par ici…

On monte les marches et on gagne bientôt une pièce immense aux murs blancs, elle aussi, et baignée de soleil. Je balaie d'un regard incrédule toutes les affaires de William. Sur son bureau trône un ordinateur portable dernier cri. En face du lit à deux places, un écran plat géant est juché sur une commode à pattes de lion, à l'ancienne. Partout au pied de ce meuble, des consoles de jeux vidéo. Je ne peux m'empêcher de marmonner un « waouh » impressionné, Arthur, lui, croise les bras et s'exclame :

– Eh bien, plutôt cool comme chambre, hein !

Sa situation financière n'est un secret pour personne au lycée, et William lui jette un petit regard en rosissant.

– Ouais, je sais. Je… euh… si y a un truc qui t'intéresse, hein…

– Non ça va, merci.

Ce n'est que très récemment que j'ai commencé à prendre véritablement conscience des difficultés que mon petit ami et sa famille doivent traverser chaque jour, et je m'en veux de ne pas en avoir parlé davantage avec lui. Arthur s'appuie au mur et moi je me tords les doigts, la nervosité me reprenant à la gorge.

– Écoute, William, je voulais te dire que quoi que tu aies balancé de pas cool sur Jonas à l'école, je… je n'aurais jamais dû faire ce que j'ai fait, avec Ariane. Je… je suis vraiment désolée des conséquences que ça a pu avoir dans ta vie. Je croyais à l'époque que c'était toi qui avais outé mon frère – même si ça m'excuse pas d'avoir fait la même chose ensuite pour te faire du mal. Je voulais te dire que je sais maintenant que je m'étais trompée. Voilà. Je suis vraiment désolée, et j'espère que ça va pour toi, ça fait longtemps que tu n'es pas revenu au lycée maintenant…

Je me mords la lèvre, incapable de croiser son regard. Il y a un silence, et puis William répond tout bas.

– Merci. Et pour être honnête, je suis conscient que c'est plutôt moi qui devrais m'excuser. Pour ce que j'ai fait à Jonas, mais aussi… pour t'avoir trompée, toi.

Je relève les yeux sur lui cette fois, et je me rends compte que je tremble.

– Trom… trompée… ?

William affronte mon regard – je ne l'avais jamais vu si franc.

– Oui.

Il pousse un énorme soupir et baisse les yeux, fragile.

– J'ai rapidement compris que j'étais plus attiré par les garçons que par les filles, mais j'avais peur. Surtout de la réaction de mon père, parce que…

Parce que c'est un connard! je crie dans ma tête. Mais je me retiens.

– Parce que c'est un mec… un mec qui aime… vraiment les femmes, vous voyez… Le genre de mecs pour qui la virilité c'est important, et je savais qu'il supporterait pas de savoir que son fils… son fils était pédé. Alors, quand il a commencé à me demander si j'avais des petites amies, je me suis mis à mentir. Puis petit à petit, j'ai un peu tout mélangé, le mensonge, la réalité… et je suis vraiment sorti avec des filles, comme ça je pouvais lui donner des détails. Même si ça n'allait jamais loin, parce que j'avais jamais vraiment envie d'elles. Et puis toi… toi, tu étais comme une aubaine. Je… je suis sorti avec toi parce que je t'aimais bien et parce que c'était plus… confortable. Une autre fille aurait pu me demander des trucs dont je n'étais pas capable, mais toi tu étais une couverture parfaite. Tu n'en demandes jamais trop aux autres, tu es bienveillante, et je sentais bien que tu avais… peur, un peu, que tu ne chercherais pas à me sauter dessus. Contrairement à pas mal de filles de la classe, tu ne cherchais pas juste un mec avec qui franchir le pas à tout prix. Alors, je me suis servi de toi. Je suis désolé.

J'ai les yeux humides et je les essuie d'un bras rageur, avant de reculer d'un pas, plus blessée que je n'aurais voulu l'avouer. Arthur reste immobile, mais sa présence silencieuse me rassure et je recule jusqu'à le sentir derrière moi, alors même que je respire trop fort. William a l'air vraiment sincère – c'est une nouvelle personne que je découvre ici, en fait. Une personne que je n'ai jamais vraiment connue. Je mets un moment à retrouver une voix suffisamment claire pour demander :

– Et je… l'outing… qu'est-ce qui se passe pour toi, depuis ? Tes parents… ?

J'ai besoin de recentrer la conversation sur ce terrain. William détourne les yeux.

– Eh bien, j'avais plutôt raison. Ma mère l'a bien pris, elle en était même presque contente.

Tu m'étonnes. Elle devait être ravie de savoir que son fils ne serait jamais un connard d'homme à femmes comme son époux.

– Et mon père… pas bien du tout. Mais en fait, ça a beaucoup aidé.

– Ah bon ?!

On le dévisage tous les deux avec surprise, et il se passe une main sur le visage en marmonnant.

– P'tain, faut que je commence du début, désolé j'ai pas l'habitude… Bon.

Il plante son regard dans le mien.

– J'ai jamais fait le tour du monde en camion. Mes parents ne sont pas des musiciens hippies hyper cool, j'ai menti, j'arrête pas de mentir, c'est ce que je fais de mieux…

– Ça, on avait compris, le raille Arthur.

– En fait, mon père est diplomate. Il gagne beaucoup d'argent, et du coup on déménage tout le temps. J'ai vraiment fait tous ces voyages, mais c'était pas cool. C'était pas pour visiter ou pour rencontrer les gens – j'ai toujours été dans des écoles pour fils d'expatriés. Non, c'était juste pour suivre mon père. J'ai déménagé quasiment chaque année depuis que je suis tout petit, et en fait… j'ai décidé de ne plus avoir d'amis. De ne plus m'en faire, parce que de toute façon, chaque fois on finit par repartir. Il faut toujours tout recommencer, encore et encore…

Une grosse larme s'échappe de ses cils et roule sur sa joue.

– Et le pire, c'est que ma mère et moi, on déteste tous les deux mon père. On le déteste tellement, putain !

J'ai la gorge toute sèche.

– Mais alors… alors, qu'est-ce que ça a fait de bien, l'outing ?

– Mes parents divorcent.

– Oh !

– Ils se sont engueulés plus fort que jamais, à mon sujet. Et ma mère a demandé le divorce. Ça va pas être facile parce qu'elle n'a pas de boulot, mais on a décidé, tous les deux, de déménager une dernière fois, et de nous installer à la campagne, dans un endroit calme. On va vivre ensemble là-bas et on sera bien mieux que partout où on a été ailleurs, avec lui. Et en plus, elle m'accepte comme je suis. Alors, c'est juste parfait, vous voyez ?

Arthur et moi, on en reste très, très silencieux. Et puis, Arthur sourit, son premier vrai sourire depuis qu'on est entrés ici.

– Ta mère est super courageuse. Vous allez prendre soin l'un de l'autre. C'est génial !

Moi, je regarde dans le vague. Je sens une vieille colère bouillonner au fond de moi, parce qu'au fond, je trouve que William s'en sort bien. Sa vie ne va pas être rose tous les jours, mais il a la possibilité de prendre un nouveau départ. Pour Jonas, c'est encore difficile. Mais je ne devrais pas penser ça. Et au fond, son histoire m'a plus touchée que je ne le voudrais.

Je sens son regard sur moi, et je l'entends demander, d'une petite voix.

– Et Jonas… ? Comment il va ?

J'hésite à tout lui balancer – les restes de ma fureur froide – mais la main d'Arthur attrape doucement la mienne, et je ferme les yeux un instant avant de me forcer à sourire.

– Il va mieux. On s'occupe de lui.

– OK. Super. Est-ce que… est-ce que tu pourras lui dire que je m'excuse ? J'ai été… archi nul. Et lui, c'est un mec super.

Je sens mes griffes de sœur-lionne me pousser, alors que j'acquiesce avec fierté.

– Oui, il est super.

– Bon, on va te laisser…

C'est Arthur, qui me tire vers la sortie. Il considère que tout est dit, et il a raison. Je me laisse faire. Je contemple une dernière fois William et le cocon confortable dans lequel il vit.

– Salut, William.

– Salut, Lou. Je te souhaite le meilleur, à toi aussi…

– Merci. À plus.

Je me détourne, on descend l'escalier et bientôt la porte se referme dans notre dos. Dans le petit jardin mal entretenu, je m'appuie un instant contre la barrière, le souffle court, avant de discerner la voix inquiète d'Arthur.

– Hé, ça va ?

Je me redresse, lève les yeux sur lui. Puis je noue mes bras autour de son cou et l'attire à moi.

– J'aimerais bien voir ton chez-toi. Et rencontrer ta mère, et revoir ta petite sœur aussi, si tu veux bien.

– Oh !

Il ne s'y attendait clairement pas. Il sourit, touché, puis marmonne avec un demi-sourire sarcastique :

– Je te préviens, mon chez-moi ne ressemble pas vraiment à un château, hein…

J'acquiesce.

– Je sais. Et je sais aussi que je le trouverai un million de fois plus beau.

Rendu muet par une émotion que je perçois sans peine, Arthur se penche sur moi et m'embrasse.

Chapitre 20

Ma mère conduit très peu.

C'est en général papa qui tient le volant de la voiture familiale – mais pas aujourd'hui. Aujourd'hui, je suis assise à l'avant, mes lunettes de soleil sur le nez, et c'est moi qui ai le droit de choisir la musique, mon lecteur MP3 branché sur les enceintes. Ma mère conduit d'une main sûre, en silence, et à l'arrière Jonas est en train de lire. Il s'est plongé récemment dans un roman gay qui est aussi un témoignage de l'époque de Stonewall à San Francisco, et il est en train de le dévorer. Il utilise comme marque-page le tract de l'association LGBT qu'il est allé rencontrer avec Elliot l'autre jour – une soirée qui s'est déroulée à merveille et qui lui a donné envie à la fois de bénéficier des bienfaits de cette asso, mais aussi de retourner à ses anciennes amours, à savoir le bénévolat. Ça me fait terriblement plaisir de le voir occuper ainsi son temps libre qu'il a en abondance, puisqu'il ne retourne pas au lycée et que notre mère l'a inscrit à des cours par correspondance pour la fin de l'année. Aujourd'hui, quand nous sortons de l'autoroute pour enchaîner les petites routes sinueuses de campagne sous un beau soleil printanier, et que je rêvasse à Arthur, je me sens pleine d'espérance.

Et ce malgré l'absence de notre père qui, comme prévu, a refusé de se joindre à nous pour cette escapade qu'il désapprouve fermement. Malgré la nervosité apparente de ma mère, qui ne rejaillit pas sur sa conduite mais que je perçois malgré tout. Les mots très durs de mon père me reviennent en mémoire : « on n'a rien à faire avec des gens pareils », pourtant je les ravale. Au moins, Jonas ne les a pas entendus – il était en train de préparer ses affaires dans sa chambre, la musique à fond.

Bientôt, nous nous garons dans la petite allée qui mène au corps de ferme rénové par ma tante, et nous descendons tous les trois, un peu intimidés. J'entends les aboiements d'un gros chien, puis une voix.

– Ote ! Ote, c'est bon, tu peux te calmer maintenant !

Et là, je l'aperçois. Elsa. Qui à la fois ressemble et ne ressemble pas du tout à notre mère, avec son visage plus naturel aux rides apparentes et dénué de maquillage, et sa peau basanée par un bronzage de travail au potager. Elle s'approche de nous en souriant et nous ouvre son portail en bois – aussitôt un gros chien noir saute autour de nous en frétillant de la queue, et Jonas et moi on rigole pendant que ma mère se raidit encore un peu plus.

– Bonjour les enfants !

– Bonjour Elsa !

Elle vient nous prendre tous les deux ensemble dans ses bras, et je ferme les yeux.

– Je suis contente de… de refaire ta connaissance, je marmonne maladroitement.

Elle est aussi émue que moi, je distingue des larmes dans ses yeux tandis qu'elle hoche la tête.

– Moi aussi ma petite filleule, oh moi aussi. Et bonjour à toi, Jonas...

– Salut...

Et elle se redresse, nous lâchant, et croise le regard de sa sœur qui se tient très droite, les mains crispées sur son sac.

– Je... je vais vous laisser, donc. Je reviendrai chercher les enfants dimanche soir, et je...

– Attends, tu rigoles ? Tu restes au moins déjeuner, non ?

– Ce n'était pas prévu, je suis censée retrouver Marius, et...

Les mots de ma mère meurent sur ses lèvres. Elsa fait un pas dans sa direction, comme on approche un animal rétif, avec précaution.

– Cécile... tu m'as manqué.

– Quoi... ?

– Tu m'as manqué. Je voudrais te présenter ma compagne et ma fille. S'il te plaît, viens !

Elle s'approche encore, jusqu'à se dresser devant elle. Leurs manières d'être, leurs habits... si différents. Et puis, ma mère émet un son proche du sanglot, et Elsa la prend dans ses bras et l'étreint, très fort.

Le week-end est passé comme dans un rêve.

Maman est restée déjeuner, et on a mangé tous ensemble attablés dans leur salle à manger adorablement rustique. Elsa et sa compagne, Manon, s'impliquent de plus en plus dans une démarche écologique, biologique et de réduction de leurs déchets, et leur maison est à cette image. Sur les comptoirs de leur cuisine s'alignent, devant les carreaux bleutés des fenêtres, tout un tas d'aromates en pots et de bocaux remplis de biscuits faits maison. Maman a été impressionnée par les délicieux fromages et plats de légumes du jardin qu'elles nous ont servis, et en a fait l'éloge. C'est Manon la cuisinière du couple, et elle a remercié avec émotion. Elle est beaucoup plus jeune que ma tante, et plus timide aussi. Ce projet de s'installer ici, dans cette maison loin de tout, vient d'elle, car elle est très introvertie et supporte mal le monde. Ici, elle s'épanouit au milieu de leurs animaux, surtout de ses chats, et elle peut allier ses passions très différentes – s'occuper des chèvres et faire du fromage d'un côté, et peindre de l'autre. C'est aussi, clairement, la mère biologique de la petite, car elles ont les mêmes boucles auburn et les mêmes taches de rousseur.

Elsa et ma mère ont beaucoup discuté, tandis que Jonas et moi on faisait plutôt connaissance avec Ophélie. Ophélie adore ses mères et leur maison, mais nous a tout de suite avoué qu'elle aurait bien aimé vivre dans une grande ville, et encore plus à Paris, elle aussi. On lui a dit qu'elle pourrait venir passer du temps chez nous, et elle avait l'air folle de joie. Moi, je trouve que ce serait une excellente idée, pour changer encore un peu l'atmosphère à la maison – et aussi, pour montrer à notre père qu'une petite fille élevée par deux mères est une enfant tout à fait normale. Une fois que notre mère est finalement repartie, non sans avoir serré de nouveau sa sœur dans ses bras, on a passé notre temps à jouer avec Ophélie et Ote, à paresser dans le jardin au soleil sous des plaids pour se protéger du vent, à aider à préparer le potager pour les semis à venir, à caresser les chèvres et à se promener en forêt. Le soir, on a joué aux cartes puis profité d'un moment de calme au coin du feu, alors qu'Elsa écrivait à l'ordinateur et que je dessinais, allongée sur le tapis.

C'est finalement tard dans la nuit, juste avant qu'on aille se coucher et alors qu'Ophélie était partie au lit depuis plusieurs heures déjà, que Jonas et Elsa ont parlé. Manon était en train de regarder mes dessins et de me montrer ses aquarelles, mais on s'est arrêtées pour les rejoindre, parce que mon frère s'est mis à pleurer. Manon nous a servi des tisanes odorantes sucrées au miel, et on a toutes les trois laissé Jonas hoqueter et raconter avec ses mots. L'outing, le harcèlement, l'homophobie des parents, la Manif pour tous, le désespoir. C'est lorsque Manon m'a posé un plaid sur les épaules que je me suis rendu compte que je pleurais, moi aussi. Et quand Jonas a été à court de mots, Elsa lui a longuement parlé. Elle lui a dit de garder espoir et courage. Elle a condamné le comportement de nos parents et avoué qu'elle-même avait encore beaucoup de colère en elle contre sa propre sœur. Elle a dit des choses capitales – comme quoi on avait le droit de ne pas pardonner tout de suite, que les blessures pouvaient rester profondes longtemps et qu'on avait le droit de s'éloigner pour sa propre santé mentale. Jonas a dit qu'il pensait pouvoir rester vivre chez les parents, grâce à moi et au fait que ma mère semblait s'adoucir. Il a aussi vraiment envie de se réinvestir dans ses associations, et il place beaucoup d'espoir dans le fait de changer de lycée. Peut-être que lorsqu'il aura son bac, il cherchera une fac dans une autre ville, en province ou à l'étranger, pour quitter Paris et l'appartement familial. Elsa lui a serré la main tout du long de ce douloureux échange et lui a dit qu'il devait penser à lui en premier, qu'il devait prendre soin de lui et ne pas hésiter à appeler au secours.

Lorsque nous nous sommes dit au revoir le dimanche soir, c'était en nous promettant de revenir régulièrement – Elsa a spontanément proposé un week-end par mois, voire plus si nous en sentions l'envie et le besoin. Et une fois que nous nous sommes installés dans la voiture conduite par ma mère, j'ai surpris le sourire rêveur, touché, de mon frère tandis qu'il contemplait le paysage, le front appuyé contre la vitre.

Chapitre 21

23 avril 2013

La loi pour le mariage pour tous a été adoptée.

C'est Jonas qui me l'apprend, quand je rentre du lycée. Il a l'air violemment heureux et me fait danser dans ses bras, et je ris, touchée.

– Je suis si heureuse pour toi, Jonas…

Il rigole et secoue la tête.

– Oh, ne crois pas que j'ai envie de me marier, hein. Le mariage, c'est un truc de bourgeois. Mais je suis content que l'égalité soit faite, et que tous les couples homos qui le souhaitent puissent enfin le faire… et aussi, que la Manif pour tous n'ait pas été entendue.

J'acquiesce, soudain sérieuse.

– Je suis bien d'accord avec toi.

Je repense à cette salve de mails pleins de photos sans équivoque que j'avais envoyée il y a quelque temps… Comme j'ai immédiatement supprimé mon adresse mail, je n'ai pas eu les réponses ni les réactions, évidemment, mais j'attrape mon frère par le bras et murmure d'un ton de conspiratrice :

– J'ai fait un truc l'autre jour, faut que je te raconte, tu vas adorer… mais attends…

On se faufile sans bruit dans la cuisine – maman est en train de taper à l'ordinateur dans le salon et on pique ni vu ni connu deux bières dans le frigo, avant de s'enfermer dans la chambre de Jonas et de trinquer. Je lui raconte et il se met à rire, un rire à gorge déployée, à s'en tenir le ventre, à tel point que je dois lui reprendre sa bouteille avant qu'il la renverse sur le lit.

– Ah la vache, c'est trop drôle Lou, putain ! J'aurais jamais cru que tu puisses faire un truc pareil ! Tu sais, franchement c'est digne de ce que certains de mes copains en asso sont capables de faire… tu devrais m'accompagner aux réunions !

Je rigole en secouant la tête, mais soudain la porte s'ouvre sur notre mère, et je n'ai que le temps de cacher maladroitement les bières dans mon dos qu'elle commente d'une voix incertaine :

– Jonas riait… tellement fort que… que je voulais vérifier que tout allait bien.

Je me rends compte que ça faisait longtemps qu'on n'avait pas entendu mon frère rire ainsi, et je hoche la tête, émue.

– Je crois que ça va très bien, oui.

– Mieux que bien, en rajoute mon frère, avant de se remettre soudain à pouffer.

Le regard de ma mère sur lui est rempli de bonheur, et ça la rajeunit. Puis elle plisse les yeux dans ma direction.

– Louve, est-ce que ce sont des bouteilles de bière que tu es lamentablement en train d'essayer de cacher dans ton dos ?

– Euh, je…

Je les sors, penaude, et mon frère s'arrête brutalement. Ma mère nous toise encore, les bras croisés. Puis sourit et secoue la tête.

– On va dire que je n'ai rien vu.

– Viens trinquer avec nous, maman !

Je jette un regard surpris à Jonas, qui n'avait plus eu un tel geste d'invite envers l'un de nos parents depuis ce qui s'est passé. Notre mère le détaille, ses yeux trop brillants, puis hoche trop vivement la tête.

– Tu as raison, j'ai assez travaillé pour aujourd'hui de toute façon.

Elle se détourne pour aller se chercher une bière à son tour, et mon frère m'offre l'un de ses plus beaux sourires.

– On y est presque.

– Attends !! Je suis pas prête !

Je panique complètement. Je tire sur ma petite robe écrue – est-ce qu'elle n'est pas trop courte, finalement ? Je suis peut-être trop grosse pour porter quelque chose comme ça, j'aurais dû rester en jean et tee-shirt, je…

– Eh… tu es magnifique.

Arthur m'enlace doucement. Par-dessus ma robe, je porte une veste en jean qu'il m'a offerte dans une boutique de fringues vintage qu'on a découverte dans le Marais. Je l'ai ornée d'un gros patch en forme d'éclair, en hommage à son tattoo pour David Bowie et à mon futur tattoo, peut-être, pour Harry Potter. On est au fin fond du 77, dans une sorte de terrain vague. Je distingue au bord d'un petit bois plusieurs mobile homes et caravanes. On est presque au bout d'un petit chemin un peu terreux, et je suis contente d'avoir mis mes Docs comme il me l'a conseillé, car il y a pas mal de boue. Je marmonne.

– Je… je sais pas ce que ta mère va penser de moi…

– Que du bien. Viens.

Il m'a prise par la main et m'entraîne. On s'arrête bientôt devant un mobile home dont la peinture blanche s'écaille par endroits, et c'est soudain le tour d'Arthur de devenir nerveux.

– Je t'avais prévenue que c'était pas… royal comme endroit, hein ?

Je lui serre les doigts.

– J'ai hâte de rencontrer ta famille, Art.

– OK… P'tain, je donnerais cher pour une clope.

Je souris encore, attendrie, et pose ma main sur sa joue.

– Ça fait déjà cinq jours. Je suis super fière de toi, tu sais.

Ses yeux s'enchaînent aux miens.

– Je sais. Merci, ma Louve…

Je gigote un peu tandis qu'il m'embrasse, puis que ses lèvres dérivent dans mon cou. Je rigole d'une voix étranglée, parce que sa langue vient de lécher ma peau et que s'il continue comme ça, je vais être horriblement excitée au moment même où je vais faire la connaissance de sa mère. Je lui tape sur le bras.

– Arthur !

– Ah… oui, pardon.

Il se relève, les joues rougies. Tous les deux, on en a de plus en plus envie, ça devient dur de passer outre. Bientôt, ce genre de baisers, ou les caresses dans l'obscurité d'une salle de cinéma… ça ne sera plus suffisant, c'est sûr. Il me replace une mèche derrière l'oreille et souffle avec une tendresse intoxicante :

– Prête ?
– *Yes !*
Alors il sort sa clé, et m'ouvre.

Le mobile home n'est pas très grand, mais Rose, la mère d'Arthur, l'a agencé du mieux possible pour que chacun ait un petit espace de vie préservé. Quand on entre, on est directement dans la pièce de vie, qui sert à la fois de salon, de salle à manger et de cuisine sommairement aménagée. La table est une planche qui sort de la cloison, encadrée de banquettes dont le cuir usé laisse échapper des touffes blanches – Rose les a recouvertes de coussins colorés. L'une des banquettes peut se déplier vers l'arrière et se transformer en lit deux places – celui de la mère. Dans le fond, il y a une salle d'eau sommaire, puis une petite chambre. Le lit du bas est celui de la demi-sœur d'Arthur, qui dispose aussi d'un impressionnant bric-à-brac de jouets et de poupées entassés dans des caisses qui peuvent se glisser sous son lit. Il y a une échelle qui permet d'accéder à une mezzanine basse de plafond, et c'est là le royaume de mon petit ami. Un matelas deux places, des caisses pleines d'habits d'occasion, de livres et de CD, et une sorte de bureau escamotable qui lui permet de travailler directement assis sur son lit, au calme. Il a décoré le tout de posters de groupes et d'une guirlande de petits lampions colorés, et même si c'est très petit, c'est au final très charmant.

Pendant qu'il me fait la visite, je sens la présence de sa mère derrière nous – Wendy, elle, est en train de dessiner sur la table en chantonnant. Je finis par redescendre de la mezzanine pour faire face à Rose. C'est une femme beaucoup plus jeune que mes parents mais aux traits déjà fatigués, usés par une vie difficile et esseulée – à part ses enfants, elle n'a aucune famille. Pourtant, malgré cet air un peu hanté, elle est vraiment jolie avec ses boucles blondes retenues par un foulard rouge, ses grands yeux très bleus et sa façon toute simple de s'habiller. Elle porte un jean qui moule un peu ses hanches et un débardeur aux bretelles larges qui a dû être vendu au rayon hommes plutôt qu'au rayon femmes. Elle me sourit avec la même anxiété que son fils.

– J'espère que ça te plaît… C'est la première fois qu'Arthur nous amène quelqu'un, alors…

– C'est vrai ?

Je jette un regard surpris à Arthur. Alors il n'a jamais présenté sa mère à personne, même pas à des amis ? Il grimace un peu, gêné.

– Je… je pensais que c'était mieux de garder les choses… séparées, à l'époque…

Rose éclate d'un rire doux et un peu moqueur à la fois.

– Tu avais honte de ta mère, avoue !

– Pas du tout !

– Oh allez, c'est bien normal tu sais, tous les ados ont honte de leurs parents à un moment ou à un autre.

Elle nous ramène dans la pièce de vie, et se remet aux fourneaux. Ça sent très bon, et je m'attable à côté de Wendy en demandant :

– Qu'est-ce que vous cuisinez, Madame ?

– Des beignets de courgette et de la mozzarella frite. Tu vas voir, c'est délicieux. Mais je t'en prie, tutoie-moi et appelle-moi Rose, ça me fait trop bizarre, sinon…

– OK !

Arthur s'assoit en face de moi et me sourit chaleureusement. Soudain, une petite main couverte de feutre agrippe mon bras et de grands yeux cherchent les miens.

– T'es qui, toi ?

– Wendy !

Je rigole.

– Non non laisse, ça me dérange pas. Eh bien, je suis Louve, mais tu peux m'appeler Lou.

– Louve, c'est un drôle de prénom.

– Je sais, mais c'est pour ça que je l'aime bien.

Elle réfléchit intensément, mordillant le bout de son feutre, puis tout son visage s'éclaire.

– Moi aussi je l'aime bien !

– Dis donc…

Sa mère a levé les yeux au ciel, mais le fait est que je m'amuse beaucoup. Arthur se lève pour aider Rose, et apporte bientôt de quoi mettre la table. Il me sert un grand verre de soda et je le remercie d'un sourire. On s'assoit tous ensemble, et Rose demande.

– Alors tu as la permission de quelle heure, Louve, dis-moi ?

– Euh, Arthur doit me ramener à 22 h 30. Je suis désolée d'ailleurs, ça va le faire rentrer très tard ensuite…

Elle balaie mes excuses de la main, puis ébouriffe les cheveux de son fils d'un geste plein de tendresse.

– Ne t'inquiète pas. Mon grand gaillard est tout prêt à jouer les chevaliers servants pour toi, et je trouve ça super…

– M'man !

– Le chevalier, ouiiii !

Ça, c'est la voix suraiguë de Wendy à côté de moi, et je pouffe, ma main sur la bouche. Le dîner est délicieux, et je complimente Rose qui sourit avec fierté, puis me propose :

– La prochaine fois, tu sais, tu pourrais rester dormir. Moi, ça ne me dérange pas…

Je m'empourpre très fort et me mordille la lèvre.

– Vrai… vraiment… ?

– Oui, vraiment ! Parfois avec Wendy on va rendre visite à une amie à moi qui habite un studio en ville, si ça vous dit, je peux prévoir de vous laisser le mobile home pour un week-end… Vous me direz.

C'est proposé avec un tel naturel… Je croise les yeux d'Arthur par-dessus le bouquet de fleurs sauvages posé au milieu de la table, et nos regards sont aussi brillants l'un que l'autre. Peut-être bien… oui, peut-être bien qu'on pourrait faire ça, un jour.

Chapitre 22

Je n'ai pas encore présenté Arthur à mes parents, même si ça fait déjà un mois qu'on s'est remis ensemble.

Je n'ai pas envie d'entamer une démarche aussi sérieuse, pas après ces mois si difficiles, et pas quand je sais très bien que mon frère aurait encore beaucoup de mal à présenter son petit ami. Avec mon père, rien ne bouge pour l'instant. J'aimerais pouvoir croire qu'avec le temps, il finira par revoir ses positions, comme ma mère me l'a dit, mais je n'en suis pas si sûre. Je repense à ce que mon frère a dit à Elliot quand on était ensemble dans sa chambre l'autre jour – qu'il avait dû faire le deuil de parents de série télé comme il aurait aimé en avoir. Peut-être que les choses s'arrangeront, avec notre père. Peut-être pas. En attendant, la blessure est profonde mais on apprend à vivre avec. Notre famille survit aux événements comme elle le peut, et tant qu'on n'aborde pas de sujet politique, les dîners le soir sont presque sereins. Ma mère y est pour beaucoup, veillant à ce qu'aucune conversation ne dérape et nous lançant sur des sujets légers – la musique, la cuisine, les associations écologistes de Jonas, mes dessins. C'est loin d'être une situation parfaite et je me doute que si Jonas continue à se sentir rejeté, il faudra trouver une autre solution, comme une pension ou une fac lointaine, dans quelques années. Mais au moins, le quotidien est à peu près vivable et on l'entend de nouveau rire. Avec moi, avec ses amis, avec Arthur, avec notre tante, au sein de ses associations, et même avec notre mère, de plus en plus, il peut être lui-même.

Arthur et moi, on sort souvent avec lui. Même à cinq, avec Elliot et Flore. On n'a pas encore planifié ce fameux week-end où sa mère nous prêterait son mobile home – ça m'intimide un peu, et je crois qu'Arthur l'a senti.

À la fin du mois de mai, on se retrouve un soir dans ma chambre, un peu comme la première fois : mes parents sont sortis dîner et mon frère ne reviendra que dans une heure de sa réunion au centre LGBT.

Avec Arthur, on a été très occupés. On s'est préparé des sandwichs qu'on a mangés en révisant ensemble le bac français, et quand notre cerveau a surchauffé, on s'est mis à comploter à propos de l'anniversaire de Jonas. C'est dans quinze jours, mais Elliot nous a convaincus hier d'attendre fin juin pour le fêter. D'attendre la Marche des Fiertés, qui aura lieu à ce moment-là à Paris. Alors, on a fait des plans sur la comète, et on en est encore là quand, trop excités par notre projet, on éclate de rire. On rit parce qu'à cet instant, on est juste trop heureux. Trop soulagés que les jours passent et que, même si tout n'est pas parfait, on s'en sorte tous ensemble. Rassurés pour mon frère, et sereins à propos de nous deux. Et je ne sais pas bien comment, mais je me retrouve soudain dans ses bras, tout contre lui, mon regard dans le sien. Son rire meurt abruptement dans sa gorge, et moi, je lève une main pour caresser doucement sa joue mal rasée. L'instant d'après, on est en train de s'embrasser.

C'est très probablement devenu mon activité préférée ces derniers temps.

J'ouvre ma bouche sous la sienne, je m'accroche à son tee-shirt, j'ai le cœur qui bat trop vite. On n'a rien prévu, on sait qu'on n'a pas beaucoup de temps et pourtant la fièvre qui nous saisit tout à coup ne nous laisse pas le choix. Je glisse mes mains contre la peau nue de son ventre et je le sens frémir. Il saisit ma lèvre inférieure entre les siennes et je gémis en me cambrant, dans une invite claire. Aussitôt, c'est son tour de soulever mon tee-shirt, de venir effleurer ma peau nue, de remonter sur mes seins. Je me couvre de chair de poule. Sa bouche est partout désormais, dans mon cou, sur ma poitrine, sur mes côtes – ça me chatouille, ça me tord les entrailles, et je ris et gémis en même temps. Je suis allongée sur le dos, sur un coussin, et soudain mon champ de vision s'emplit de son regard tendre et brûlant à la fois.

Je tremble, mais c'est moi qui saisis sa main, la pose sur la fermeture de mon jean. C'était clairement la permission qu'il attendait, car il dégrafe mon pantalon, puis glisse lentement la main sous ma culotte. Je peux sentir à travers son contact à lui combien je suis brûlante, pour lui.

C'est avec nos doigts et nos bouches qu'on se découvre ainsi réellement, pour notre première fois. Nos caresses, maladroites parfois, bienveillantes toujours. Parfois, c'est si fort que je me cambre trop, que je me cogne presque la tête en arrière tant je la renverse, et je vois des étoiles. Bientôt, ce n'est plus que halètements, mouvements saccadés alors qu'on se heurte presque, chacun la main entre les cuisses de l'autre. Je le serre plus fort entre mes doigts et je l'entends gronder, j'explore, j'accélère, lui aussi, je lui souffle d'être plus doux, il s'exécute, mais moi je garde le rythme, c'est intime, brutal, désordonné, mais on grimpe ensemble, haut, très haut, de plus en plus haut…

Et puis je jouis, pour la première fois avec quelqu'un, en me raidissant jusqu'aux orteils. Comme ma main ralentit, je le sens la saisir de la sienne, entrelacer nos doigts, et à deux on le finit – avec un cri rauque, il se répand sur mon ventre et sur nos mains. Enfin tout s'apaise, et on respire trop fort, le front collé l'un à l'autre.

– Je t'aime, je murmure.

– Je t'aime aussi, Louve, ma chérie…

Je ferme les yeux, un sourire de pur bonheur aux lèvres. Dans quelques minutes, il va falloir se relâcher, se redresser, se dire au revoir… dans quelques minutes. Des minutes longues comme un océan de temps, rien qu'à nous deux.

C'est le dernier jour du bac français.

Je crois que je ne m'en suis pas trop mal sortie, surtout à l'oral de français qui a eu lieu mercredi. Moi qui déteste pourtant parler en public, je me suis surprise à trouver presque agréable de discuter littérature avec l'examinateur. Il m'a dit qu'il était soufflé par mes capacités d'analyse, et surpris que je sois en filière scientifique. Je lui ai répondu que c'était une bêtise, mais que c'était pas grave, que je rectifierais le tir après le bac – je compte bien me trouver une formation de dessin qui fera la part belle aux lettres, aussi.

La dernière épreuve vient de se terminer, on est vendredi, et Arthur ne va pas tarder à venir me chercher. Pour lui aussi, ça a été à peu près, et j'en suis très heureuse. Rose nous a promis qu'elle nous concocterait un délicieux « pique-nique de la victoire » pour nous féliciter ! Elle est très fière de la réussite de son fils, et très fière surtout qu'il ait pris un autre chemin. Arthur m'en parle un peu, de temps en temps, mais je sens qu'il ne m'a pas encore tout dit. Par ses mots un peu timides, qui sortent difficilement quand on aborde le sujet, il m'a esquissé un monde complètement différent – celui de l'échec scolaire, de l'ennui des jours qui s'enchaînent, tous semblables. Celui des mauvaises rencontres, de ceux qu'on prend pour des amis et qui en fait t'entraînent sur une mauvaise pente. Des bêtises qu'on peut faire ensemble, des vols à l'étalage, des bagarres qui explosent dans les quartiers et qui peuvent finir très mal, à coups de couteau. Arthur s'est pris quelques mauvais coups, mais il a surtout failli voir mourir un gamin sous ses yeux. Un gosse d'une douzaine d'années, le petit frère d'un autre de la bande. Terrifié, Arthur l'a veillé à l'hôpital avec sa famille. Le petit s'en est sorti, mais Arthur y a perdu son innocence, et le respect de sa mère, à cet instant. C'est ce qui a été le vrai déclic, pour lui. Avant qu'il quitte sa bande et qu'ils déménagent dans ce mobile home avec sa famille – avant, ils habitaient un logement insalubre en ville. Ils sont repartis à zéro et Arthur a appris à aider sa mère, d'abord, puis à regagner peu à peu l'envie de reprendre des études et de s'en sortir.

Moi aussi, je suis terriblement fière de lui.

Il fait un peu nuageux et frais cet après-midi, et je resserre les pans de ma veste. Plusieurs élèves de la classe viennent me dire au revoir, me souhaiter un bel été avant l'année prochaine, et je me sens le cœur tout réchauffé, moi qui avais toujours cru qu'à part Ariane, je n'intéressais personne.

En parlant d'Ariane, je la vois se diriger vers moi et je dois faire de gros efforts pour ne pas me détourner et m'éloigner à grands pas. Elle doit le sentir car elle me supplie d'une voix brisée.

– S'il te plaît, Lou… Louve. Attends, je voudrais juste…

– Quoi ?

Je la dévisage, essayant de palper la colère qui bouillonnait encore en moi il y a peu de temps – mais je crois qu'elle s'est éteinte, car je ne retrouve rien. Elle se mordille la lèvre, puis se lance.

– Si j'avais su… si j'avais su le mal que ça allait faire à Jonas, je n'aurais jamais raconté ce qui s'était passé, jamais.

– Mais tu l'as tout de suite vu, le mal que ça lui a fait. Tu l'as vu, le harcèlement dont il a été victime, et tu n'as rien fait pour l'en empêcher. Tu aurais dû me le dire tout de suite, tu aurais dû m'avouer. À aucun moment je n'ai eu l'impression que tu regrettais !

Elle baisse la tête.

– C'est vrai. Au début, j'étais même… un peu contente qu'il souffre, parce que je souffrais aussi.

– Parce que tu étais jalouse.

– … oui.

Je prends une inspiration.

– Ariane, je suis désolée mais vraiment, je n'ai pas envie…

– Je sais. Je sais, j'ai tout gâché. Tout ce qu'on a vécu avant, on était les meilleures amies du monde et maintenant y a… y a plus rien.

Je la contemple en silence, avant de murmurer.

– C'est pas vrai. Je garde beaucoup de souvenirs en moi, des souvenirs essentiels, fondateurs. Mais pour le moment... je ne veux pas... je ne peux pas pardonner, et reprendre où on en était. Désolée.

– OK. Je m'en doutais un peu.

– Peut-être plus tard.

Mais je ne suis sûre de rien. Je ne suis peut-être plus en colère, mais je suis pleine de déception et d'incompréhension face à son comportement. Je ne suis déjà pas fière de ce que j'ai fait à William, mais elle, elle a regardé Jonas souffrir pendant des mois sans jamais m'avouer qu'elle en était coupable. Comment est-ce que je pourrais pardonner et oublier tout ça ?

– Je pars deux mois en Thaïlande, cet été, me jette-t-elle soudain avec agressivité.

– Ah, cool.

– Et peut-être... peut-être que je vais réfléchir à changer d'école, moi aussi.

Je hausse un sourcil.

– Tu n'es vraiment pas obligée.

Elle me jette un regard de défi désespéré.

– Peut-être que j'ai besoin d'un nouveau départ, moi aussi !

Je souris... et je la désarme, un peu, en la prenant soudain dans mes bras. Je la sens se crisper tout entière, alors que je murmure à son oreille.

– Je te souhaite le meilleur nouveau départ possible, vraiment. Prends soin de toi, Ariane.

Je la lâche, je me retourne et je m'éloigne. Elle me crie soudain, d'une voix déchirée.

– Tu me regretteras, Louve, tu verras ! Quand tu seras toute seule l'année prochaine !

Mais je suis sereine. Parce que je ne serai pas seule, et que même si je me retrouvais seule à un moment, je saurais le supporter. Car je l'ai déjà fait. Je suis déjà tombée, et je me suis déjà relevée. Je reconstruis déjà, lentement, doucement, avec des personnes que j'aime et de confiance autour de moi. Elle, elle en est encore à l'étape précédente, celle où elle voudrait tout détruire. Un jour peut-être, elle en sortira comme moi je sors de sa vie, au moins pour l'instant.

Chapitre 23

Samedi 29 juin 2013

Ils avaient prédit de la pluie, pourtant depuis midi le soleil se montre.

Il ne fait peut-être pas très chaud, mais on s'en moque bien – ça nous permet d'arborer nos vestes constellées de badges. Arthur est trop classe : il porte, par-dessus un tee-shirt blanc tout simple, une veste en cuir à chaînes très londonienne. J'ai bien remarqué que des garçons dans le cortège le regardaient, mais ça ne m'en rend que plus fière. Celui qu'on regarde le plus, de toute façon, c'est Jonas. Jonas qui m'a demandé timidement ce matin s'il pouvait s'habiller ainsi – évidemment, je l'ai chaudement encouragé. Il porte son jean le plus skinny, qu'il remplit bien mieux depuis qu'il s'est remis à manger des quantités normales de nourriture, et un marcel un peu grand, aux échancrures très larges. Il a pris une petite veste lui aussi, mais il n'a pas tardé à la nouer autour de sa taille, et à vrai dire, depuis qu'il a fait ça, il aimante tous les regards, et je suis à la fois fière et protectrice comme une mère poule.

De toute façon, Jonas contemple tout ce qui l'entoure d'un air émerveillé, et en même temps personne en particulier – ou plutôt si, mais pas un de ces inconnus qui l'admirent. C'est plutôt Elliot, qui a orné ses paupières d'un trait de khôl et qui arbore toujours ses longues tresses lourdes jusqu'au bas de ses reins, que Jonas dévore des yeux, même si je crois qu'il ne s'en est pas encore rendu compte. Ça fait déjà une bonne heure qu'on défile – parfois on marche derrière un char coloré dont on aime la musique, et parfois on s'arrête sur le bas-côté pour en regarder passer. Rien de ce que j'aperçois ici ne ressemble à ce que je connais ou à ce que mes parents ont pu m'inculquer de la vie. On voit de tout – de très jeunes garçons ou filles en couple qui se tiennent par la main et ont maquillé leurs joues d'arc-en-ciel, des groupes d'hommes tout en cuir qui nous ont un peu fait rougir, des garçons habillés en femmes, dans des robes et des boas à plumes superbes, des filles aux seins nus, des pancartes vindicatives qui réclament l'avancement des droits LGBTQ+, car la lutte n'est pas finie…

Les gens défilent pour demander l'égalité ou la bienveillance, pour se montrer, pour faire la fête avec ceux qu'ils aiment ou bien juste pour danser et prendre le soleil. Les rues de Paris ne sont plus grises, ou envahies de cette marée rose et bleue qui a entaché nos esprits pendant si longtemps, à Jonas et moi. Elles sont arc-en-ciel, elles sont couleur soleil, elles sont paillettes, elles scintillent. Elles brillent de joie, du bonheur d'être ensemble sans avoir peur – et à cet instant, même si je ne fais techniquement pas partie de cette communauté, je m'y sens accueillie à bras ouverts. Tout n'est certainement pas rose dans les associations LGBT, et ce n'est pas parce qu'on est gay qu'on est forcément gentil ou bienveillant, ou même quelqu'un de bien, mais il y a quand même un formidable élan d'acceptation ici, qui me met les larmes aux yeux. J'ai longtemps entendu mon père parler du « lobby LGBT » comme d'une sorte de conspiration qui viserait à infiltrer les familles « normales » ou la vie sociale et politique – je découvre aujourd'hui combien cette communauté qu'il hait tant, c'est précisément les gens comme lui qui l'ont amenée à exister. C'est parce qu'on rejette les enfants LGBT, parce qu'on les met à la porte des maisons dans lesquelles ils ont grandi, qu'ils vont chercher ceux qui sont comme eux, qu'ils vont s'unir et fonder une autre famille, loin de celle qui les a expulsés. Une famille de cœur, c'est ce qui nous entoure aujourd'hui.

Le char derrière lequel on marche depuis dix bonnes minutes crache une musique rock forte qu'on adore, et on se trémousse au milieu d'inconnus qui nous sourient quand on croise leur regard. Un canon à confettis se déclenche, j'en ai plein les cheveux, Elliot aussi, ça s'accroche aux siens et c'est superbe. J'ai des tubes de paillettes dans mes poches, je lui propose de lui en souffler sur les joues, il accepte. Les garçons en robes sur le char sortent des pistolets à eau, et beau joueur, Arthur retire sa veste. Il est aussitôt aspergé jusqu'à ce que son tee-shirt devienne transparent, sous les exclamations de tous.

Plus tard, c'est à l'arrière d'un autre char qu'on fait monter Jonas et Elliot pour les inviter à danser devant la foule. Arthur et moi, on les acclame en sifflant et en applaudissant. Puis, quand on les récupère, Jonas se jette dans mes bras et je le serre très fort, la gorge nouée par l'émotion. Parce qu'il y a quelques mois, mon frère gisait étendu dans sa chambre, les poignets ensanglantés, le pouls vacillant quand j'appuyais les doigts contre sa gorge, et qu'aujourd'hui il a dansé sur un char devant des centaines de personnes, dans un éclat de soleil, et qu'à présent je sens son cœur battre follement dans sa poitrine, tout contre le mien.

Après le défilé, c'est les pieds en compote et agitant tous les petits drapeaux arc-en-ciel achetés à un vendeur ambulant qu'on se pose dans le restaurant choisi par Elliot.

C'est un endroit incroyable, aussi décoré d'arc-en-ciel que nous, et « ici c'est toujours comme ça », me souffle Elliot assis à côté de moi. On se fait plaisir, on commande d'énormes burgers aux serveurs adorables, et on leur glisse en douce à quel point c'est une soirée spéciale pour nous. À la fin du repas, ils nous apportent un gâteau géant décoré de cierges magiques qui se consument en envoyant des étincelles partout, et tout le resto se met à chanter.

Jonas est tout rouge de gêne et d'émotion, et quand les gens autour ne regardent plus, il attrape ma main sur la table et la serre, avant de chercher nos regards.

– Merci à vous trois… merci. Avec Flore, vous êtes ma vraie famille…

On trinque en l'honneur de notre amie qui n'a pas pu nous rejoindre, déjà partie en vacances d'été, et on en profite pour lui envoyer des photos. Et puis, on offre ses cadeaux à Jonas – un vinyle de Pink Floyd, un roman gay et *Le Passage*, aussi, que je voulais prêter à Jonas à l'origine et que je veux absolument le voir lire. Il en reste un dernier, et je le lui tends d'une main un peu hésitante. Une feuille de papier qu'il déplie avec précaution, ayant déjà deviné que c'est un dessin. Ses yeux tombent dessus, et je retiens mon souffle.

C'est un croquis de lui. Habituellement, je dessine mes personnages plutôt en respectant les codes du manga ou du comics, en exagérant certains traits. Cette fois, j'ai voulu m'essayer à un dessin réaliste, et j'y ai passé beaucoup de temps. J'ai tenté de retranscrire cette alliance subtile entre son sourire immense, solaire, qui m'a longtemps fait croire qu'il était invincible, et cette mélancolie profonde dans ses yeux parfois insondables, que je reconnais enfin pour ce qu'elle est. Le Jonas de mon dessin est vêtu d'un tee-shirt arc-en-ciel et tient à la main un pull bleu de la Manif pour tous qu'il laisse traîner au sol, comme une peau trop étriquée qu'il aurait enfin retirée.

– Lou…

Il relève les yeux dans les miens, et un instant on se renvoie ce souvenir difficile, qui nous unit tous les deux, ce moment où on ne savait pas encore bien être là l'un pour l'autre, mais où on était déjà ensemble, ensemble face à une adversité qu'on allait réussir à combattre, finalement. Il se lève en repoussant sa chaise qui racle sur le sol, me rejoint et me serre à m'étouffer. Des sanglots s'accumulent dans ma gorge comme des perles qui s'entrechoquent, et tout ce que je peux faire c'est m'accrocher à lui, m'accrocher à lui très fort, mes doigts crispés sur son dos. Il a survécu. Il est là, avec moi, et je sais à quel point c'est extraordinaire après ce qu'on a traversé. Finalement, j'arrive à forcer des mots, des mots banals, des mots stupides presque, mais c'est tout ce que j'arrive à dire, à murmurer.

– Jo… joyeux anniversaire, Jonas…

Et merci. Merci d'être toi.

Épilogue : Jonas

On s'est trouvé un endroit super cool pour danser.

C'est Elliot qui l'a dégotté. Je suis pas sûr que les mineurs aient le droit d'y entrer normalement – en plus, j'ai seize ans maintenant, mais Elliot n'en a encore que quinze ! Le mec à l'entrée a clairement fermé les yeux. Il nous a juste dit : « Je veux vous voir ne commander que des softs, c'est compris les jeunes ? »

C'est une boîte LGBT où se pressent surtout des gays, des couples de tous les âges, sur des chansons qu'on n'entend pas souvent en boîte. Quand on est rentrés, du Dalida venait de se lancer et ils ont tous poussé des exclamations de joie – ça m'a vachement surpris, ça change de l'électro c'est sûr ! On a d'abord siroté nos sodas dans un coin un peu reculé, observant autour de nous. Arthur et Louve se sont levés en premier, ils sont allés rejoindre la piste. Au début, je les ai regardés, mais quand le mec de ma sœur a posé ses mains sur ses hanches et s'est penché sur elle pour l'embrasser, je me suis vite détourné, les joues rouges. Ça ne m'empêche pas d'être tellement content pour elle. Louve était comme une huître fermée, avant. Elle se calfeutrait dans sa coquille, elle ne voulait rien montrer d'elle, elle agissait comme si elle avait toujours peur de déranger les autres. Aujourd'hui, elle est beaucoup plus déterminée. Elle s'est engueulée avec les parents à mon sujet, mais pas que – elle a aussi osé élever la voix pour défendre l'école d'art qu'elle veut faire après son bac. Elle s'affirme, elle ne se cache plus et elle est amoureuse. Putain, c'est juste tout ce que je lui souhaitais, et rien que pour ça, déjà, ces mois de galère, ces mois bizarres, ces putains de mois qui viennent de passer, eh bien, ça en valait la peine ! J'ai tellement de chance d'avoir ma sœur dans ma vie.

En face, Elliot gigote sur sa banquette. Il a l'air encore plus impressionné que moi. Il me montre du doigt une magnifique drag queen qui passe entre les tables et que tous saluent ou sifflent. Je me mordille la lèvre. Mon regard est plutôt attiré par les couples qui dansent, quelques-uns hétéros, quelques-uns lesbiens, mais surtout beaucoup de gays. Je regarde les corps qui se frôlent, les mains qui se glissent dans les passants de jean pour attirer l'autre, les bouches qui s'effleurent. Ici, on peut donc être deux garçons et s'embrasser comme ça sans rien craindre. Je repense à mon tout premier baiser, et je frissonne. Je voudrais tellement que ce soit partout dans le monde comme ça l'est ici.

Une main se glisse dans la mienne et je tourne vivement la tête vers Elliot, qui me sourit en coin, ses longs cils auréolant le noir mat de ses yeux.

– Ça… ça te dirait d'aller danser ?

Je sens tout le courage qu'il lui a fallu pour poser la question, comme je sens celui que je dois conjurer pour répondre d'une voix un peu étranglée.

– Euh… ouais, bien sûr.

On abandonne là nos verres, et on se dirige vers la piste bondée. On essaie de se trouver un petit coin, et au début on danse maladroitement, un peu trop conscients de nous-mêmes. Et puis merde, c'est trop con, attends… Je ferme les yeux. Je laisse la musique, les lumières sous mes paupières, les émotions de ma journée monter en moi, et je me mets à bouger. Je roule des hanches, je plie les genoux, je lève les bras en l'air. Je donne tout. C'est tellement bon de ne pas avoir peur, ou de ne pas être dégoûté par soi-même. C'est tellement bon de se sentir beau, de se sentir…

Désiré. Aimé. J'ai rouvert les yeux et ils sont tombés en plein dans ceux d'Elliot. Ils sont immenses, rivés sur moi, et j'y lis des trucs que j'aurais jamais cru voir là un jour. Mon cœur s'est emballé dans ma poitrine, il dérape tellement fort que je vacille, il faut que je trouve de quoi m'arrimer. Elliot me saisit par le bras, ça tombe drôlement bien, c'est exactement ce dont j'avais besoin. Je pose ma main sur sa hanche et, soudain, je suis tout contre lui, nos visages tout proches – la vache, il a grandi, maintenant on fait la même taille !

Elliot, c'est le plus beau mec que j'aie jamais vu. À l'extérieur et à l'intérieur. Alors je le lui dis, mais ma voix a dû sortir bizarre parce qu'il rigole un peu.

– Jonas, ne… te moque pas de moi !

– Je me moque pas de toi.

J'ai posé ma main sur sa joue, et il s'immobilise.

– T'es juste crevé, t'as la tête qui tourne, il marmonne, presque accusateur.

– Un peu, je concède. Mais pas assez pour faire n'importe quoi.

– Alors tu… tu fais quoi, là ?

– Un truc que j'aurais dû faire il y a longtemps.

Je me penche et je demande quand même, parce que si je suis sûr de moi, faut que je sois sûr pour lui, aussi.

– Je… je peux… ?

Je le sens littéralement reprendre son souffle contre moi.

– Oh putain… oh putain, oui…

Elliot ne jure jamais, et j'ai une embardée du cœur rien qu'à l'entendre. Je souris, et puis je ferme les yeux.

Et, enfin, je pose mes lèvres sur les siennes.

« Je sais que je ne peux pas t'expliquer ce que c'est d'être gay maman, mais je peux te dire ce que ce n'est pas.

Ce n'est pas se cacher derrière les mots maman, comme la famille, les convenances ou la religion chrétienne.

Être gay m'a appris la tolérance, la compassion et l'humilité.

M'a montré le potentiel infini de la vie. M'a fait rencontrer des gens dont la passion, la générosité et la sensibilité ont été constamment pour moi une source d'énergie.

Être gay m'a fait entrer dans la grande famille humaine maman, et je m'y plais, je m'y sens bien. »

Armistead Maupin,
Les nouvelles chroniques de San Francisco
(traduction de Pascal Loubet)

Remerciements

Comme Jonas, je fais partie des gens qu'on aimait un jour, et que le lendemain on aimait « quand même ».

Mais comme Jonas, heureusement, j'ai eu des Louve, Elliot, Elsa, Arthur, pour me sauver la vie – même si moins littéralement. Alors, ces remerciements, je les dédie avant tout à ceux-là.

La femme que j'aime, évidemment, celle qui a tout changé, qui me rend un peu plus heureuse chaque jour et qui m'a aussi encouragée sans relâche à écrire cette histoire. Sans toi, à tous égards, ce roman n'existerait pas.

Mon éditrice, qui est surtout une bien précieuse amie. Et son compagnon, pour sa présence et son soutien chaleureux. Je ne pensais pas mériter des amis comme vous.

Mon frère, qui m'a un jour écoutée dans un pub des Grands Boulevards lui déballer tout ce qui bouleversait ma vie. Qui a su trouver les mots, qui s'est laissé submerger par l'émotion, aussi – et Dieu sait que dans notre famille, nous n'avons pas été poussés à nous exprimer ainsi. Merci aussi pour m'avoir mise sur la voie de l'écriture quand j'avais, quoi, six, sept ans… ? Tu le sais bien, mais tout ça, c'est grâce à toi.

Mon amie Silvie, à qui j'ai pu écrire à toute heure du jour et de la nuit et qui m'a soutenue, avec des mots justes et terriblement humains. Ton amitié est pour moi quelque chose de très précieux. Merci d'être là.

Et enfin, Andrew Scott. Pour nous avoir demandé, au détour d'une dédicace, à ma compagne et moi, si tout se passait bien pour nous. Pour m'avoir écoutée quand je me suis épanchée. Pour m'avoir parlé, encouragée, donné de l'espoir et promis qu'un jour, ça irait pour moi. Quelques semaines avant, encore, comme Jonas je laissais les dents du monde me marquer le bras de traits douloureux. Cet après-midi-là, après cette discussion, j'ai orné ce même bras d'un bracelet Pride aux couleurs de l'arc-en-ciel – le premier d'une désormais longue collection de symboles de joie.

D'une certaine manière, j'espère que ce roman pourra être, même pour une seule personne, l'équivalent de ce bracelet. Une bouffée de courage, de reconnaissance, de fierté – une bouffée d'oxygène. Et s'il peut pousser d'autres personnes à faire preuve de plus de douceur, de bienveillance, d'empathie envers leurs proches, alors ce roman aura accompli son vrai grand voyage.

Quoi qu'il arrive, merci à toi, cher lecteur, de l'avoir pris entre tes mains.

DÉCOUVREZ LES AUTRES TITRES DE Hugo New Way LA COLLECTION ADO DE HUGO PUBLISHING

YOU KNOW
I'M NO
GOOD
JESSIE ANN FOLEY
Hugo New Way
YA

Hugo New Way

& /HugoNewWay

VALENTINE
LALANDE
Si belle, Sybille
Hugo New Way
YA

K-POP
CONFIDENTIAL
STEPHAN LEE